控

CONTROL

吕旭 著

制

北京联合出版公司
Beijing United Publishing Co.,Ltd.

图书在版编目（CIP）数据

控制 / 吕旭著 . —北京：北京联合出版公司，2013.10
（2023.1 重印）
ISBN 978-7-5502-2044-7

Ⅰ. ①控⋯　Ⅱ. ①吕⋯　Ⅲ. ①长篇小说—中国—当代
Ⅳ. ① I247.5

中国版本图书馆 CIP 数据核字 (2013) 第 242503 号

控制

作　　者：吕　旭
出 品 人：赵红仕
责任编辑：王　巍
封面设计：吴黛君

北京联合出版公司出版
（北京市西城区德外大街83号楼9层 100088）
北京新华先锋出版科技有限公司发行
大厂回族自治县德诚印务有限公司印刷　新华书店经销
字数293千字　787毫米×1092毫米　1/16　17印张
2014年1月第1版　2023年1月第2次印刷
ISBN 978-7-5502-2044-7
定价：49.00元

目　录

楔 子

天空是昏暗的，压抑得人想逃脱。

不知道何时起这座城市的天开始变得如此昏暗，孩子们已然记不住阳光的味道，在他们的意念中，天空也许本来就是这个颜色。

有微风，空中飘着一只白色的风筝，跌跌绊绊地在空中摇摆着，控制风筝的线远远地延伸到地面，握在一个小男孩的手里。小男孩的眼神里没有这个年纪应该有的天真与活泼，像是一面镜子一样映着天空的样子，昏暗。

小男孩就那样安静地握着手里的风筝线，看着风筝在空中摇摆。

已经过了午饭的时候，小男孩的肚子咕噜咕噜地叫唤。爸爸刚把饭菜端上了桌，这时门铃声不合时宜地响了，爸爸和一个看不清面目的男人说了几句话，就把小男孩从后门支开。

"乖儿子，去公园玩一会儿，等等妈妈好吗？"

"可是妈妈要很晚才回来。我饿了。"

"那你去公园放会儿风筝，爸爸给你做炖排骨，好不好？"

"嗯。好！"

"嗯，儿子真乖。去吧。"

小男孩离开家的时候往门口看了一眼，那个穿黑色衣服的人进了门之后门窗都被爸爸关上了，他什么都没看到。

公园里的人不多，在城市的这个区域，住着的都是最无助的人，公园这种消遣的地方，自然冷清了很多。只是在很远的路边，有一些人，戴着帽子，或是用面纱围住脸，仿佛是为了躲避什么，又或者是怕被别人看到了什么一样。整个公园里，只有小男孩一个人，看着天上的风筝。

风筝线突然断了，像是被别人硬生生地割断了一样，白色的风筝向远处飘去。

风筝飘落在小男孩家不远处的一棵树上，树是枯死了，白色的风筝挂在树梢上，随着风哗啦哗啦地响。小男孩仰头盯着风筝很久，他的个头太小，根本爬不上去。

小男孩走向自己家的大门，每走一步，那个大门里隐藏着的恐惧似乎就加深了一分。小男孩的脚刚踏上楼梯的那一刻，屋子里传来一声清脆的"咔嚓"声。

小男孩推开门走进餐厅，这是一个简陋而又拥挤的空间。饭菜端端正正地摆在桌子上，小男孩的爸爸却躺在地上，嘴里死死地咬着一条毛巾。爸爸的身边，多了一把斧子。餐桌底下，放着一个凳子，凳子上有一条断开的小腿。那显然是小男孩爸爸把小腿放在上面，然后用斧子砍下来的。

小男孩的爸爸开始干笑。但是他似乎已经没有力气笑了，咳了几声，骨头完全断开尚还连着皮的左小腿从桌子上掉了下来，仅剩的那点皮被撕扯开，皮下的油脂还在粘连着。断开的动脉开始往外喷血，一股一股地往外喷溅。

小男孩的爸爸喊："作孽啊，作孽啊！"

分不清是笑，还是哭了。

小男孩瞪着眼，傻傻地看着发疯了一样的爸爸，他被吓住了。

当然，他也不可能明白爸爸嘴里喊着的"作孽"是什么意思。

现　在

1. 马克

昨晚，马克和宓蜜缠绵的次数多得他自己都数不过来。

都说三十如狼，女人到了宓蜜这个年纪，都是欲求不满的。直到马克实在撑不住了，两个人才那么赤条条睡到了天亮。

马克平时不这样，只是因为他心里装满了事，这几天都堵在胸口，他需要发泄。第二天上班，马克还是无法排解胸口的烦闷，于是盯着办公桌面上的水渍，开始数着滴下来的水滴。

"375" "376" "377" "378" ……

马克的办公桌头顶上正对着空调，空调坏掉了，往下滴着水，正对着马克的办公桌。

马克原本不在这里办公。今天早晨，他像往常一样 7 点半准时起床，洗漱完毕之后，在租住的公寓楼下买了一瓶牛奶就开始挤地铁。在地铁站里买一份当日的电脑报，看看最新的技术革新，卖报纸的大妈看都不看马克一眼，直接把报纸就塞了过来，马克扔下钱就进了地铁站。他看东西极快，往往在出地铁的时候就能够看完一整叠报纸，然后顺手扔在旁边的垃圾桶里。地铁站的墙壁上都被 LED 屏幕占满，甚至他们的脚下也不断地循环播放着广告。这个城市几乎被高科技所侵袭。出了地铁口，还会顺手给门口乞讨的一个大妈五块钱，小跑着进入市中心那栋最为豪华的大楼。

这栋大楼专属于EXR保险公司，这个城市里数一数二的企业。整栋大楼用最先进的硅子面板玻璃和钢结构建成。虽然远处看去只是一个玻璃建筑，但是随着日出的时刻，大楼全身会幻化成不同的颜色，配合数字操控系统，整栋大楼的360度视角都成为LED屏，每天24小时播放着关于ＥＸＲ的资料。马克抢先一步进了电梯，电梯里面有个人工智能的LED屏，虚拟的电梯柜员向马克问好。

"马克先生早上好。请问您去几楼。"

"13楼。谢谢。"

"好的。"电梯开始往上走，马克走出电梯的那一刻，电梯柜员还送上了一句甜甜的"祝您工作愉快"。

马克进了办公室就看到自己的座位被清空了，保洁阿姨告诉马克，他的位子被安排到了最里面最中间的位置。那个位置正对着所有主管领导的办公室玻璃墙。马克走到新座位前，第一眼看到的不是桌子上的水滴，而是玻璃墙办公室里坐着的人。

是个胖子，正得意扬扬地啃着三明治。他叫许铭，和马克同一天做的一级业务员，但是早于自己一天升了职，成为自己的领导。许铭把马克安排到这个位置的用意很明显，就是要马克天天看着自己，让马克时刻沉浸在羡慕嫉妒恨中。马克本来就瞧不起这个人，索性坐下来，数着桌子上的水滴，分散注意力，不去理会玻璃窗内那个很爱炫耀但是看起来很傻的人。

马克是主动把自己即将坐上的业务主管的位子让给许铭的，为此他在公司启动考核方案的那一刻，就懈怠了自己的所有业务，两个月以来，他经受的业务，除了给吴先生办理了一款EXR保险公司最贵的个人保险之外，再无任何亮点。这样的工作单，在EXR公司，按照规章制度是要被立即开除的，没有任何解释的余地，可是马克的顶头上司朴丹思竟然网开一面地对这件事睁一只眼闭一只眼，许铭才得以有机会继续在这里折腾马克。

马克打开自己的电脑，连上网络，这是EXR最新引进的虚拟视觉电脑，没有显示屏，靠着桌子上隐藏着的触摸操控面板控制，所有的画面都是经过投射出来的，虚拟地呈现在使用者的面前，使用者配有视觉接收器，这样可以最大限度地保证每一个人的隐私和安全。

但是即使有这样的高科技产品，马克依然觉得很没有安全感。

因为，他在和平银行的账户显示余额依然为：0.89 元。

而面前的这个虚拟视觉电脑系统，与设计和平银行安全系统的是同一家公司。

小数点之前的那个五位数的存款，全部不翼而飞。

两个月前，在马克刚刚办理完吴先生的人身保险之后，马克不多久就接到了第一个莫名其妙的短信。

未知号码的。

短信上指使马克将业务主管的位子让给许铭。

马克以为是别人的恶作剧，没有当回事。

于是他就发现了这个"恶作剧"的后果。

马克辛辛苦苦攒下来的几万块钱从银行账户不翼而飞。

那个未知号码告诉马克，这仅仅是开始。

马克找别人查过这个号码，没有任何的线索。看来这个人还是一个很好的黑客，把自己隐藏得很深。

马克去过银行，柜台职员说账户正常。

马克说不可能，几万块钱莫名其妙消失，很正常吗?

"先生，您账户的状态显示确实为正常，我们的记录显示您在过去一周的时间内在全城的四个取款机上取走了所有的现金。"

柜台里坐着的那个银行职员冷冷地给了马克一个略带不屑的表情。

过去一周，马克并没有取过钱。马克还没到忘事的那种地步。

很快，未知号码又给马克发来了一张照片。照片上是一个开开心心对着镜头微笑的老太太，像个孩子一样。

这是珍丽。

马克把电话拨了过去。

电话无人接听。

马克挂掉了电话，短信就来了。

"照我说的做，否则……你懂的。"

马克在这个城市里没有一个知心的亲友，即使那个和自己上了无数次床的密蜜也不是。这个世界上，马克唯一牵挂的就是珍丽。她是他的一切。

于是马克真的按照那个神秘信息说的做了。

他消极对待工作，两个月，他从最优秀的人，跌落成倒数第一，连宓蜜都很诧异。

账户里的钱还没有回来，马克很担心这个人说话不算话。他已经按照要求让出了位子，因为没有业务量，他这两个月是没有任何收入的，快乐之家早晨又打电话过来催了款，下午让马克必须把欠的钱全部缴清，否则就开始赶人。

马克在等。焦灼地等。于是他又开始数着水滴。

"亲爱的，你没事吧？"

马克摇摇头。自己起床上班的时候宓蜜还在睡着懒觉，这个时候已经化好了妆站在自己的身边。

宓蜜看着马克不开心的样子："别瞒我了，你肯定出什么事了才把业绩搞得那么差。你跟我说说，看我能帮你什么。"

"没事，没事，我只是有点累了。"

许铭不知道什么时候已经站在了办公室门口，气势昂昂地看着他们俩。马克和宓蜜贴得太近，以至于那种情欲很远都可以清晰地感受到。

"咳咳……"

许铭故意咳了两声。

"宓蜜，麻烦来我办公室一下。"

宓蜜也是许铭的下属，这种正常的工作要求，没理由拒绝，也许按照宓蜜的性格，如果许铭换个时间问自己，他的下场就是被宓蜜冷冷地泼一脸的水。

宓蜜进了许铭的办公室，许铭进屋之前对着马克比了一个"有种你揍我"的表情。马克虽然肚子里有火，还是送给了他一个微笑。

许铭进屋之后，办公室的玻璃墙就自动切换成了不透明的锡纸层状态，外面的人根本看不见里面的状况。

账户里还是没有任何的动静。马克有些急了。

马克掏出手机，拨了那个号码。

这一回，接通了。

"马克，看一下你的账户。"

声音是处理过的，像是机器的声音，冷冷的。

说完一句话，电话就挂掉了。

那个人知道马克的名字，看来他很熟悉自己。

他把电话放下，正要打开电脑，紧接着就看到宓蜜冷着脸地从许铭的办公室里出来了。许铭办公室的门敞开着，许久没有动静。马克好奇地伸长了脑袋往里看了看，许铭一头果汁，狼狈地用面巾纸擦着。

马克笑了笑，显然，这是偷鸡不成蚀把米的感觉。

账户余额显示：42300.89。

马克呼出了一口气，索性，钱回来了。

马克看着那个手机，想了一下，重新拿起来，重新拨了回去。

接通了。

"喂，您好。"是个女人的声音，还很甜，只是很熟悉。

马克一回头，突然看到公司前台的女孩正拿着电话说："喂，您好，这里是EXR公司，请问您是……"

还没等马克反应过来，话筒里又出现了别人的声音。

"喂，您好"，是个男人的声音；

又出现了很多人的声音，男的女的，老的少的；

"喂，您好……"

"喂，您好……"

"喂，您好……"

"喂，您好……"

……

马克环顾了一周，全办公室的人都在接电话。每一个人的声音都在自己的电话听筒里出现。五花八门的声音混杂成了像是菜市场一样的轰鸣。

"喂，你他妈是谁！说话！"这个声音特别的刺耳，在所有声音中频率特别的高。

马克知道这是谁，他扭头看向公司最里面的豪华办公室，公司的老板朴丹思正对着手机发脾气。

马克连忙挂掉电话。

全公司的人都拿着出现盲音的电话不知所措。

马克站在人群中间，刚才发生的那一幕让他感到恐惧。

他低下头小心地看了看手里的手机。

又来了一条新短信：马克，下不为例。

马克浑身上下感到凉飕飕的，冷汗直冒。

马克莫名其妙地被一个人给控制住了，更可怕的是，控制自己的人知道他的一切，而马克却对对方一无所知。

马克走到 EXR 大楼的落地窗边，透过玻璃看着外面的这个世界。这个城市被各种高科技的东西所替代，所有大楼的上面都成了 LED 广告牌，变换着无数的光影，这些大楼都有一个钢筋水泥的内心，这一切都显得光怪陆离。马克俯瞰着这个几乎没有了人情味的城市，看着街道上那些川流不息，彼此却互不相识的人群，这些人中也许就有一个人正在控制着自己。但是除了这些之外，马克隐隐地觉得还会有更可怕的事情发生，马克突然觉得有点晕，他捏了捏头。

他的背后，是那个还在对着三明治大快朵颐的许胖子。

几天之后，确实发生了重大的事情。印证了马克内心隐隐的那种猜测。

出事的那天。马克早晨上班的时候就发现了有一些不对劲。

到了中午他才发现，那个一直对着自己得瑟的胖子上司许铭竟然破天荒地异常安静。正对着马克办公桌的那个办公室密不透风，没有任何动静，整个一上午许铭都没有出来过。

到了下午，马克隐约感觉自己的心跳加快，心律不齐，就像是大灾难之前的生理预兆一样。许铭的屋子里还是没有任何的动静，马克怀疑许铭今天根本就没有在办公室里。

马克找宓蜜说肯定要有事情发生。

宓蜜不信。马克说自己的身体状况有预感，他肯定会有不好的事情发生。宓蜜把手放在马克的胸口摸了半天心跳，最后蹦出了一句。有点风骚的模样。

"是我让你感到心动了吗？"

宓蜜妩媚地解开了胸口的一个扣子，赤裸裸的调情。

马克没有心思顾及这些，紧紧地皱着眉头，眼睛赤红，好几天他都没有睡好，脸色很不好。

"没关系的，你能出什么事？"宓蜜柔媚眼神地看着马克。

"会不会是我的业务上的问题？"马克猛地一抬头，看着宓蜜。

"马克，你确定不需要看医生？你最近的压力有点大。"

马克有些神神叨叨的模样，像是得了多动症一样，不断地晃着手："宓蜜，我可以肯定，今天一定会出事，而且是我要出大事。"

宓蜜走到马克后面按住了他的太阳穴，一轻一重地按摩着："马克，你不能这样疑神疑鬼了，你这样我会心疼的。"

马克闭着眼，在宓蜜的按摩下，他情绪好多了。

然而，真的被马克言中了，EXR确实发生了比较大的事情。而且，发生在了马克的身上。

宓蜜给马克按摩的时候仔细地看着马克那张胡子拉碴的脸，对于宓蜜这种人来说，这样的熟男倍有吸引力。宓蜜长得不丑，也很有韵味，在EXR又因为她掌控着泰哥进出口公司的所有保单，让她的钱途一片光明。这样的白富美确实不缺年轻男人在身边转悠。可是宓蜜就像是品尝过了人世间情和爱的所有苦痛一样，她偏偏对眼前这个略显颓废而又事业无成的马克情有独钟。为此，她甚至拒绝了公司法律顾问，同样有着富硕身家的康拉德的主动约请，当着对方的面，光明正大地牵着马克的手一同走出公司大楼，坐上同一辆车。

马克的呼吸变得均匀了，宓蜜看着这张有些消瘦的脸，倍感心疼。但是她对带着毛边胡须的嘴唇更感兴趣，禁不住，她的头开始变低，往马克的唇上凑过去。

电话是一个很喜欢打断情调的东西。

马克感觉到裤兜里的电话在响。马克掏出手机。

未知号码。

马克知道有事情要发生，完全顾不上宓蜜的感受，直接拿着电话出了宓蜜的办公室。

马克接听了电话。

"喂。"

"马克。"

还是上次的那个声音，处理过的，像个机器一样的没有任何感情因子。

"是。"

"钱收到了？"

"是。"

"你知道我可以现在再次拿走你的钱。"

"别，千万别！"

马克确实害怕了，下午他就必须把钱给快乐之家送过去，不然，珍丽会有很大的麻烦。

"去许铭的办公室。"

马克看着门紧闭的办公室。

"这不好吧。"

"办公室里没人。"

马克看着许铭的办公室，接听着手机，他尝试性地往反方向走。

"去许铭的办公室。不要耍花招。"

马克停下了脚步。

"你为什么要找上我？"

"你不用知道。"

"为什么要去他办公室？"

"你不用知道。"

"你……"

"你可以看一下你的账户。"

马克一听，脸变了色，连忙跑回办公桌，打开电脑，连上网。

账户确实又被清空了。

"如果你没按照我说的做，明天快乐之家就会发生一场大火。"

"你！你为了什么？"

"我说过，你不用知道。你还让我再说几遍！"

这个人显然发怒了，他的音量提高了好几倍，经过处理之后，就像是刺耳的电流声。

马克的耳朵被弄痛了，他闭着眼，捂着耳朵。

"去许铭的办公室。"

马克停在原地，他在犹豫。

"我能看到你的一举一动。"

马克瞪大了眼，这确实让他很诧异。他在原地转了几圈，周围都是忙碌碌的同事。宓蜜在自己的办公室里很焦灼地看着自己，最远处，朴丹思和康拉德在办公室里说着什么，从表情上看得出，是很严重的事情，因为一向好脾气的朴丹思开始拍桌子了，那个娘娘腔的康拉德也不再像平时那样嚣张地跷着二郎腿，而是像个孩子一样低着头挨骂。

　　若是平时，马克早就笑出来了。这时候的状况不对。

　　马克又绕了好几圈。

　　"别看了，你找不到我。"

　　马克确实没发现有人在看着自己，但是他注意到了一个关键的东西。

　　监控摄像头。

　　办公大厅四周环绕着一圈这样的摄像头，时闪时灭的红灯告诉马克，它们都在正常工作。

　　马克盯着离自己最近的摄像头看。

　　"不用看我。"

　　电话里的人给了马克一个确认的信息，他确实通过监控在"看着"马克。

　　"你是谁?"

　　"重要吗?"

　　"我想知道。"

　　"你是想看到大火是吗?"

　　马克承认，这个人抓到了自己心底的软肋，珍丽对他来说，大过一切。

　　"去许铭办公室。"

　　马克像牵线木偶一样地按照这个人说的去做。

　　许铭办公室里确实没人，一切都干干净净的。

　　许铭虽然胖，但是确实是有洁癖的。电脑关着，所有的文件和柜子都是整整齐齐的，这是许胖子每一天下班之前整理好的，这是他的习惯。马克知道许铭办公室这几天都没有开过门，也就是说，许铭好几天都没来上班了。

　　"许铭哪里去了?"

　　"这个我会知道吗?"

　　马克这个问题问的确实有些多余，这个神秘人也许只用通过监控就可以知道许铭不在办公室。

　　"我进来了，要我做什么?"

　　"文件柜，找到一个红色的文件夹。"

　　马克在文件柜上最显眼的位置看到了这个红色的文件夹。

　　EXR 公司的规定来说，红色文件夹里面的文件只有两种：紧急的和极度重要的。

马克刚要打开看。

"你不能看。"

马克很想看，但是神秘人这么说了，他只能照着做。

"下一步。"

"碎纸机。"

"所有文件？"

"是。"

马克不知道这个神秘人为什么找自己来做这件事，也不知道许铭这个文件夹里到底装着什么东西，但是他有一点可以肯定，那就是对于这个神秘人来说，是很重要的东西。

马克打开碎纸机，打开文件夹，确实有很多的文件。但是他知道头顶的摄像头那边有个人在看着自己，他无法一页一页地翻开看这里面到底有什么。

"马克，我是在帮你。"

"帮我？"

"做完这件事，你会得到10万块钱的补偿。快乐之家不是一个适合老人待的地方。"

"那我是应该谢你了？"马克一边开始毁掉那些文件一边搭着话，言语有些嘲讽的意味。

"不用。毁掉这些文件，你就能拿到那些钱。"

马克知道，他不可能不照着做，否则，大火。

三年前，他的老家莲板，同样发生了一场大火，烧掉了整个莲板。以至于那些莲板人直到现在都不得不四处流浪漂泊。

马克没有考虑太多，把文件拿出来，一摞一摞地塞进了碎纸机。

有一张纸条掉了出来，是许铭助理写的临时日程安排。那笔迹马克是认识的。

马克对这个本不感兴趣，没想看，但是捡起来往碎纸机里扔的时候，他还是瞟到了上面的几个字。

"12点，莲板轧钢厂。"

纸条是红色的，说明是周四的日签条，三天前的记事签。

许铭正好三天没来上班。

这也没什么好奇怪的，马克没当回事，把纸条塞进了碎纸机。

"马克，我帮了你一个大忙。"

"你什么意思?"

马克听着话筒那边的语调，冷冷的，透着诡异。

"你记住，你欠我一个人情。"

电话挂断了。

留给了马克一个大大的疑问。

马克回到自己办公桌的时候，就看到了电脑桌面不知道被谁换了桌面背景，是一个带着小丑面具的卡通人物，面具上是小丑标志性的笑脸。但是在马克看来却有些毛骨悚然的感觉。

马克尝试着打开银行账户，余额是：142300.93。

小数点前后都改变了。前面多出的 10 万，那个神秘人兑现了自己诺言，后面的那个数字，也许是利息。

马克虽然心里满满的全是疑问，但是他心里还是比较开心，起码这可以解决燃眉之急了。马克拿起电话给快乐之家打电话。

"喂，快乐之家吗? 我是 5 床珍丽的儿子马克。我现在给你们汇钱，给我一个银行账户好吗?"

马克在便签纸上记录着账户。

"喂，不好意思，还想和你说一个事情，珍丽的房间里天花板有点漏水，你能找人来修一下吗?"

"你这是什么意思? 你们的屋顶漏水难道不该修吗?"

马克显然受不了电话那边人的语气，一脸不爽。他看到朴丹思的助理走进了许铭的办公室，正在接电话，他也没在意。

"可是你们是收了钱的，不应该把这个弄好吗?"

过了一会儿，朴丹思的助理从许铭办公室急匆匆地跑了出来，怀里抱着一堆碎纸条。

马克看到了，心里一惊，这正是自己刚刚碎掉的东西。

电话那边还在啰唆。

"你别那么多废话了，赶快修好，钱我来出!"

马克的语调提高了很多，然后挂掉了电话，注视着那个助理一脸慌张地走进了朴丹思办公室。马克心里怦怦直跳。

也许这才是真正要发生的事情。

马克坐在办公桌边心神不宁了一整天，不断地看到各种公司高层进进出出朴丹思的办公室。朴丹思那个单薄的身板站在落地窗前显得很无助的样子，马克从朴丹思用力按脑门的动作中意识到了事情的重要性。

马克刚给快乐之家那边转去了珍丽的护理费、住院费以及修房顶的费用，朴丹思站在她办公室的门口向马克招了招手，示意马克来她办公室一趟。

马克知道躲不过，硬着头皮走了过去。

办公室里除了朴丹思就是那个虽然娘里娘气但是还算很有本事的法律顾问康拉德。

他又跷起了二郎腿，晃着杯子里的威士忌和冰块，一脸扬扬得意。

朴丹思的脸上倒没这么轻松，眉头微微皱着。

对于EXR这样的大公司老总来说，确实很少有事情让朴丹思这么愁眉苦脸过。

朴丹思用手示意让马克坐下。马克心里有事，坐下来的动作几乎都变了形。朴丹思没注意到马克，只是看着自己空无一物的玻璃办公桌。

"你有什么能跟我说的。"

很干脆。朴丹思自己从来不主动说别人不对的地方，她需要别人直视自己的错误。

马克的脑中基本已经确定朴丹思所说的是关于自己进入许铭办公室的事情。他下午确实看到了保安组的组长也进了许铭的办公室，监控里早有了自己毁掉文件的记录。

但是马克不能说。起码不能主动说。

"我不知道说什么。"

马克装傻的本事很差劲，语气和表情都很僵硬。

康拉德把杯子放在桌子上，故意磕出一点声音来。

朴丹思闭着眼，她很疲惫。

"你进许铭的屋子干吗？"

果然是关于这个事情，马克知道可能自己这一次是在劫难逃了。

"你动过什么东西？"

马克心里想，明知故问。

"你为什么要毁掉许铭的文件？"

三个问题，康拉德说话的语气一个比一个强，即使第三句话已经很有"气势"了，但是对于马克这种纯男人来说，却如隔靴搔痒一样，不痛不痒。

马克还是没有直接回答问题，起码康拉德问的让他没有想回答问题的冲动。

"你是怎么想的？"

朴丹思单刀直入了。

马克不说话，现在是他没想好怎么说。

被别人控制了？拿着珍丽要挟自己？还给了自己10万块钱的好处？貌似这些理由都不怎么成立，甚至有些荒唐。

"你是因为许铭成了你的上司，你报复我吗？"

朴丹思这句话让马克有些不懂了，朴丹思对自己有知遇之恩。当初是她力排众议把自己一个没学历没背景的普通人调进了EXR公司，做了业务员，也给了自己很多机会成为了最优秀的员工。在董事会决定提拔业务主管的时候，即使自己业绩那么差，朴丹思也始终在为自己说话，从哪个方面说，马克都不会去报复朴丹思。

"朴总，我不懂你说的话什么意思？我为什么要报复你？"

朴丹思睁开了眼，充满了红色的血丝，说明她这一整天很累。

"你上午进了许铭的办公室，毁掉了他的重要文件。这其中，有一份最重要。你知道吗？"

朴丹思是质问的语气。冷冷的，确实像把刀子。

马克没有看那些文件到底是什么，所以朴丹思问他，他无法说得出来。

康拉德耐不住这个性子了。

"你两个月前给一个姓吴的客户办理了公司最昂贵的人身保险。现在他出事了，要求索赔，而且是请了律师来的。"

马克想起来了，那个吴先生的尊贵人身保险单子，确实是自己办理的。吴先生有妻儿，上无老，在一家普通的锻造厂工作。其实按照吴先生的经济收入情况，尊贵人身保险产品是不适合他的，但是吴先生看中了这其中的高额赔偿款，一旦吴先生出现比较重大的人身事故，他将会获得至少7位数的天价理赔。这款产品目标用户都是大公司高级经理级别的人物，所以马克一开始不同意。但是吴先生很坚持，他掏出了毕生的积蓄一定要办理，于是马克就给他伪造了经济收入证明，办理了这款产品。

没想到两个月后他就出事了。

"出事了?"

"左腿切削性骨折。"

"切削性?"

"就是全掉了。下半辈子只能坐轮椅。"

康拉德觉得有些恶心,快速地说完,捂着嘴,像是面前就放着那条腿一样。

朴丹思把手机放在桌子上,按了手机上的一个键。办公桌的玻璃桌面瞬间变成了一个视频显示器,将朴丹思手机里的图像放大在了整个桌面上。

是吴先生的照片,和一堆起诉材料的扫描文件。

当然,让马克感觉到恶心的是,吴先生被硬生生切掉的左腿的照片,看着让人毛骨悚然。

"你是不是帮他伪造了收入证明?"

朴丹思问。

"我……"

朴丹思直视着马克。

"原始文件都在许铭的这个文件夹里,你毁掉了最重要的东西。"

马克这才知道这个文件夹里最重要的东西到底是什么了。

"毁掉了这份文件,我们无法正常做出理赔分析。吴先生理赔来得很突然,我们都没想到这些。原本公司打算按照正常途径走完流程支付吴先生赔偿款就行了。可是吴先生请了律师,起诉EXR公司涉嫌诈骗。你明白你做了什么吗?"

马克记得不错的话,这是朴丹思跟他说过的话中,单次字数最多的一次。

康拉德继续补充道。

"没有了这份文件。只能证明一点,EXR的业务员欺骗吴先生,恶意给他办理收费高昂的尊贵人身保险产品。有了这份文件,起码我们还可以有一个说辞,就是吴先生确实在业务员的介绍下了解了产品的所有信息。现在,没有了。官司,输了。"

马克有点糊涂,吴先生的案子既然已经到了上法庭的地步,为什么自己不知道呢?

"你这两个月的状态,你自己清楚。你是我看中的人,许铭主动帮你承担了这个案子的所有责任。但是就是你亲手毁了这份文件。案子输了，EXR公司这么多年积累的良好声誉就要毁于一旦。"

朴丹思走到马克面前，俯身直视马克的眼睛。

"马克，你是有多恨我？"

这句话，不是刀子，但是更狠。

马克的脑袋有点乱了，他的眼神恍惚了。

原来，那10万钱并不是什么好处，而是提前买了自己的未来。那个神秘人要借着自己的手毁掉整个EXR。这才是巨大的阴谋？

"那，这个案子，就没法打赢了吗？"

马克问了一个比较关键的问题。

康拉德看着马克不说话。朴丹思也回到了座位上看着马克不说话。马克看着他们俩的眼神，自己心里也有些发毛。

朴丹思半晌才说："马克，有一个选择题，我需要你现在给我一个结果。"

"什么选择题？"

"1.看着ＥＸＲ败诉，你走人；2.出庭做证，证明吴先生故意骗保，你升职。"

康拉德给出这个选择题。

"吴先生不是骗保啊？他的手续都是合法的。"马克忙着解释。

康拉德端着那个威士忌，晃了晃，继续说："吴先生确实没有骗保。吴先生手里的那份经济收入证明成了最重要的证据，我只要证明那份证明是假的，他骗保的可能性就成立了。"

"是真的啊。"

"从现在开始是假的了。"

"什么意思？"

"那份文件，在公司和政府金融系统数据库中根本找不到。"

"不会啊，我亲手扫描录进去的。"

"我想让它没有，就可以做到。"

马克明白了，公司规模这么大，政府那边肯定是有关系的，给一点好处，就留下了把柄，让他们做什么，都是可能的。这种感觉，和神秘人控制自己的感觉一样。

"我出庭做证，就能翻案？"马克还是不信，他知道吴先生手里拿着所有的合同原件，是具有法律效力的。

"你只要证明没给吴先生办理过相关产品。剩下的交给我。"

康拉德一口喝光了那杯威士忌，成竹在胸的感觉。

朴丹思在一边一直没有说话，她确实是知道康拉德的想法的。

马克目光转向她。这么做的话，就是EXR公司不想支付巨额赔款，暗中操作，反客为主了。

朴丹思不是这种人。

公司三年前还不像如今这样财大气粗，也没有达到在行业内垄断的地位。但是莲板那场意外大火，朴丹思还是咬着牙签了300万的巨额理赔，赔给了在大火中被烧毁的一个小杂货铺。赔完钱的第二天，整个EXR就因为她这个诚信的举动，让公司的形象瞬间变得光亮，越来越多的人涌进了ＥＸＲ公司办理保险业务，三年中，EXR就是依靠这个诚信之举逐渐壮大，成为行业霸主。朴丹思应该懂得企业成长的财富到底是什么，如果朴丹思真的这么做了，那就等于砸了自己的牌子。

况且，以EXR现在的实力来说，七位数的赔偿款并不算多，不足以让朴丹思发愁。

马克盯着朴丹思，他期望朴丹思否决康拉德的想法。

朴丹思也正望着他。

"你知道怎么选择。"

那话的意思就是，马克只能选择后者。

"我知道你的疑虑是什么。ＥＸＲ不缺这几百万块钱，我也没放在眼里。但是你记住'人不犯我'和'人若犯我'之间的区别。"

这话马克也能听得懂。

"你得知道，吴先生请的律师，可是很有名的陆艺章。"

"陆艺章？"

"这可是个硬角色。我喜欢强手的感觉。"

陆艺章马克是知道的，这个城市最有名的律师，专门帮大公司之间打经济纠纷案，收费高昂，一般的小老百姓是请不起的。这次他却给一个普通的吴先生做辩护律师，确实有点小题大做。

"他给吴先生打这个案子，绝对不是为了拿到赔偿款，他另有阴谋。所以，只要我堵住吴先生的嘴，他就拿我们没办法。"

康拉德很得意。

朴丹思对他的表情熟视无睹："陆艺章已经托人去数据库那边调取证据了，你同不同意出庭，现在就给我一个答案。"

马克闭着眼，神情很憔悴。

他的眼前闪过了三年前那场莲板大火，莲板的乡亲们在大火中奔波，所有人都在救火，可是那场大火还是无情地烧掉了大半个莲板，莲板成了废墟，在所有莲板人失落的泪水背后，是那座崛起的速度一天天加快的新城市。

马克眼前突然又闪过了一个画面。

那是一个阳光灿烂的午后，一滴一滴的鲜血在地上溅开成妖艳的花瓣，血滴在阳光的投射中闪着鬼魅的光彩。只有人大声的喘气。

马克睁开眼。坚定地吐出了三个字。

"我同意。"

康拉德笑了。

朴丹思没有表情，皱着的眉头加深了许多。

马克走上法庭的证人席。

他低着头，他无法直视吴先生的眼睛，他甚至都不知道吴先生到底坐在什么地方。

坐下了之后，好不容易静下了心，马克才抬起了头。

法庭的屋顶很高，两边的墙斜着向上形成了一个圆锥的形状，凸显了整个空间的严肃感。

"现在原告律师可以询问证人了。"

法官的声音在这样的空间里，混响声音更大，庄严感也更强。

马克知道此时自己的一举一动都至关重要，不仅仅是因为法庭上的原因。他在从家里出来赶赴法庭的路上，几乎整个城市都在讨论这桩事关重大的案子，全城的LED都在全程直播这个案子的全过程。马克越想越不对，一个小小的理赔案，为什么会炒作成如此之大的事件呢？

这本身仅仅是一个简单的保险理赔案件而已，影响这么大，仅仅是因为EXR公司？看来EXR公司的这场劫难，确实是有人在背后操作的。是那个神秘人吗？

马克看着自己的手机。没有任何的提示。

神秘人让自己毁掉了那份文件的目的，就是让 EXR 在这场官司中处下风，可是现在朴丹思和康拉德想出了更狠的反击方式，这个神秘人的手段这么高明，肯定是知道了的，但是此刻怎么没有了任何的动静呢？

在前往法院的一路上马克都在想着其中的一个个疑点。

法警带着马克来到了安检的地方，这是一个空空的屋子，站在一个能够上下运动的"大眼睛"面前，这个眼睛正在从各种角度"看着"他。

隔壁屋子有技术人员正在操作这个人像扫描系统，对马克进行了全身扫描。强大的电子扫描将马克全身上下，里外三层都如实地反馈到了电脑上，技术人员一一比对。

安检完毕，马克才得以进入等候室。

吴先生的庭审正在进行中，马克一直在看着手机，还是没有任何信息。马克很担心，一旦自己走上了法庭，帮助朴丹思打赢了官司，神秘人会因此迁怒于自己。一直到上庭，马克依然没有得到任何指示。

"马克先生，你是否见过我的代理人。"

陆艺章盯着马克。

马克这才认真审视陆艺章那张脸，虽然有微微的胡须，可是显得这个人更有精神了。

马克把目光移向吴先生。

吴先生的左腿已经确定无法接上，大量的流血让他此刻已经变得脆弱不堪。他就那样直挺挺地躺在轮椅上，吴太太手里拿着临时的氧气瓶，很焦躁地一边照顾吴先生，一边看着马克。吴先生的嘴上罩着呼吸器，精神状态不是很好，但是他眯着的眼睛里投射出的光，还是让马克有些胆怯。

既然神秘人没有要求自己，那马克就只能选择朴丹思了。

"见过。"

"在哪里见的？"

"吴先生家。东城老街吴先生的房子里。"

"你和吴先生因为什么而见的面？"

"我是 EXR 公司的业务员，东城老街是我的业务区。我在做业务推广的时候给吴先生介绍过公司的产品。"

"吴先生在拿到资料之后多久与你联系的。"

"五天吧，好像。"

"和你联系的目的呢？"

"他看中我们公司的产品，想给他自己和妻儿办理一款家庭保险产品。"

"等等。马克先生，你刚才说，吴先生找你办理的是什么业务？"

"是ＥＸＲ今年最新推出的实惠家庭保险产品。产品代号，1353。"

马克回答得很顺畅，没有任何的纰漏。

陆艺章走回原告席，从桌子上拿起一摞文件。

马克看到自己对面已经有投影自动地将陆艺章手里的文件用三维立体投影技术放大，一页一页地公开展示，旁听席上，每一个座位面前都有一个虚拟投影画面，也在展示着各种证据和文件。

陆艺章拿着这摞文件向法官说。

"我手里的这份保险合同，是两个月前由吴先生和EXR业务代表马克签订的，合同上明确显示，吴先生在马克先生处办理的产品为尊贵人身保险产品，产品代号为1000。和证人刚才所呈述的内容完全不一致。"

有人已经将复印件递给了庭审法官。

主审法官看完之后，对马克说。

"请证人对原告律师提出的问题做出解释。"

马克表现出很奇怪的神情。

陆艺章看着马克说："1000产品针对的都是具有很好经济实力的人群，吴先生的经济收入状况是根本无法办理这款产品的。"

陆艺章又拿出另外一份文件："这份文件，是证人给吴先生做出的经济收入证明，上面明确写着经过证明，吴先生经济收入状况达到了1000号产品的办理条件。签字人和证明人的签章都是证人的。"

现场旁听的很多人都起身伸长了脖子去看投影放大的合同签章部分。确实是马克的签章和签字。

马克深吸了一口气说："法官先生，我没有给吴先生办理过任何的经济收入证明。我对这份文件一无所知。"

"签字和签章是不是你的。"

陆艺章质问。

马克承认："是。"

"都是你的，那难道是我给吴先生办的吗？"

陆艺章有些咄咄逼人了。

马克不知道怎么说了，因为按照之前康拉德给他说的，这时候应该是康拉德出场的时刻。

康拉德确实在这时出场了。

"法官大人，我要提交一份文件，以证明原告律师所述有假。"

康拉德站在原地，由助手将资料分发给法官。

"这份资料里，包含EXR公司业务员马克和原告吴先生办理过的所有合同原件和相关的辅助文件。此外，还有由政府的金融监控部门开出的证明，证明EXR公司业务员马克的金融电子库录入电子公章在未来两个月内，只使用了一次，用于提交马克给吴先生办理的产品代号为1353的家庭特惠保险产品合同扫描件。同样金融监控部门经过数据库的详细查找和比对，没有发现原告律师刚才提交的产品代号为1000的尊贵人身保险产品合同原件和记录，更没有原告律师所说的经济收入证明文件。"

康拉德很自信，所有的旁听席都在康拉德解释时死死地盯着投影中的各种资料文件和证据图像。

康拉德的助手又将一份文件提交给了法官，康拉德的脸上似乎露出了一丝微笑。

"现在的这份文件，是由第三方进驻EXR公司对该公司的业务单和产品办理的状况进行梳理之后提交的审计报告，报告显示，一年之内，在EXR公司办理尊贵人身保险业务的客户，只有13人，没有一位的姓氏、资产状况和背景描述与原告吴先生一致。以此可以证明，吴先生并没有在EXR办理过原告律师刚才所述的相关产品。"

现场讨论的声音顿时响作一团。

陆艺章坐在原告律师席上，眼神很复杂地看着马克和康拉德。他没有表示反对。确实，从康拉德提交的证据来看，自己确实没法提出疑问。

现场讨论声太大，法官敲了敲法槌。

康拉德的助理确实够忙的，又开始分发第三份资料。

康拉德还是很自信地呈述："这份证明，出自刑警大队法政科，经过笔记验证，原告律师提交的合同原件上，公章确实为 EXR 公司业务员，也就是证人现在的工作签章，但是证人在一个月前曾经遭遇偷窃事件，随身公文包、手机均已丢失，包括那枚工作签章。经过 EXP 重新补发工作签章与丢失的工作签章有了细小的差别，那就是签章背景纹理发生了细微的变化。"

所有人都眯着眼睛仔细地盯着投影里两枚签章的细小差别。

"既然一个月前已经丢失了旧签章，为何原告的保险合同的工作签章是补发后的呢？只有一种可能，原告的保险合同是事后伪造的。我怀疑，吴先生是看中了 EXR 这款尊贵人身保险产品的高额赔偿金，才故意做出了骗保的行为。"

康拉德虽然平时有些娘娘腔，可是这个时候，他说话的语气却是很犀利。

吴先生还不能说话，听了这个话，顿时眼睛瞪得大大的，但是他吸着氧气，手脚无法动弹，就像个垂死挣扎的人一样。吴太太哭了，她更没有话语权，她只能一边安慰着吴先生，一边对着马克吼："你这个没心没肺的人，你的心被狗给吃了吗！"

现场顿时乱成一团。

法官不得已，使劲地砸着法槌。

陆艺章，一直没有提出异议，像是放弃了一样。

马克看到他的眼神，很犀利，这种眼神中透出的态度绝对不是一句话不反对的样子，而是一种能够立马把自己吃掉的感觉。可是陆艺章就是没有提出任何异议。

吴先生突然昏迷过去，庭审在混乱中暂停了。

马克在家里待了好几天，他一直没有出门。自从出庭做证以来，他就把自己关在家里。有时候，宓蜜会过来看看他，没事的时候，他就自己待在床上看着电视，或是睡觉。

电视里正在播吴先生和吴太太伤心欲绝接受采访的情景，马克在记者人群中看到一个小男孩，一言不发地躲在角落里，怀里抱着一个破了的风筝，盯着摄像机看。信号传到电视里，就仿佛直勾勾地看着马克。

马克知道，那是吴先生的儿子，很乖，他见过。

他看着这个孩子的眼睛，自己有些于心不忍。

电视机的人工智能提示：马克，早上好，你有一封邮件。

马克嘶哑着声音说："打开吧。"

人工智能："为您打开邮件。发件人，朴丹思。"

电视机直播的画面隐去了，出现了一个电子信箱页面，未读信箱里最新一封邮件打开。

是朴丹思录好的视频。

"马克，吴先生的案子算是过去了。你可以回来继续上班，许铭的位子你来坐。就这样吧。"

很短的一条视讯邮件。视频里的朴丹思没有了疲惫的感觉，回到了正常的状态。

马克想到了什么，拿起手机拨通朴丹思的手机。

"说。"

电话接通了之后，那边的人就说话了。干脆有力，是朴丹思的风格。

马克想了一下问："许铭怎么办？"

"他已经超过一星期没来上班了。我可以开除他。"

马克觉得很奇怪，但是他没有问，半晌才冒出了一个字："哦。"

朴丹思那边没有说话，像是她在想什么一样，或是在等马克。马克什么都没说。过了一会儿，朴丹思等不及了才说。

"马克，我帮了你这个忙，以后我们俩，就互不相欠了。"

马克想了一下说："一直都是我欠你的。谢谢。"

"不谢。来上班吧。"

朴丹思挂断了手机。

马克继续盯着电视画面。邮件阅读完毕之后，直播的画面重新出来了，已经换了一个台，正在报道一桩荒野抛尸案。现场很多的人，尸体被打上了马赛克，但是看样子，应该是很血腥。马克在电视中的背景处看到了一个有些熟悉的画面。

高高的烟囱，废旧的工厂，四周都长着高高的蒿草。

马克想起了许铭办公室的那张纸条。

莲板轧钢厂。

马克没记错的话，莲板确实有一家轧钢厂，很多年前就已经荒废，一直孤单地立在莲板不远处的荒野里。

手机上有一条未知的短信。马克打开看。

是那个未知号码的。马克心头一紧，他知道，现在 EXR 全身而退，很大的功劳在于自己的做证。虽然马克知道康拉德和自己在法庭上所有的陈述都是假的，但是对于不知道真相的大众来说，现在的结果是最好的结果。

"你做得不错。"

做得不错？这意思是自己做伪证让 EXR 打赢了官司是对的？那神秘人为什么要让自己毁掉那份合同？这是自相矛盾的。

电视机上的画面再一次被隐退了，这回不是马克要求的。电视机上出现的是自己账户的余额。上一次，交给快乐之家的护理费和修缮屋顶的费用之后，自己的余额只剩下 5 万块钱。

但是这时候，马克清清楚楚地看到，自己的账户又多出了 10 万块钱。

"这是对你的奖励。"

电视机里出现了那个被处理过的声音，马克很奇怪这个人是怎么进入自己家的数控系统的。

马克很诧异，他冷冷地问："你怎么进入我家数控系统的？"

马克家里的全自动数控系统，具有非常高级别的防火墙，一般人根本就无法进来。

"我想做到的事情，我就能做到。"

"你到底是谁？你想要什么？"

"我想要的，你很快就会知道。"

声音没了，电视机恢复了正常，还是那个荒野抛尸案的直播现场。马克看清楚了抛尸的位置，确实是在莲板。那个曾经被大火灼烧殆尽，又被这个城市所遗忘的地方，那些依然坚守在原地的居民让马克有时候觉得很惭愧。他成了莲板这个地区最早的叛逃者之一。

马克回到了 E X R，许铭办公室玻璃墙壁上的银色虚拟光膜已经被打开了，透过透明的玻璃墙壁，他看到许铭的办公室依然是空空的，依然是一尘不染的整洁模样。

马克来到公司的时候，已经快到了中午，他在一楼刚上了电梯就看到旁边电梯里有一个人压低着头从里面出来，几乎和自己擦肩而过。马克觉得眼熟，但是还没缓过神的时候，这个人已经走开了，面前的电梯门正好打开，马克进了电梯。

前台小姐告诉马克，刚才有人找他。

马克警惕地问："谁？"

前台小姐摇摇头："不知道，只是问了一下你的真名叫什么，就走开了。"

问自己的真名？

马克更加警惕了："那个人长什么样子？"

"高高的，一个中年人。留着络腮胡子。"前台小姐比画着。

马克想到了刚才在楼底下擦肩而过的那个男人，和前台说得很像。

"还问什么了？"

"没有，好像宓蜜姐和他说过几句话。"

"宓蜜呢？"

"喊着饿，下楼买三明治了。"

马克慢慢琢磨着这个人是谁，他回到了自己办公桌，头顶的空调终于修好了。

对面许铭的办公室依然是空的，马克心里不免有些打鼓。马克扭头看了一眼朴丹思的办公室，朴丹思正向他招手。

马克进了朴丹思的办公室，朴丹思就顺手关上了办公室的门，按了门后的一个按钮。原本透明的玻璃墙壁上，渐渐被一层银色光感的图像覆盖，形成了一面不透光的墙，外面看不到里面的一举一动，技术改变了传统的生活。朴丹思这是有事情要说，而且很重要。

朴丹思端庄地坐在自己的办公桌后面，也没有给马克让座："吴先生的案子就此结了。你老实告诉我，你现在到底在做什么呢？"

马克耸耸肩，自己坐下了："没做什么啊？就是在家里待着。"

朴丹思盯着他看："你当我是瞎子？"

马克确实有点不明白朴丹思说的话是什么意思，自己最近除了上班确实就是在家里。

"你无缘无故地把业务量弄得这么低，正常吗？你是刻意要把业务主管的位子让给许铭，对不对？"

这句话朴丹思猜得大差不差，马克确实是把本该属于自己的位子让给了许铭，只是他并不是自愿的。马克也没法告诉朴丹思，自己被一个压根就不知道是谁的人给控制住了。

"许铭失踪了一周了，你知道吗？"

朴丹思的眼神里写满了质疑。

马克瞪大了眼，这确实让他很奇怪："失踪？"

朴丹思倚靠在座椅上，看着马克："你进他办公室毁掉那些文件的时候，他就已经失踪3天了，我派人去他里家问了，这一周他都没有回来过。电话关机，不知道他去哪里了。"

马克脑海中突然想到了那个便签纸条，上面写着许铭要去莲板的轧钢厂。

"刚才，有个叫李可的刑警队长过来问许铭的事情了，许铭的消失恐怕没那么简单吧。"

刑警？

马克想到早晨电视直播的画面，轧钢厂荒野抛尸，虽然尸体上蒙着马赛克，但是马克还是能够看得出那个死者的身形是个胖子。这么一联想，马克一激灵出了一身的冷汗。这也就意味着，那个荒野抛尸案的死者，很有可能就是许铭。

马克感到不可思议。

"这些事放在一起，你能给我一个解释吗？"

马克立即摇摇头："我没法说。"

朴丹思得到了马克这样的回答，自然不满意。

"马克，我只问你一句话。"

朴丹思的眼神里写着严肃，那意思是告诉马克，你要慎重回答。

"许铭的事情和你到底有没有关系？"

一字一顿的感觉。

马克看着朴丹思，这张脸他是始终无法忘记的。即使十年前这张脸上还写着幼稚，但是这么多年过去了，朴丹思在自己心目中的样子却一直都没有变过，始终是那个坐在咖啡馆里对着自己笑的小女生，她的笑带着阳光的味道。

现在的朴丹思，成熟了，性格更稳重，霸气十足，可是她的眼睛里还是那种单纯得一塌糊涂的感觉，这种感觉，可能只有马克才能看得出。

"我保证，没有关系。"

马克给出了朴丹思想要的答案，但是朴丹思对这个回答心里没底。朴丹思走到门后，按下按钮，玻璃墙壁的银色光层退掉，又变得透明了。朴丹思就这样站在玻璃墙边，看着忙碌的办公大厅。

"马克，这些人的身家性命，我都要负责任，希望你不要让我陷入难堪。"

马克起身，拉开门，走出去之前说："我的事，和公司不会有任何的牵连。谢谢你帮我……这么多年。"

马克走了。朴丹思在玻璃墙里注视着马克的背影。

"这么多年。"

朴丹思嘴里喃喃地念着这四个字。

这么多年，曾经那个开朗的大小伙子，现在的背影却是这么憔悴单薄，朴丹思轻轻吸了一口气，她感到自己的肺部在微微颤抖着。对她来说，这么多年，她始终无法真正地了解马克的内心世界。

马克回办公桌的路上，就接到了电话。听声音就知道是谁，那个莫名其妙的神秘人。

马克记得这个神秘人早晨和自己说的话：我想要的，你很快就会知道。

神秘人用很自在的语气和马克打招呼。

"马克，中午好。"

马克抬头看了一眼办公大厅的大钟。指针正好指在了 12 点的位置，确实已经是中午了。

"这回，你想要什么？"

"慢慢来，不着急。"

"我再问你一句，你为什么找上我？"

"你自己想。"

"我做错了什么事吗？我不是个坏人，你干吗要这么惩罚我？"

"这个城市里还有好人吗？每一个人都在为了钱、利、欲望而奔走，为了这些不惜伤害别人。"

"那和我有什么关系？"

"你也是这其中之一。"

"我……"

"我的钱你已经拿了。"

"那是你给我的。"

"可是你还是拿了。"

"这个……"

"吴先生的案子，你是罪魁祸首。你让他无家可归了。"

"这是你让我毁掉的文件。"

"可是我没让你做伪证。"

"你!"

马克一路都在压低着声音,他跑进了卫生间,躲在没人看到的地方。

"我把钱还给你,求你别再这样控制我了。"

"你回不去了。"

"你什么意思?"

电话那边的声音变了,不再是这个神秘人经过处理的声音,而是几个人在谈话。

马克感到奇怪,外面正好有一列半空快轨经过,列车撞击铁轨的声音很大,马克几乎听不到话筒里面说什么。马克堵住另外的一个耳朵,集中精力听。

"马克,有一个选择题,我需要你现在给我一个结果。"

"什么选择题?"

"1.看着ＥＸＲ败诉,你走人;2.出庭做证,证明吴先生故意骗保,你升职。"

"吴先生不是骗保啊?他的手续都是合法的。"

"吴先生确实没骗保。吴先生手里的那份经济收入证明成了最重要的证据,我只要证明那份证明是假的,他骗保的可能性就成立了。"

"是真的啊。"

"从现在开始是假的了。"

"什么意思?"

"那份文件,在公司和政府金融系统数据库中根本找不到。"

"不会啊,我亲手扫描录进去的。"

"我想让它没有,就可以做到。"

……

马克听出来了,这是自己和朴丹思、康拉德的对话录音。

"你……"

"这份录音的重要性,你肯定知道。"

"你想做什么?"

"帮我做一件事。"

"你别再让我干那些伤天害理的事情了!我不想再伤害别人。"

"你放心，这次你做的事情，不会伤害到任何人。"

"那是什么事？"

"你帮我取几样东西。剩下的你不用管。"

"只有这个？"

"你只要照我说的做，就不会有人受到伤害。"

"我要不照你说的做呢？"

"录音公布出去的后果，你懂吧？"

马克确实懂，这段录音一旦公布出去，整个 EXR 保险公司就彻底完了。

"快乐之家那位，再也见不到自己的儿子了。"

"你到底想要怎样？"

"借你的手，拿回我要的东西。"

马克没辙了，看来这回他还得依着这个人说的做，这样的状况，他没得选。

"你为什么不自己拿回来？"

"我喜欢别人帮我拿回来的感觉。"

神秘人紧接着说："录音样本已经快递到陆艺章律师事务所，你要想证明你愿意替我做这件事，现在就出门，去拿回样本。你还有一个小时的时间。现在陆艺章在楼底下吃饭，一个小时后他会回到办公室。计时开始！"

电话挂断了。

马克看着电话，有些怔怔的感觉。

这个神秘人绝对有控制的强迫症，马克其实已经基本答应要替他做这件事了，不为别的，只是为了珍丽的安危，他也会毫不犹豫地答应。可是这个神秘人偏偏要马克在一个小时之内拿回那份文件。这有种猫捉到老鼠不急着吃，而是玩到老鼠筋疲力尽的时候才大快朵颐的感觉。

马克是那只老鼠，神秘人是只无形的猫。

马克乘了电梯下楼，因为着急，撞到了一个刚进大楼的人，马克瞟了一眼，他觉得眼前的这个年轻的男人也有些似曾相识，时间紧急，马克还没来得及说声抱歉就冲了出去。陆艺章事务所离 EXR 大楼有一段距离，正是中午的上下班高峰时间，即使打车过去，一个小时也是非常紧张的。凌驾在半空中的城市轻轨飞驰而过，很快消失在马克的视野里，马克看到面前堵成一片的大街，往轻轨站奔去。

整个城市的交通被明确地划分成了空中、地面和地下三种，除了比较常规的地面公路和地铁之外，这个城市最令人惊叹和不可思议的地方就是将空中轻轨建设得如此繁杂。空中凌驾着的铁轨曲折蜿蜒，串联着这个城市里几乎所有的摩天大楼，就像是马克小时候记忆中的过山车一样。轻轨列车的速度极快，安全系数也高，这成为这座城市标榜自己科技实力的最大符号。

马克坐在轻轨列车里，俯视这座几乎被高科技淹没了的城市，看着几乎被高科技把控住的人们，感觉到了自己的渺小。从空中看这座城市，除了林立的大厦高楼，就是数不清的 LED 不断地闪烁着关于这座城市的浮华和高端，看不出人情的所在。

马克看着轻轨列车里虚拟投射出的钟表，从挂掉电话到现在已经过去了 20 分钟，轻轨马上就要到达马克想要去的那一站。下了轻轨列车，马克就看到陆艺章律师事务所的巨型数码广告牌立在远处的一栋大楼上，陆艺章很自恋地把自己的虚拟人像作为了广告表现的重心。广告中的他，可以和楼底下仰望着他的人不断地交流，摆出各种 pose。马克觉得这种光天化日下向大众展示自己的行为，有些变态和恶心。

马克一路小跑地往那栋楼奔去，这一带的路况非常差，几乎堵成了停车场。马克穿梭在不断鸣笛吵闹的车辆中间，艰难地从各种车的缝隙之间穿插前行。

等到马克好不容易挤到了大楼底下的时候，他除了看到头顶那个巨大的"陆艺章"低头向自己微笑之外，还看到一楼一个豪华餐厅的临窗座位上，陆艺章正背对着自己在和一个男人一起吃饭。马克不认识那个男人，但是从那个男人脸上的微笑可以看得出，他们俩相谈甚欢。

马克喘着粗气，盯着这两个人看了很久。也许马克这种目光太过于犀利了，那个微笑的男人看向了马克这边，马克连忙低头钻进了大楼。

正是午后上班的高峰期，有限的电梯里满满的全是人，马克挤了好几次都没挤进去，每一部电梯几乎都超载了。马克看着手表，时间过去了 40 分钟，他还有 20 分钟能够比陆艺章早先一步拿回那份文件。

另一部电梯开了门，人依然很满，马克不顾一切地钻了进去，惹得后面一群等候半天的人一阵牢骚。马克进了电梯就按了关门键，电梯里人很多，门关上的时候，他的脸就差点贴到了电梯的门上。

马克要去 28 楼，他进了电梯之后，电梯自动柜员微笑地告诉他 28 楼是陆艺章律师事务所。但是电梯几乎是走一层停一下，走一层停一下，这让马克很焦灼，他看着那个微笑的虚拟柜员，更是觉得恼怒。

电梯好不容易走到了28楼的时候，电梯里就剩马克自己了。电梯门一开，马克就冲了出去，门口等着下去的几个人被吓了一跳。

马克来到前台。

"你好，今天早晨快递来的文件都在哪里？"

前台不解地问："不好意思，您是？"

"我是快递公司的，有一份快递送错了地址，我过来取回去。"

前台半信半疑地看着马克，看着这个气喘吁吁的帅气男人。

"拜托了，"马克用祈求的眼光看着前台，这种熟男可怜的眼神，具有必杀的功能。

前台拨通了一个分机："早晨来的快递在哪里？"

前台放下电话，指向左手边："大办公室最里边的邮件分发室。"

马克给了前台一个微笑，跑了进去。

前台羞涩地笑了。

马克推开邮件分发室的门，里面没人，桌子上也没有了邮件，看来已经拿出去开始分发了。马克转头，仔细地在整个办公大厅里找分发邮件的人。

他的头顶上，有个摄像机，和马克的视角一样保持着同样的速率左右地扫视着整个办公大厅。马克看到了邮件车，推车的人去送邮件了，就一个车子在那里。

马克的无线蓝牙耳机里传来了来电的声音，马克赶快接通。

电话接通那一刹那，那个神秘人就告诉马克："灰白色的邮件。"

马克几个大步跑过去，在成堆的邮件车里翻。可是翻到了最底下，也没看到那个灰白色的邮件，马克有些着急了，陆艺章应该在五分钟之内就会来到这里。

"你干吗呢？"

发邮件的人回来了，看着马克在邮件车里翻动。马克抬头看了一眼这个头发花白的男人。

马克稳定了一下情绪说："哦，我是新来的律师助理，陆先生让我找一下他的一封加急邮件。"

发邮件的人走到邮件车边，从旁边的一个袋子里拿出一摞文件交给马克。

"陆先生的邮件都是单独放的。"

　　马克看到那封灰白色的邮件夹在中间，心里落下了一块石头。

　　"谢谢您，我刚来，不知道。"

　　马克拿着文件换个方向走，避开了多数人的目光，在一个角落里，马克把灰白色的文件拿出来，塞在裤子的后腰里，用衣服盖上，把剩下的文件全都扔进了垃圾箱。马克整理了一下衣服，往电梯间走去。可是刚走到电梯间，电梯门开了，陆艺章走了出来。

　　马克顿时呆在了原地。他怔怔地看着一脸惊诧地看着自己的陆艺章。

　　"你在这儿干什么?"

　　"啊……"

　　马克在想自己该怎么说。陆艺章在等着马克的解释。

　　马克突然就来了灵感一样，像煞有介事地说："是这样，陆律师，我有个亲戚最近有个官司要打，很棘手，我想找您来咨询一下。"

　　陆艺章觉得好笑，几天前两个人还在法庭上对峙，此刻马克却来找自己帮着他的亲戚打官司。

　　陆艺章伸手让马克进屋："那，我们办公室聊?"

　　马克尴尬地笑了："我改天再约时间来找您吧，您这里有客人在。"

　　马克连忙钻进电梯间，向陆艺章挥手再见。陆艺章一时没反应过来，愣在了那里。

　　电梯门关上的时候，陆艺章向前台问。

　　"他来干吗?"

　　前台刚才听到了马克和陆艺章的谈话，和刚才马克给自己讲的完全不一样，她也不知道怎么说了："这个……"

　　马克来到楼底下，找到一个僻静的地方，他四周看了看，确定周围没有能够拍得到自己的摄像头，这才从后腰里掏出那个灰白色的邮件，匆匆地打开。

　　里面竟然是一堆白纸!

　　马克觉得自己瞬间被唬住了，这个神秘人是在耍自己，他一页一页仔细地翻开看了每一页，确认都是白纸之后才把所有的东西都撕掉了，扔进了旁边的垃圾桶。

　　马克舒了一口气，走回到大街上。

　　马克拨通那个未知号码。号码没人接听，马克拨了两遍都没打通。

马克站在大街上，不知道下面该做什么。正当马克以为这个神秘人准备放过自己的时候，电话不合时宜地响了。

"拿到了？"

"拿到了。"

"你很听话。"

马克的语气很硬，甚至是有些生气："少废话。我不知道你是谁，也不知道你为什么找上我。我现在有个要求，如果你不答应，我就算挣得鱼死网破也不会受你的控制。"

"说。"

"我帮完你这回。你必须给我 50 万作为补偿，而且，这是你最后一次找我。"

"我要是不答应呢？"

"许铭是你杀的吧？"

电话那边没回应了。这基本印证了马克的猜测。

"也许警察会对这个感兴趣。"

"哈哈哈……"

电话那边笑得很狂妄。

"马克，你想得太天真了。我弄死一个人，不会有任何人来找我的麻烦。"

"为什么？"

"你不需要知道。50 万可以给你，但是从现在开始，你必须给我好好听着，按照我说的做，不能有一点差错，否则，我会让你后悔的。"

"我帮你做完这件事之后呢？"

"你会收到 50 万。"

"你必须保证以后不再找我。"

"呵呵……马克，你对我的价值没那么大。在我眼里，你也只不过是一个见到了钱就忘记底线的普通人而已。你控制不了你的欲望。"

"下一步我要怎么做？"

"去正义街街角，2 点之前必须到。我会给你打电话。记住，马克，我在看着你。"

神秘人把"看着"这两个字说得特别的轻，带着神秘的语气，让马克感觉到话筒那边传递过来的浓浓寒意。神秘人这是告诉马克，他逃不开自己的手掌心。

正义街是在 EXR 大楼反方向的一条小街道。街道两边都是长了数十年的大树，这些树丛底下，沿街两边开着众多颇有情调的小店，或是咖啡馆，或是西餐厅，都是这个城市小资白领们闲暇时间逛街的去处，也是众多年轻人约会调情的好场所。

马克和宓蜜来过很多次，马克最喜欢的一家店就开在神秘人让自己去的这个正义街街角，是一家意大利餐馆，马克喜欢这家店的风味意大利面，宓蜜则喜欢点一杯咖啡看着马克吃意大利面。曾几何时，马克甚至觉得自己和宓蜜之间就是所谓的爱情，可是每一次床上疯狂之后，激情褪去，马克都有一种悔悟的感觉。宓蜜对他有意，可是马克过去发生的那些事，已经注定让他放不开这个心怀。

1 点半左右的时候，马克就到了正义街。一天没有吃东西，他在路边买了一个面包和一瓶水大吃大喝起来。对面就是正义街的街角，马克四周观察了一下，这个街角至少有 5 个摄像头，几乎覆盖了所有的角落。马克对这条街多少有些了解，除了这个街角，其他的沿街都少有摄像头，两边的商家为了尽可能地保持这个闲暇小街的神秘性，都对安装监控摄像头没有多大的兴趣。马克蹲在路边，盯着这个街角看。

面包很干，马克被噎得难受，即使喝了好几口水，喉咙依然被面包的粗颗粒刮得疼。

下午两点，是这个街角不特别忙的时候，没有什么车。整个街角，除了一个大树底下闲着抽闷烟的男人，再无任何的生气。

马克在等着神秘人的电话。

马克站在街边，一双脚都快麻痹了，也没等到神秘人的电话，马克心头那种被欺骗的感觉再次袭来。事实证明，马克没有被骗。

起码神秘人掐时间掐得正好。

一阵电话铃声传来，却不是马克的手机，而是从马克面前那辆一直停着的红色汽车里传来的。

马克低头看了一下。

汽车的车窗玻璃自动摇下来了，驾驶座位上放着一个高端的手机。

乍看上去，只是一个透明的玻璃板。实际上，这款最先进的概念手机，价格昂贵，普通人还没有经济能力去买。

正是这个手机在响。

马克歪着头看过去，手机的玻璃透明面板上有着自己的头像，还显着几个字：

马克，接电话。

确实是打给马克的。

马克伸手拿起手机，把大拇指按在上面。

手机经过指纹比对，确认了接听人是马克。

"上车。"

马克拉开车门，坐了上去。

这是一辆最新款的车，带着全自动驾驶功能，挡风玻璃是最新的合成硅晶材料，有即时呈现视频成像功能，可以在开车的时候和别人进行视讯通话。

"把你的手机扔进车旁边的地下道。"

马克有些不情愿，他掏出手机，犹豫着。

"快点！"

神秘人加重了语气。

马克不得已，把手机扔进了左前轮压着的地下道里。看来这辆车的位置，是神秘人故意选好的。

马克做完了这些之后说："下面呢？"

"拿着枪，去对面的意大利餐馆，把里面所有人身上的东西都拿走。"

"你叫我去打劫！"

"不会让你伤害别人，只让你去拿东西。"

"拿个东西一定要拿着枪？"

"是的。"

马克觉得有些不可思议。

"副驾驶座位上的包裹里有你需要的东西。记住，你没得选择。"

马克打开包裹，上了膛的枪，头套，入耳蓝牙，装东西用的布袋子。

马克感觉有点可笑。但是马克答应了神秘人，这一刻，他不得不照他说的做。

戴好蓝牙耳机，戴上头套，拿起枪，提着布袋子。马克下了车之后立即跑进了意大利餐厅。刚进餐厅，这身打扮别人一看就知道他要干吗了，刚从后厨端着一杯咖啡出来的服务员吓了一跳，咖啡掉落在地上。

马克记得电影里抢劫的人应该喊："打劫！"

但是马克喊的第一句是："全部趴下！"

马克感觉到自己的声音在发抖，但是他没办法。

餐厅里就几个人，不多，马克要他们把东西都交出来。

神秘人在耳机里告诉马克："要他们把钥匙也交出来。"

马克虽然不知道为什么，但是只能照做，他颤抖手地拿着枪指着这些人，要他们把钥匙也拿出来。

"你身后的那个男人，让他把钥匙也交出来。"

马克一转身，看到了那个蹲在桌子边的中年男人，正是刚才在路边抽闷烟的男人。

"兜里的钥匙。"

马克直接开口要了钥匙。

眼前的这个男人有些奇怪，但是在枪口下，他还是掏出了左口袋的钥匙扔进了马克的布袋子。

"让他把右口袋的钥匙也掏出来。"

"右口袋里的！"

马克手里的枪颤抖的幅度更大了，马克感觉到了自己心里有多害怕，他的呼吸都不是很均匀了。马克看着这个男人，看着他掏出右口袋的钥匙扔进了布袋子。这把钥匙和一般家里的钥匙不大一样，上面刻着花纹。

"我可以帮你……"

这个男人开口说话了。马克不想听。

"别他妈的废话。全给我趴好了。"

这个男人突然抬起了头，马克突然认出了这个人是谁。马克确实认识这个人，三年前那场莲板大火，他是在现场的，他是那个警察。马克想到了那场漫天的大火，还有大火中被烧死的乡亲，心中怒火中烧，挥动手中的枪把直接砸向了那个男人的后脑勺。男人应声倒下。

"你干什么！快点走。"

马克连忙跑出餐厅外，钻进了车里。

"开车走，去和平银行。"

神秘人即使不这么说，马克也肯定要开车走，不然自己难道要在现场等着警察来抓自己吗？

和平银行和 EXR 同属一条街，沿街对望，这是全城最高的两栋摩天大楼，代表着整个城市金融业的形象。这两个地方马克都熟得很，他在 EXR 上班，他办公桌的位置可以一眼看得到和平银行的全貌。他每天都可以看到和平银行大楼和自己同一层的办公室里，那个穿红色裙子的女人忙碌着。欣赏美女，是男人的天性。

马克把车开到和平银行对面，停下来仔细地看着对面。

耳机里那个神秘人告诉马克："找高级客户经理陈洁希。用刚才布袋子和平银行的保险柜钥匙，取一笔钱。"

马克听到了一个熟悉的名字"陈洁希"，他已经很久没有她的消息了。猛地一听到这个名字，他突然大声问："找谁？"

"陈洁希。你认识的。"神秘人的语气很得意。

马克认识陈洁希，两个人算是一起长大的，在莲板度过了自己的童年和少年，但是自从十年前发生的那件让马克痛彻心扉的事情，他们之间就再也没能见面了。

"陈洁希在这个银行？"

"我帮你找到了旧情人，马克，你该怎么谢我？"

马克瞪大了眼睛："你是故意的吧？你怎么知道我认识她？"

"你在办公室里每天盯着她看，是个人都会知道吧。"

马克没有辩解，他确实每天都在看着这个女人。

"去找陈洁希，取出地下保险库的 300 万块钱。"

马克更愤怒了："你刚让我帮你抢完了餐厅，现在让我抢银行？你没疯吧？"

"不是抢银行，那 300 万本来就是我的。"

"那你怎么自己不去拿。"

"他存在一个我进不去的地方。"

"那我就能进去？"

"你见到了陈洁希，你就进得去。记住，马克，如果你们俩破镜重圆，你得感谢我。"

神秘人挂掉了电话。马克的心里真是五味杂陈，他真不知道这到底是福还是祸。十年前，两个人还是牵着手在沙滩上奔跑的青梅竹马的一对，可就是那件事，马克和陈洁希，就再也无法在一起了。马克远走他乡，和陈洁希彻底失去了联系。马克担心的是，陈洁希会成为神秘人操控自己的砝码。

马克从布袋子里找出那个从被自己砸晕了的男人身上"抢"来的钥匙。是一把银质的精致钥匙，上面刻着"和平银行"的字样。马克是知道和平银行的个人保险储存业务的。ＥＸＲ也是和平银行的重要客户之一。和平银行地下保险箱库的安全系数是最高级别的，这个地方没有安装任何的电子数码保险系统，通过最原始的工程理念设计而成。因此，黑客想打开这个保险库，基本没可能。

可是马克来和平银行这么多次，他从没有发现陈洁希的存在。

马克拿着钥匙，心情忐忑地走进了银行大门。下午的时候银行里面办理业务的客户不多，个人保险箱储存业务在二楼ＶＩＰ包厢。马克走到包厢门口，看到门上赫然写着：

"高级个人业务经理，陈洁希"。

他一直都是远远地看着她，不知道多年未见，陈洁希有没有变了模样。

马克摸了摸脸，这么忙碌地跑了一天，马克已经变得憔悴不堪，浑身脏兮兮的。

马克轻轻地敲了敲门。

"谁？"

"你好，我是……马克！"

门突然从里面拉开，突然打开的门让马克一个趔趄跌了进去。马克还没站稳，里面的人就用一堆文件对着自己的头就暴打过来！马克还没反应过来是怎么回事就遭到了一顿暴打，挣扎之中，马克抓住了这个人的双臂，用力地把她挤到墙边，控制住了她。

马克看到的是一双愤怒但是很漂亮的眼睛，画着淡淡的眼影，此时已经被泪水弄花。刚才激烈的打斗让这个人的长发有些凌乱，遮盖住了半张脸。

"洁希。"

马克轻轻地念着她的名字。

马克控制住的人，正是他昔日的恋人，也是他现在依然珍爱着的人。

"洁希……"马克又喃喃地念着名字。

马克松开了她，退后了一步。陈洁希就无力地靠着墙，轻轻地啜泣。

马克看着她很无助的样子，又不敢靠近："你怎么了？"

陈洁希还是在哭，不理睬他。马克想上前安慰，但是陈洁希抓起手上的文件扔了过去，打在马克的身上，马克也没有躲。

马克这才看清陈洁希的打扮。穿上了知性的职业装，已经近30岁的陈洁希虽然没有了过去那种青涩的气息，但是让马克依然感到那么熟悉。

"洁希，你怎么了？"

马克又问了一遍。

陈洁希擦了擦眼泪，从手机里调出了一段视频。

那是一个小男孩，很可爱，十岁左右的模样，背着书包在学校门口和学生一起玩闹。拍摄的人很快就把镜头转向了别的地方，那是一把枪。

有人在说话："如果你不听话，你就再也听不到他的声音了。"

是电子处理过的声音，和神秘人一样。

马克终于明白为什么神秘人有那么大的信心可以取出那些钱了，原来他也控制着陈洁希。陈洁希看自己的眼神还是很凶，但是看着这样的眼神，马克也不知道该说什么。

马克想解释，但是看到陈洁希的眼神，他放弃了。马克想了很久说了一句话。

"洁希，你放心，我不会让你有事的。你要相信我。"

马克接到了神秘人电话。还没等神秘人说话，马克就直接骂了过去。

"你他妈的不准动那个孩子！"

"动不动看你们的表现。"

"你想我怎么做？"

"拿着钥匙和陈洁希一起去地下保险箱库，取出我要的东西。"

马克看着洁希失落的表情，他咬了咬牙，说："洁希，你现在必须带我去地下保险库。"

陈洁希感到诧异："你要干吗？"

"你不要问，如果你想救孩子，就照我说的做。"

"我不能去。"洁希很为难。

马克抓着陈洁希的肩，用力地摇晃："你必须去。你相信我。孩子重要。"

这句"孩子重要"刺激到了陈洁希的内心，她看着马克。

马克看着陈洁希的眼神，给了她很大的安全感："相信我，不会有事的。"

陈洁希面带泪花，她现在除了信任，没有别的路。她最爱的儿子危在旦夕。

"他只是要取回自己的东西，拿回去了，就没事了。"

"我要怎么做？"陈洁希擦干了眼泪看着马克。

马克看着陈洁希的眼睛，给了她一个坚定的眼神。

陈洁希在办公室里稍微整理了一下衣服，补了妆，才带着马克出了门，一路上马克有些做贼心虚，反而陈洁希却很淡定，一路报以微笑。很快两个人就到了电梯口，陈洁希和马克乘电梯到地下十层的位置。马克一直都在看着头顶电梯间的监控录像，像是直视着神秘人的眼睛一样。

在电梯里，陈洁希不知道说什么。许久才说了一句。

"这些年，你还好吗？"

马克的眼睛并没有离开那个监视摄像头："好，只是有时候还会做噩梦，会梦到十年前的事情。"

"别说了。我不想听。"陈洁希很抵触他想要说的。

马克只好闭嘴。

电梯到了地下保险库房的位置停了下来，洁希带着马克一起向保险箱库房大门走去。那是一个金属的大门，用最高密度的金属材质制作而成，整体铸造，没有一点缝隙。保险库的大门的防护用四道人工手动程序构成，用的都是复杂的工学原理，没有一点的数字科技。

陈洁希开始繁杂的操作，马克在旁边看得很费解。他们的背后，一个摄像头正在"虎视眈眈"地盯着他们。陈洁希打开了大门，两个人走了进去。大门应声而合，把他们隔绝在了里面。

马克看着保险库里的四周："这里面有监控吗？"

"没有。这里是没有任何数字线路的，防止黑客入侵，用的是最原始的防护系统。"

陈洁希走到一个保险柜面前，掏出胸前的钥匙，插入钥匙孔。

"你要取的这件东西，是小马来存的。"

"小马？哪个小马？"

"当年跟在咱们后面的鼻涕虫，现在当刑警了。"

"300万？他哪来那么多钱？"

"存在刑警队长李可的名下。"陈洁希看着马克，马克也看着陈洁希，他俩的眼神里似乎都有一些暗示。

马克嘀咕着："李可？是……"

陈洁希示意他不要说话。陈洁希转过身转动了钥匙，转身伸手。

“钥匙。”

马克把钥匙交给她，那把从意大利餐厅中年男人身上抢来的钥匙，上面和平银行的标志闪闪发光。陈洁希把钥匙插入另外一个钥匙孔，两把钥匙同时转动。

弹出了一个金属箱子，里面是一袋子的钱。

“东西在这儿。”

“这是那300万？”

“嗯，钱袋是银行专用的，上面有跟踪器。”

马克提出钱袋子，很重，他提起来有些费劲。陈洁希关上保险箱柜。

马克想了想说：“洁希。”

陈洁希淡淡回答：“怎么？”

“没事，孩子还好吗？”

陈洁希看着马克的表情，没有回答。

不等陈洁希回答，马克就已经吻了上来。陈洁希连忙推开他。

陈洁希低着头想了一下说：“走吧。”

陈洁希打开大门，带着马克一路来到大厅，从后门处放马克走。马克一步三回头，陈洁希一直站在原地不敢看着他，眼睛里满是泪水。

马克停下了脚步，又转头跑回来，抱着她，然后低头看着她。陈洁希惊讶地看着他。

“洁希，等我。我办完事情，会回来找你。”

陈洁希点点头。马克从巷子口跑出去了。

刚跑出来走到大街上，马克就看到一辆车开到了面前，车上的人打开门朝马克喊：“妈的，快上车。”

马克顾不上那么多，冲进了车里。刚一上车，车子箭一样的飞驰而去，在车来车往的大路上一路逆行。马克看到驾驶座上的人浑身上下包裹着纱布，像是刚从医院逃出来的一样。

“你是……”

没等马克说完，这个人就打断了他的话：“别废话，我不是那个神秘人。”

“那你是谁？”

“跟他妈你一样，傻偪！”

这家伙火气不小，开车技术也和他的火气一样。虽然逆行，但是车速一直没有降下来，也没有撞到任何的车辆。

马克抓着把守问："我们去哪儿？"

这个人火气不小："别他妈废话，先逃出去再说。"

马克感到很惊讶，他本以为这个人带着自己去神秘人要自己去的地方，结果这个人竟然是要逃，不免惊诧地问："逃？"

"我他妈让你闭嘴。"

这个"伤者"显然专注于开车，不想让马克打搅自己。

马克接到了电话，是神秘人："刚才真是感人啊！"

马克不理他这些，直接问"孩子怎么样了？"

"你照我说的做了，孩子就没事了。"

"钱我已经拿到了。"

"很好。和三毛见上了？"

"谁？"

"开车的人。"

马克看着开车的三毛，说："我正在他的车里。"

"很好，马三毛会告诉你去哪里。"

神秘人挂掉了电话。电话一挂掉，马克浑身顿时软了下来，一下午都在不停地奔跑，身体早就快透支了，他想着刚才的洁希，还有那个孩子，陷入了沉思。

三毛将车一路向西开去，很快开出了主要干道，专走一些偏僻的小路，车速依然没减。

马克突然意识到三毛并没有按照神秘人说的做，忙问："我们到底去哪儿？"

"去没有监控的地方。"

马克隐隐地感到不对，前面的路已经很破旧了，他们出了城。

"你不是去他说的地方？"

"你他妈的别废话。"

"你这会把我害死的！"

马克连忙过来抢方向盘，两个人在车内争打着，车子左右画着圈在小路上扭动，一头钻进了旁边的沟里。车里，马克和三毛还在继续扭打着，三毛的力气显然不小，马克打不过他，没办法，一手掐住了三毛被棉纱布包裹着的额头，伤口撕裂的疼痛让三毛大声叫唤。

"停手，停手！"

马克松了手，三毛也累得气喘吁吁。他的头上渗出浅浅的红色。

三毛恶狠狠地拍打着方向盘，嘴里大声骂着："干！干！干！"

马克看得出三毛很痛苦，不知道该说什么。他开门下了车，提着钱袋子想往回走。

三毛在车里大吼："你干吗去！"他很努力地从车里挣脱，出来站在门边。

马克头也不回："我得回去。神秘人要是发现我跑了，他肯定会报复我的。"

三毛狠狠地踹了一脚车门。

马克继续往前走，可是他走了几步就停下来了，他对三毛的逃走感到奇怪。

"你为什么要逃，你就不怕他报复你吗？"

三毛指着自己浑身的纱布。

"我这还不够吗？"

"你这么走了，他不会报复你的亲人吗？"

三毛一听到这儿，突然就号啕大哭起来。这么一个大男人这么样的哭，马克还是第一次见到。马克就站在原地，看着三毛这么尽情地哭。这个时候，他需要发泄。

三毛哭了很久才停。他擦掉了鼻涕和眼泪，对着马克说：

"过来把车推上去。"

马克走了过来，两个人费了九牛二虎之力终于把车推上了小路，两个人上了车。三毛把车掉了头，原路返回。

马克轻轻地问："你不怕那个人发现咱们跑了吗？他能追踪过来的。"

三毛的情绪稳定了下来："在这里他追不到。"

"为什么？"

三毛拉出车底下的一堆电线："所有能接通无线的东西都被我割断了，这里没有信号，你的手机他也打不进来。"

"你是因为什么被他控制了的？"

三毛不说话，车在乡间小路上颠簸着，马克等着。

车子开回城里的时候，已经到了晚上。手机刚有信号，马克的手机电话立即就响了。

声音是狂吼而来的，极其恐怖："你们竟然敢不听我的话！"

马克连忙解释："我们已经回来了。钱没动过。我们现在就去那个地方。"

三毛一路把车开向南面。南面是海湾码头，是仓库的聚集区。

"可是我已经生气了。"

"我们能回来，就说明我们不会再那么做。放心，会把事情做好的。"

三毛一路都不说话，脸色沉沉的。

"你们已经晚了，如果耽误了今天的事情，你们会付出惨痛的代价。"

马克挂掉了电话，他也不必往下接了。他问三毛："我们要去做什么事情？"

三毛不说话。

马克又问了一遍："三毛？"

三毛还是在专心地开车，不搭茬，这让马克感到费解。

三毛问马克："他拿什么威胁你？"

"我妈妈。最爱的人。"

三毛笑了，很温柔的那种笑。

三毛突然很幸福地说："我有个女儿，很乖，今年上五年级了。"

"是吗？那一定很漂亮。"

"她会跳舞，还会唱歌，老师都喜欢她，每一次我和她妈妈一起去学校接她，都特别骄傲。"

"当了爸爸就是不一样。"

"你结婚了吗？"

马克摇摇头："还没有。"

"结了婚，有了孩子，你才知道什么是一个真正的家。"

三毛开着车，突然不说话了，过了一会儿才说："真想看着孩子长大。"

马克轻轻拍了拍三毛的肩膀说。

"没关系的，你肯定可以等到。办完了这件事，我们就和那个人彻底无关了。"

三毛笑了笑，很轻松的感觉。

车子已经进入了海湾码头的区域，面前一片漆黑。林立的集装箱码头将这块区域划分成无数个不同的小格子，形成了迷宫一样的格局。

三毛把车开到一个角落，熄了火。

三毛对马克轻声说："有枪吗？"

马克从后腰掏出那把抢意大利餐厅时用的枪递过去。

三毛看到了枪感到很惊讶："怎么还用上枪了？"

马克小声说："壮壮胆。"

三毛笑了，三毛拿过来左看右看。

马克问："我们干吗去？"

"拿钱去买一批货。"

"货？"

马克提着钱袋子打开车门准备往下走，谁知后脑勺突然被别人拿着硬物狠狠地砸了一下。

马克还没有反应过来，就昏倒在地，失去了知觉。

马克醒来的时候，不知道过去了多久，他发现自己躺在一个极为狭小的集装箱空隙内，面前是那堆钱。马克依稀记得打自己的那个人就是三毛，他摸着疼痛的脖子，很费解地扶着墙站起来。马克提着那袋子钱，走出这个集装箱，他面前是一块空地，斜斜地躺着好多人的尸体，马克看得出他们都是被枪打死的。马克突然想到了三毛，他有些担心。

远处的探照灯扫过，还能够看得清地上隐隐的车轮印，一直延续到海边消失。

耳边是海的声音，腥臭的海的味道。

"三毛！"

马克捂着后脑勺叫着。

"三毛！"

马克耳朵里除了海水的声音，没有一个人的声音。

马克顺着地上的车轮印，走到了海边。他脑中猜到了什么。这周围没有三毛的痕迹，也没有他们的那辆车，最糟糕的就是，三毛和车在海里。

马克摸了摸身上，想找出手机，可是发现什么都没有了。耳朵里那个细小的入耳蓝牙也没了。能做到这点的，只有三毛，只有他和自己在一起。

马克找了一圈，没找任何线索，他扭头要走，突然听到微弱的声音。

"马克……马……克。"

是三毛的声音。

马克四处找："你在哪儿？三毛？"

"水……水里。"那个微弱的声音从海那边传了过来。

马克跑到海水边，发现码头的防波堤上趴着一个人。黑乎乎的，在黑夜里基本看不到那里有个人。马克连忙跑过去，连拖带拽地把三毛从那里拽上来，三毛一身海水，湿漉漉的，在发着抖。马克脱下外套罩在三毛身上，这时候他才发现自己手上有血的痕迹，那种被海水冲淡了许多的红色。

马克连忙抱起三毛："三毛，你怎么样"

三毛闭着眼，很虚弱，无力地说："兄弟，我们被骗了。"

"你说什么？"

"枪里没子弹。"

枪里没子弹？马克一听，感到震惊。

"那个狼心狗肺的人，就……想让我们……来送死的。"

三毛紧紧地蜷缩在一起，马克连忙抱紧他，三毛依然在怀里瑟瑟发抖。

"这是怎么回事？"马克很惊讶。

"兄弟，带……带着钱，快走。别……让他再找到你。"

"你说什么呢？"

"快走，他不会放过你的，他一直在骗人。"

"三毛，别说话，保持精力，我去叫救护车！"

马克要走，三毛拽住了他。

"带着钱快走……"

"我们一起走。"

"我走不了。你还年轻，你应该活着……"

"三毛，不要这么说，我们都不能死。你还要看着女儿长大呢！"

"我等不到了。"

"别这么说！你他妈的还算是个爸爸吗？"

"我等不到了。马克，我求你帮一个忙。"

"你说。"

三毛紧紧地拉着马克的手："帮我照顾好，孩子。"

"她在哪儿？"

三毛的手拉得更紧了："学知，学知小学，五年级。马小寒。"

马克知道三毛已经到了极限了，他点点头："好的，我记下了。"

"马克，记住，走得远远的。别再回来。"

三毛紧紧地抓住了马克的手。马克知道他无力回天，怀里的三毛已经渐渐地失去了知觉。

三毛死了。

马克站起了身，看着三毛的尸体，想哭却哭不出来。

马克想，三毛把自己打晕，把自己藏了起来，拿着枪就是想和神秘人拼死。他不想让自己也去死。三毛是自己的恩人。马克把三毛的尸体捆上了石头，推进了大海，看着他慢慢地消失在海水里。在海里，没有人再去控制他，也没有人会威胁到他了。

马克回头，提起那袋子钱，消失在黑暗中。

第二天一大早，吴先生家的门口，多了一堆用报纸包好的钱。吴太太出门倒尿盆的时候差点被这堆钱给绊倒，看着这么多的钱垒在门口，吴太太被吓到了。

钱堆上面，放着一张纸条。

纸条上写着：这些是你们应得的。

吴太太差点哭了出来，吴先生的儿子也跑到了屋外，他对眼前的这堆钱不感兴趣，他的手里依然抱着那个坏掉的风筝。他看到了对面的那棵树上，挂着一个完整的好的风筝，正在随着风飘扬。

快乐之家养老院坐落在这个城市的最东边，再往东，就快到城市的边缘了。快乐之家坐落在半山腰，远远地能够看得到因为城市化过快而被遗弃的老城，灰茫茫的　片，没有生机。这座小山头底下住着的都是坚守的人，大多数都是因为十年前那场大火而无家可归的人，是莲板的原著居民。此刻的他们，住在随意搭建的砖瓦棚里，相比马克生活的世界，他们的生活要更加简单。没有歌舞升平，也没有霓虹杯影，他们的世界里，只有"活着"。马克一路穿过这些砖瓦的棚户区，沿途不少人认识他，和他打招呼。

"马克，又来看妈妈啊？"

"马克，这次带什么好吃的了？"

"嗨，哥们儿，有烟吗？"

……

马克都一一微笑地应答着。跟他要烟的那个男孩还不满 20 岁，和马克最为熟悉。马克从兜里掏出一盒没拆封的烟扔给他。马克不抽烟，这是专为这个男孩准备的。

男孩晃着腿："谢谢哥们儿。"

男孩迫不及待地打开包装，抽出一支塞在嘴里，浑身找打火机也没找到，只得从旁边的炉灶底下夹出一根木炭点着了，忘情地吸着。

"哥们儿，你放心，以后还有什么我能帮上忙的，尽管吩咐。就凭这个。"男孩晃晃手里的烟，一身痞子味道。

马克看着这个孩子装作大人说话的样子很可爱，笑了笑。

他从兜里掏出一叠钱来递过去。男孩不高兴了："瞧不起人不是？为兄弟办事是图钱吗？"

马克笑着："不是给你，给你妈妈和妹妹买点吃的。"

男孩使劲地吸着烟，眼睛却没离开那叠钱。

"拿着吧。"

马克塞到男孩的兜里，然后朝半山腰走。男孩在背后攥着那钱，对着他喊：

"哥们，我虽然不知道你是谁。你记住了！哥们我是讲情义的。有什么事，尽管招呼！别客气！"

马克头也不回地喊了一个字："好！"

快乐之家养老院很破旧，远远地就看到用各种木板拼凑修补好的大门敞开着，门口端坐着几条瘦骨嶙峋的饿狗在等着院子里的人往外扔东西。

一个垃圾袋扔了出来，远远地就能看出是成人的纸尿裤。那几只饿狗瞬间抢在一起，甚至互相撕咬。马克还没走进院子的时候，就听到了一首熟悉的儿歌。

"小皮球，香蕉梨，马兰开花二十一。二八二五六，二八二五七，二八二九……"

还没唱完，就有人冷语喝住。

"别唱了。有什么好唱的。你看看你，拉了一身你都不出声，还好意思唱！"

是个年轻的女人，应该是新来的女护理。马克在院子外，听到了女护理的声音，一脸的不悦。

"不许哭！"

女护理对着刚才唱儿歌的人吼。马克满脸的怒色。

马克一进院子就踩了一脚的污水，白色的裤子上瞬间沾满了污垢。院子里的地坑坑洼洼的，污水和各种垃圾搅合在一起，整个院子里都充满了一股让人难以呼吸的味道。

"我说你们就不能打扫一下啊！"

马克生气地喊道。

那个女护理正在给一个坐在轮椅上的老太太穿裤子，对马克的质问充耳不闻。

马克追问："你听见没啊？"

"抬脚！"

女护理恶狠狠地对着轮椅上的老太太吼，这语气显然比刚才更狠，应该是对马克的质问的一种回应。老太太流着口水，像是个大号的玩具一样被摆弄着。她已经半身不遂，那脚自然无法抬起来，女护理的吼声，让她害怕，但是她又无能为力，只能在那里僵着，眼睛里水汪汪的，像个孩子一样充满了委屈。

"抬脚！"

女护理使劲地拍了拍老太太的脚，像是要来硬的了。

马克冲过去一把把她推开，自己用力抱起了那个老太太："你走开！"

女护理巴不得这样，也不生气，拍了拍手，走进了屋里。屋子里还有其他的老人，女护理就像骂小孩一样地吼着他们。马克放下保温壶，蹲下来，轻轻地抬起老太太的脚，放进新洗好裤子的腿里，然后小心翼翼地往上提，手上很轻，像是生怕重一点都会伤到她一样。

马克半蹲着，伸出手说："来，我们跳舞吧？"

老太太看着马克，像是听到了她喜欢的东西："跳……舞？"

"对啊。你不是最喜欢和我一起跳舞吗？华尔兹？探戈？你选好了？"

"跳舞……"老太太流着口水，很开心地说着。

"嘣嚓嚓，嘣嚓嚓……"

马克嘴里哼着三拍子的华尔兹脚步，自己摆好手势在原地跳了几步给老太太看。

"看，我在跳舞，你要不要一起呢？"

"我要，我要！"老太太像是孩子一样差点从轮椅上蹦了起来。

马克双手搀扶起老太太，先把她架在自己的身上，趁着老太太起身的当口，把新换上的裤子提了起来。老太太已经很瘦了，马克抱起来丝毫不觉得费力气。

"跳舞，跳舞。"

"好，好。"

马克柔声地回答。马克就这样几乎是抱着老太太一样，和她一起跳着三拍子的华尔兹。老太太很开心，马克虽然很辛苦，但是他的脸上也露出了久违的笑容。马克沉浸在和老太太一起跳舞的温馨之中，他把头轻轻靠在老太太的耳边，像小时候孩子趴在妈妈怀里睡着了的那样，轻轻地摩挲着。

"嘣嚓嚓，嘣嚓嚓……"

老太太像个孩子一样开心地叫着。

跳完了一支舞，马克浑身都是汗，他轻轻地把老太太放在轮椅上。

老太太用少女怀羞一样的眼光看着马克："你，叫什么？"

"我？我叫马克，你知道的。"

"我叫珍丽。"

老太太的样子就像是年轻男女第一次见面一样的娇羞。

"你的舞跳得真好。"老太太害着地说。

"你也很漂亮。"马克轻轻地把她散开的头发别到耳朵后。

"谢谢。"

马克打开保温壶："我给你带了好吃的。"

"叫我珍丽。"

"好，珍丽。"

马克就这样一边哄着一边轻轻地吹凉煲好的粥，送到珍丽的嘴边。珍丽真的像是在恋爱中的少女一样张着嘴喝着粥。她也许再也没有办法认清楚眼前这个帅气的男人到底是谁了。

马克喂完了粥，替珍丽擦干净了嘴。珍丽打着哈欠。

马克走进了屋子里，马克给珍丽整理床铺，这个屋子不算太大，但是放着六张床，两个老太太，四个老头，算是很拥挤了。墙壁上甚至挂着常年漏雨长出的青苔。马克环顾四周，看着那个简单修好的屋顶，心情很沉重。

他铺好了床，坐在床上，摸着铺盖，轻轻地叹着气。他脑海中闪过一个画面。

阳光灿烂，太阳照在沙滩上，很多人在海边、沙滩嬉戏打闹。年轻一点的珍丽在教小时候的自己跳舞。珍丽的嘴里还在哼着："嘣嚓嚓，嘣嚓嚓……"

周围好多人在笑，不是嘲笑马克跳得不好，而是发自内心的那种开心。

马克看着门外独自唱着儿歌的珍丽，眼睛突然湿润了，他摸了摸眼角，在珍丽的额头上吻了一下，准备走了。

"嗨，马克，你要去哪里？"

珍丽小女生一样怯生生地问。

马克轻轻地拉着珍丽的手，上面布满了凸起的血管："我不走。"

"那你要去哪里？"

"去给珍丽找一个属于她的家，然后和她一辈子生活在里面。"

珍丽低着头笑了。

"珍丽，我爱你。"

珍丽有些害羞，头垂得更低了，她没看到马克满眼的泪水。

马克来到养老院的院子里，他看到了陈洁希，还有她的儿子比利。

马克问："信寄出去了吗？"

陈洁希点点头："寄了。现在小马应该看到了。"

银行的后门，马克抱着陈洁希的那一刻，偷偷地把一个小纸条塞进了陈洁希的手里，陈洁希诧异地看着他，这个小小的动作夹杂在马克对陈洁希的拥抱中谁都不会注意。

"嗯。"

马克来到比利面前，蹲下来，仔细地看着他。

陈洁希轻轻推了一下比利："比利，叫叔叔。"

比利看着马克，又看了看陈洁希，问："他不是爸爸？"

马克摇摇头："不是。"

比利有一些失望，低着头叫了一声："哦。叔叔。"

这一声叔叔叫得马克心里难受，他抱起比利，向陈洁希使了一个眼色。

"妈在屋子里。刚睡着。"

陈洁希点点头。

比利问陈洁希："妈妈，我们去哪里？"

陈洁希轻声地说："去找爸爸。"

比利又追着问："爸爸呢？"

陈洁希笑了笑，不说话。

外面有车的响声。过了一小会儿，进来了一个人，是一个长得很敦实的男人。

男人见到马克之后，有些感慨地说："你好，马克。"

马克张开了双手，笑着说："杰夫，好久不见。"

两个男人拥在一起。

"可以走了。"

杰夫说，陈洁希拉着比利，另一只手拉着皮箱走了出去。马克回到了屋子里，轻轻地抱起熟睡中的珍丽，往外走。养老院外，一辆厢车已经等在那里。后门打开，里面已经铺上了厚厚的棉被。马克轻轻地把珍丽放在上面，珍丽还在睡觉。

陈洁希轻轻地给珍丽盖上被子，马克拉着珍丽爬满皱纹的手，久久不愿放下。

这双手上，只有四根手指头，小拇指已经没了。

马克看着这双残缺的手，低着头，久久不愿意说话。

杰夫走了进来，马克看着他说："好了，杰夫，剩下的交给你了。"

陈洁希也进来了，听到了马克说的话。

"你不走！"

陈洁希感到惊讶。

马克摇摇头："我还有事情没有完成。他们还要得到报应。"

陈洁希咬着嘴唇，不说话。

马克说："杰夫会带你们先走，我安排好了，到了那边会有人来接应。放心好了，在那边等我。"

"你要注意安全。"陈洁希没忍住，眼泪掉了下来。

马克点点头："洁希，这是我欠你的。"

陈洁希摇着头流着眼泪，比利在一边奇怪地看着。

"这也是我承诺过的。"马克拿着洁希的手，在唇上吻了一下，关上了后门。

杰夫等在原地。马克看着他："杰夫，委屈你了。"

杰夫笑了，很憨厚地笑："是委屈你了。"

"到了那边，好好对待洁希和孩子。孩子还不知道你的存在，好好弥补。"

杰夫点点头。

"走吧，木纹在等你们呢。"

杰夫上了车。车子开动。

陈洁希打开了车窗，伸出了一只手，像是发誓那样的竖起了三个手指头。

马克懂这个意思，从小他们就懂这个手势。这个手势告诉马克，他答应做到的，一定要做到。马克知道洁希要自己安全回去。但是这次，他真的无法保证。但他还是一样地竖起了三个手指头。远远地看到他们走了。马克拉低头上的帽子，大步走开，背朝着陈洁希他们离去的方向。

车上，比利问陈洁希开车的人是谁。

陈洁希笑着说："他是爸爸。"

比利看着杰夫，杰夫也没有回头。这么多年都不知道彼此的存在，他们之间的找回，需要时间。

马克换了一身装束重新回到了这个城市。他尽可能地避开了所有能够拍摄到他的监控设备，走的都是小街小道。马克走到地铁站口，那里有个报刊亭，这是他经常买报纸的地方。

马克走到报刊亭前，掏钱买了一份报纸，卖报纸的大妈第一次抬起了头，看着马克，轻轻地微笑，马克也给了她一个微笑，拿着报纸走开了。这个大妈，和自己一样，也是莲板人，大火烧掉了莲板之后，他们只能寄居在这个城市里，好生地活着。马克拿着报纸走到一个僻静的角落，打开报纸，里面有一个手机。马克打开了手机。然后站在这个角落里唯一的监控摄像头面前，微笑地看着摄像头。

过了10分钟。马克的手机响了。

未知号码。

"马克！"

"你好。"

"你终于出现了。"

"对。"

"我的钱呢？"

"我们是不是应该见个面了。好久不见了。"

"你见过我？"

"三年前见过。"

"你是谁！"

"见面了，我就告诉你。"

电话挂断了。马克继续对着摄像头微笑。

过了一会儿，马克手机上来了一条短信，马克看了，嘴角的微笑写满了自信。

马克继续看着这个监控摄像头。

马克的微笑似乎能够从蜿蜒曲折的线路中传递到正在看着他的监控显示器上。

一个黑洞洞的屋子里，几百个监控显示器不断地跳动着，从各种画面，全都调成了马克的笑脸。

操作这些画面的人群背后，一个穿着黑色西装的男人背对着显示器。

他慢慢转过脸来，看着显示器。

他的脸上有着和马克一样的笑容，只是他笑得很僵硬。

2. 李可

李可熬了整整一个晚上，对手里的新案子没有一点头绪。看着手底下一群年轻的警察都累得前仰后翻，李可也实在熬不住了，让大家各自回家休息，第二天再来重新理顺思路，看看能否找到其他突破点。他似乎没明白，这已经是第二天了。

李可没开车，顺着警局的路一直走到了家。一路上他一直紧皱着眉头，抽着烟。

他所面临的是一个迷局一样的案子。

昨天早晨，警局接到了一个报案电话，一个女人称自己的孩子被绑架了。可李可带着手下赶到报警人家里的时候，却发现什么线索都没有。

女人自称姓李，夫姓马。马太太和丈夫经常在外工作到凌晨，赚得是辛苦钱。他们的女儿今年10岁，还在上小学，小时候由爷爷奶奶带大，爷爷奶奶相继去世之后，女儿就常常自己待在家里，平时夫妻两个人如果出去上夜班了，就由邻居代为照管。一两年了从没有出过事，可是今天早晨，马太太回到家的时候居然发现女儿不在。按理说今天是周末，女儿应该在家里看她最喜欢的动画片。而马太太找遍了整个屋子都没发现女儿的踪迹，回到客厅的时候看见门缝里有张纸条，才知道女儿被绑架了。

纸条上写着：不准报案。赎金300万，等我联系。

字是手写的，歪歪扭扭，但是没有错别字，看来绑匪的文化程度还可以。

李可看完纸条，交给手下封存回去做物证分析。

"您丈夫是做什么工作的?"

"他在一个投资证券的公司上班。"

"玩股票?"

"他不玩,只是替别人买卖股票而已。"

"马先生人呢?"

"上周出差了,我已经打电话告诉他了,他正在往回赶,最快也要三天才能回来。"

李可看到新来的小马抱着记录本在屋子里乱瞅,脸色突然就沉下来了。

李可最近的日子不好过,自己顶撞了刚上任的局长,导致自己的这一队被大换血,调来的全部都是新兵蛋子,这让李可查案办案更加艰难。

"哎!"李可对着小马埋怨了一声。

小马从屋顶收回目光,然后跑了过来。

"怎么了,李队。"

"你的工作职责是什么?"

"记录口供。"

"刚才马太太说的话,你记了吗?"

"记了。"

李可极不信任他,小马三心二意的样子,让他很没有踏实感,这也不是一个警察应该有的状态。

李可低头看了看小马的记录本,刚才他和马太太的谈话确实都记录在案,甚至字句不差。

这时小马还在看着屋顶。

"你看什么呢?"

"李队,你看屋顶的天窗。"

马太太家住的是那种比较老旧的单层别墅,一般都在屋顶上开一个天窗供光。这种老式的房屋在节能上往往比那种被各种烧钱的高科技包围的大楼的设计更合理。

"这个怎么了?"

小马没有回答李可,而是直接问马太太:"马太太,这个天窗这些天一直都是开着的吗?"

"是啊,这些天天气比较热,天窗开着容易透气。"

"屋顶能上去吗?"

"不行。这都是老房子了,房梁都很脆,上次修房顶都差点被踩断。"

小马咬着笔,盯着天窗思索着。

李可被小马这种先入为主弄得有点尴尬,明明自己才是大队长,论查案的能力和经验,再怎么都肯定比刚从警校毕业的小马来得更强,这时候的小马看起来确实有点目中无人。

"怎么不说话了?"李可话里有话地看着咬着笔头的小马。

"我在思索真相。"

李可一巴掌就拍过去了。

"思索个屁真相。老老实实地给我做笔录,你有几斤几两不知道啊。"

小马委屈地摸着头,不敢言声。

现场查验之后,结论是:没有任何痕迹证明有人入室绑走了小女孩。

李可最烦的案子就是这种自己属于被动方的绑架案,他就喜欢那种风驰电掣般将罪人绳之以法的办案方式,所以李可进入刑警队最先做出成就的部门就是缉毒队。安排几个线人,收到线报之后召集人马立刻赶过去,来个一网打尽,那种感觉最能够满足自己对于名利渴求的欲望。这也让他逐渐地将这种膨胀感变得越来越难控制,以至于公开顶撞了新局长,结果就是自己就被空降到了刑警三队带领一帮菜鸟。

局长的说辞是:你是老刑警了,带带新人,为警局培养出像你一样的精英,责任重大啊。

李可当场就想爆发,但是有人告诉李可,不可莽撞。他这才忍气吞声下来。

李可带着一群人守候在电话机旁,等着劫匪打电话来,但是一整夜都没有动静。而现场也没有采集到任何线索和痕迹,这一切都让李可觉得这个案子并非那么简单。

小马把勒索信的化验结果拿过来了。

"李队,勒索信上除了马太太的指纹,没有其他人的指纹,墨水也是最普通的签字笔。笔迹没有在数据库中找到相似的匹配。"

李可趴在桌子上对着小马摆了摆手让他出去。

能够做到这么干净的程度,确实是个高手。和高手过招,李可本来很擅长,可是怀着被贬的心理负担,他却怎么也兴奋不起来。

马太太和丈夫马平也没有任何疑点，两个人都遵纪守法，工作和生活上都规规矩矩，人际关系中没有比较明显的嫌疑对象。女儿上小学三年级，学校师生排查了一遍，确实没有疑点。

现在唯一的线索就是等绑匪的电话了。

熬了一夜，所有人都累得头晕眼花。李可想到自己好久没回家吃一个正常的早饭了，索性让大家回家休息，只留下值班的人，绑匪一旦来了电话，立即通知。

快到家楼下的时候，李可重新点着了一根烟，快速地抽完，然后扔在地上，踩灭，掏出一个清新口气的喷雾器对着嘴里喷了几下，往手上呵了口气然后闻了闻，确定没有烟味了才走上楼。

就在他刚打开门的时候，手机响了。

李可接通。

"喂，您好……"

听筒里没有任何的声音。

"喂……"

"喂？你是哪位？"

对方挂断了。

李可奇怪地看着手机，看着那个未知的号码。

"回来了？咳咳……"

李可关上门，看到老婆素芬正端着菜走向饭桌。

李可看了看墙上的钟，六点半整。往常，自己都是这个时候起床吃早饭去上班，今天却是从外面回来吃早饭。

"身体还行吗？"

素芬苍白的脸上带着微笑，摆好了碗筷，又去盛粥。

"好得很。"

如果没有病在身，素芬真的是一个非常漂亮的老婆，李可这么想，事实上，素芬得病之前确实是警局里数一数二的警花。

"我自己来吧。"李可接过勺子，把盛好的粥先放到了素芬的面前，"以后我不回来，你就别这么早起床做饭了。"

"闲着也是闲着，早晨也睡不着，我现在这个样子，唯一能做的也就是给你做做饭了。"

　　素芬给李可的碗里夹菜。李可狼吞虎咽地吃，显然素芬全然没什么食欲，只是幸福地看着自己的丈夫。

　　"忙了一晚上，够饿的啊。"

　　"那帮新兵蛋子，没一个让我省心的。"

　　"你还说人家，你刚进警局的时候什么样子，指不定还比不上他们呢。"

　　"那不一样。"

　　"怎么不一样，你也是个愣头儿青，我没少给你擦屁股。"

　　素芬看李可吃完又给他添饭，他确实是饿了，面前的菜风卷残云。

　　"对了，我昨天又去了……"

　　电话声又响了。李可接了电话，打断了素芬的话。

　　"喂，你好……"

　　听筒里没有声音。

　　"喂？"

　　李可迟疑地看着手机，还是未知号码。李可把耳朵贴过去，听筒那边只传来丝丝的电流声，并没有人。李可轻轻地按断电话，皱着眉头想了一下。

　　接着快速地拨通电话，是给小马的。

　　"小马，你还在局里吗？"

　　"在，李队，怎么了？"

　　"去刑侦科，告诉他们，监听我的电话，如果有人给我打电话，给我用最快速度查到打电话的人是谁。"

　　"好。"

　　李可挂掉电话，满脸疑云并没有消失。

　　"怎么了？"

　　"哦，没事，肯定又是个卖保险的，天天烦人。"

　　素芬笑着，不说话。

　　李可看着素芬的笑，很奇怪。

　　"笑什么啊？"

　　"李可，我也当过警察。"

　　李可又盛了一碗饭，没有直接回答。

　　素芬继续给李可夹菜。

"我不打听。我知道你为了我好。"

"你若安好，我这辈子就没什么顾虑了。"

"那孩子呢？不想要个吗？"

素芬很认真地看着李可。

李可听了有些不耐烦了，放下碗筷，有些生气。

"我知道你觉得我疯了，可是我是你老婆，给你留个孩子是我的职责。"

"谁说老婆就必须要生孩子。我不要孩子，我不喜欢孩子。"

"可是我想当一回妈妈！"

素芬提高了音量，说完这句话，她眼泪就出来了。

"有个孩子很好。我陪不了你多久，你如果爱我，就让我给你留个人，不行吗？"

素芬的眼泪一直在眼里打转，李可的头埋得低低的。

"素芬，这个事情……"

手机铃声响了。李可猛地抬头，看向手机。还是那个未知号码。

他向素芬示意不要出声，轻轻地拿起手机。

素芬快速地抹掉自己的眼泪，警惕地看着李可。

李可按下了通话键。

"喂，你好……"

李可的语速很慢，他在故意拖延时间。他知道，刑侦科查找信号源需要至少20秒。

李可盯着墙上的时钟，看着秒针一秒一秒地经过。

电话的那边依然除了电流声没有任何声音。

"你为什么不说话？"

没有回话。

"是你绑架了那个女孩对吗？"

李可看到墙上的时间过去了10秒。

"你有什么条件可以跟我提，我会满足你的要求。"

15秒。

话筒那边依然没有回答。

"你怎么知道我的手机号？"

素芬瞪大了眼看着李可。李可盯着时钟，17 秒。

"你到底想要什么？你……"

电话挂断。时钟正好过去了 20 秒。

李可迅速找到小马的电话。

"查到了吗？"

"……"

"说话，查到了吗？"

"查到了。"

"是哪儿？"

"是……您家。"

"什么？"

"信号位置很稳定，就是从您家那里发出来的。"

李可放下电话，惊恐地瞪着眼睛。他挂掉电话，把那个未知号码拨出去。

"素芬，你电话呢？"

素芬也很奇怪，喃喃地说："在卧室，没电了，我正充电呢。"

李可的电话里显示拨通了。

卧室里想起了电话的铃声。李可一边举着电话，一边朝卧室走去。素芬很奇怪，跟着过去。

卧室里，放在床上的电话确实在响，来电正是李可的电话。

素芬很吃惊："这怎么可能，我做饭之前明明是没有电关了机的。"

李可挂断电话，呆在原地。

李可来到警察局，看到一个个面如土灰的手下，他知道这回事情是真的棘手起来了。

有两个可能，一是嫌疑人变成了素芬，她确实有犯罪的可能性；二是有人假借了素芬转嫁了线索。

李可双手撑着桌子埋头想了很久之后，拿起笔，在背后的白板上的嫌疑人下面一左一右地写上了"素芬"和"？"。

小马有什么想说，李可伸手示意不用说了。李可背对着所有人思考了很久之后，说了一句："一队，迅速带江素芬来警局；二队，重新排查马家周围所有的监控录像，不留死角；三队，随时保持对马家所有对外联系方式的监控，有问题及时上报。"

一二三队领了任务，出了门。

李可对着剩下的小马说："小马，你负责审讯江素芬，能行吗？"

小马面露难色，李可坚定地问他："能行吗？"

小马点点头。

"去吧。有问题随时来报。"

时间一点一点地过去，查看监控的二队最先回来，监控录像显示离马家五里多远的私人监控拍下了一辆黑色厢车驶过，有重大嫌疑。

李可来到监控录像室，看到那辆黑色厢车，车身上什么都没有。但是根据其他监控分析，该车行使的小路年久失修，已经少有车来往。这条路是从马家延伸过来的单行道，可以基本判定，该车曾经在马家门口经过。

李可盯着监控录像上的车身仔细思索。

周围的人安静地看着，仿佛时间停止了一样。

"把车身放大！"

技术员将图像选中，放大，增加清晰度。

"再放大！"

画面在李可的要求下放到最大，这时候可以隐约看到原本纯黑色的车身上有被处理过的痕迹，感觉车身上原本的图案被刻意处理掉了，但是留下了处理后的大致轮廓。

"把痕迹做处理，然后查找匹配的图案图形，从使用这种车型的企业入手。"

三队过来，告诉李可，绑匪给马太太留下了语音信息，要求今晚准备 300 万现金，去赎人。

"300 万？"李可瞪着眼。

"马太太家不可能凑出这么多，怎么办？"

"警局备用金有多少？"

"刚问过了，没有那么多。"

"靠！"李可狠狠地砸了一下桌子。周围的人都知道这位李队长的暴脾气，没人敢出声。

"刑侦科尽最大可能，最快给我找出这辆车的行踪，绑匪有可能就在车的落脚处。三队告诉马太太，让她稍安毋躁。"

李可回到大办公室，头痛得要命。一队还没有开始对素芬进行审讯，小马清楚，只要利用这次赎人抓到绑匪，比直接从一个患有神经衰弱症的女人那里问出线索要容易的多。

正当李可头疼的时候，马太太打电话来了。说她很感谢李可帮她凑足了300万的赎金。

李可感觉到哭笑不得，自己正为这个事发愁，怎么会已经凑足了赎金。

"马太太，你是不是搞错了？"

"没有啊，李队长，是你发短信给我说你已经帮我准备好了赎金啊。"

"什么？"

"李队长，我真的很感激你啊，我不知道说什么……"马太太激动地要哭了。

李可象征性地安慰了几句马太太，他越想这事越不对。他打开手机，网络银行的虚拟柜员告诉李可，他的账户多了300万。

李可觉得案子的复杂性已经超出了自己的想象，这一切似乎都是有人故意安排的。

二队过来报告，车身上的标志找到了，是联邦快递公司的运输车。这辆车最终停在了城东的一栋废旧的大楼里。

三队过来报告，马太太收到未知来源的语音留言，告诉换人地点也在城东的废旧大楼。

李可迅速召集人前往城东大楼准备捉拿绑匪，与此同时让小马拿着自己的银行卡去把钱取出来，带到城东大楼，先赎人，赎人不成，强攻。

一切准备完毕，李可坐在警车里，沿途看着这座几乎被忽略掉的城市的夜景。全然没有十多年前的繁华和美丽，现在的这座城，笼罩在浓浓的压抑之中。

风灌进警车，吹得李可根本无法睁开眼睛。耳边的风声渐渐地被人粗浊的呼吸声取代，李可的眼前似乎出现了另外一个情景。那是一个阳光灿烂的午后，他的眼前是一滴一滴的鲜血，每一滴都在地上溅开成妖艳的花瓣，血滴在阳光的投射中闪着鬼魅的光彩。只有人大声地喘气，他几乎都忘掉了除了那连绵不断的血滴之外的东西。

"李队！"

小马的声音把他从回忆中叫醒。警车已经在那栋烂尾的大楼外隐藏好，小马把一大麻袋的现金递过来。

"300万，现金袋上有跟踪器，绑匪拿走了，我们也能跟踪到。"

李可点点头，马太太浑身颤抖地走过来。看得出她很害怕。

"马太太，你不用害怕，你就当没有我们的存在，放平心态往里走。一旦有危险，就立即趴下，我们会保证你的安全。"李可信心满满地跟马太太说。

他确实很有自信，自从他入警队以来，除了第一次出公差，他还从没有让他负责保护的人受到伤害。

马太太点点头，但看得出她还是很害怕，走路的腿依然微微颤抖。李可把钱袋交给马太太，可能钱袋太重，马太太险些被压倒。

"等会过去的时候，千万不要回头看。"

马太太点点头。

李可紧紧握住马太太的手，给了她肯定的支持。

马太太离开埋伏圈，开始往那个漆黑的大楼走去。没有月光，夜色暗暗的，所有的刑警戴着红外镜框，密切地注视着马太太的一举一动。

马太太原本瘦小的身形在暗夜中显得更加模糊，似乎要被这无情的黑吞噬了一样。

李可对着对讲机说："各部门，盯住马太太，一旦有可疑人员出现，开枪。要保证孩子的安全。"

"收到。"

"收到。"

"收到。"

……

马太太走到大楼前面空旷的沙石地上，她感觉到害怕，即使对面大楼里没有凶残的绑匪，就这种恐惧的黑，也足够让一个女人感到惊恐不已。

马太太穿着高跟鞋，在沙石上走得很不稳，这加剧了她无法控制的颤抖，一不小心，摔倒在地上，这一摔让埋伏圈的人的心脏都差点蹦了出来。

马太太艰难地爬起来，扛起那袋子钱，继续往前走。

快到了大楼边。

马太太停了下来。

李可对着对讲机："全体警戒！"

马太太每呼吸一次浑身的肌肉都颤抖好几下，她感觉迎面过来的恐惧。

"你……你……在……哪儿?"

声音在大楼里回荡,回音从黑洞洞的大楼里折射出来。

"我……女儿呢?"

马太太一句比一句声音小。

"钱,钱……在这儿,你拿……拿走吧。"

马太太把钱扔在大楼面前,钱掉在地上,咚的一声。

突然大楼的深处亮了一盏灯。很微弱,但是能够清晰地看到大楼里面的状况。

埋伏着的警队被这突然亮起的灯挑战了一下神经,有年轻的警察差点扣动了扳机。李可依然很谨慎地看着。那盏微弱的光绵延开来,将大楼和外界划分成了截然不同的两种世界,像是人间与地狱的通道。

"妈妈!"

马太太一听到女儿的喊声,什么也不顾了。

"小寒!小寒?是你吗?"

"妈妈救我!"

"小寒,小寒,妈妈来了,妈妈来了。"

马太太什么也不顾了,直接撒腿就往声音的来处跑。

李可一见,急忙下任务:"一队,二队,上,保证人质安全,三队掩护。"

左右两侧的刑警从埋伏线蜂拥而上,齐刷刷地朝着大楼的灯光处跑去。

没有任何枪声,大楼里传来"危险排除"的信号。李可跑到灯光处的时候,他只看到了马太太拥抱着女儿小寒在痛哭,周围什么都没有。

小马告诉李可:"这儿除了人质,没有其他人。"

"车呢?"

"没找到。物证科稍后来查看痕迹。"

李可收起枪,看来他们又被别人给耍了,这么容易的就把人质放了,而且赎金也没拿。

他看着这空荡荡的大楼,狠狠地骂了一句:"靠!"

任务基本算是完成了,人质被救回,李可让大家收队。马太太和小寒在刑警的陪同下坐进警车。

李可正要上车的时候手机收到了一条信息。未知号码发来的。

信息上只有一个地点:莲板。

他死死地盯着手机上的这两个字，一脸死灰。

他感觉，有个人知道自己的所有底细，而自己一直像木偶一样被他控制着。

马小寒被绑架一案虽然解救了人质，可是对于绑架者的线索，依然是空白。

李可剩下的唯一的一个突破口就是自己的老婆素芬。虽然李可根本不知道自己为什么要怀疑到这个本身神经就很衰弱，身体素质很差几乎足不出户的女人，只是单凭那通莫名其妙的电话的信号源。

李可其实根本不希望素芬接受这样的询问，对于素芬来说，这不是一个最好的办法。但是唯一的线索留在了这里，他只能这么做。小马走进审讯室之前一直征求他的意见，李可很艰难，他的双眼一直瞪着，也不眨眼，似乎要考虑到有什么大事发生一样。时间一秒一秒过去，最终，李可点头了。

素芬很安静，虽然审讯室里的气氛很压抑，和外面的环境一样。

素芬没有戴手铐，此刻正小心翼翼地看着自己的手。

"嫂子？"

小马尝试性地问。

"嗯。"

"你认识马小寒吗？"

"马小寒？"

素芬抬头看了一眼小马。

旁边的屋子里，李可一直在注视着素芬，其实他知道素芬的嫌疑并没有那么大，仅凭一个手机的信号源，刑侦科只要做一下分析就知道素芬到底是不是被利用了。

"对，就是这个孩子。"

小马递过一张照片。

李可在隔壁觉得好笑，小马还真是菜鸟，要是他，他就直接单刀直入地问手机的问题。他自己的老婆他很清楚，素芬常年有病在家，怎么会无缘无故认识马家的人。

"马小寒？"

素芬看着照片，很仔细，嘴里喃喃着这个名字。

"我认识。"

"什么！"

李可感觉到不可思议，素芬竟然认识被绑架者。

小马很有成就感，趁势追击。

"你怎么认识的？"

"学知小学五年级的学生，她最爱画画。画得真好。"

素芬对这个孩子熟悉的程度竟然远超过所有人的考量。

"你是怎么认识的？"

小马重新问。

"怎么认识的？"

素芬突然感觉到为难了，她皱着眉头使劲地想，都想不出自己在哪里认识的。李可在隔壁死死地咬着手指头，他很紧张，格外紧张。他看着素芬的状态很想直接叫停。

"能想得起来吗？"

素芬使劲地抓着脑袋，使劲地抓，但是她始终想不起来，她感到很痛苦。

这时二队过来告诉李可，素芬的手机确实有人入侵过，信号源是被安置上去的。

李可终于有了借口可以叫停了，他看着审讯室里抓着脑袋的素芬。

素芬的手机确实是被别人利用了，那素芬为何认识被绑架者？这确实是一个难题，要想查出来，只能从素芬身上找原因，李可知道这点的重要性，但是李可显然还有更多的疑虑。

当然小马并不知道，素芬的神经衰弱，让她忘掉数天前发生的什么事情是很正常的事情。既然她已经想不起来了，这条线索，也就只可能到此为止了。

李可告诉小马别问了。吩咐二队去查一下素芬这几天的行程。

等李可回到办公室的时候，手机在桌子上一直跳动着，他拿起来看，是那个未知的号码，上面显示着："莲板。"

作为刑警队长，他的职业特性让他非常讨厌被别人控制，所以他的案子几乎都是先发制人。但是马小寒被绑架一案，从一开始到现在根本没有任何清晰的线索，整个事件自己一直是被牵着鼻子走的那个。

他知道，手机短信里的"莲板"，绝对有重要的线索。但是他很慎重。

他就怕，这是一些人玩的把戏。三年前他吃过一次亏，也就是那次，让素芬变成了现在这个模样。

小马扛着那袋子钱进办公室了，300万的现金，这是另外一个疑点。

"你去银行查了我的银行账户了吗？开户人是谁？"

"查了，是个真空的账户。钱从那里汇出来之后，下一秒钟就注销了。"

"开户行呢？"

"是和平银行，但是银行的人翻遍了所有的开户手续，都没找到这个账户的资料。很奇怪。"

李可皱着眉头，陷入思考。

假设，绑架者是未知号码的那个人，他为何先伪造了信号源放在素芬手机里，恰巧素芬竟然认识被绑架者；绑匪要300万赎金，就有人给自己打了300万，显然这个人知道绑匪的一切，是同一个人也不无可能；解救人质那么简单，不见绑匪，也不见要钱。

"李队，这300万怎么办？"

"交公。"

"不是，李队。这钱是您自己的。虽然不知道谁给你打的钱，但是这是从您的账号里取出来的。"

"你意思我该收下这个钱？"

"那倒不是，我的意思是，先不交公，案子还没结，万一又要用到，还要打报告。"

哦，李可想到了，交公之后，再想动就得和警察局局长过招了。这显然是他不愿意看到的。

"那就先存在我银行的保险库里，原装封存，不许打开。"

小马说了一句："好咧。"费力地扛起一袋子钱，走了出去。

"这他妈到底是谁呢？"

李可看着自己的手机，盯着"莲板"这两个字发呆。

莲板，是个地方。李可很熟悉。他刚到警局的第一份工作就是在莲板当区域警察。

小马来到和平银行，找到了业务经理陈洁希，这是一个充满魅力的女人，职业装，无框眼镜，简单盘起的头发，每一次来，小马都是带着欣赏美和崇拜而来。

陈洁希带着小马来到会议室。

小马站在门口，标标准准地站直了向她比画了一个警察的手式。

"陈小姐，你好，我是刑警大队民警，我叫……"

"好了，得瑟。"

陈洁希掏出一摞表单。

"填了。"

小马坐下来开始填写表格。

陈洁希则熟练地打开那袋子钱，使用了特殊工具，在钱袋开口处轻轻打开，放下一个小金属盒子。这是每一个银行钱袋上的跟踪器，上面有机关，不用专业工具打开，会被喷溅一身洗不掉的颜色。

"你爸妈还好吧。"

"好，能不好吗？知道我当刑警了，天天在村子里跟别人到处炫耀。"

"工作呢，顺心吗？"

"有什么顺心不顺心的，遇到一个绑架案，结果什么线索都没有。最后查到了队长老婆身上。"

陈洁希熟练地用点钞机验着钱，不搭理。

"哦，sorry，我不该把案子的事情告诉外人。"

"是存进账户还是保险箱。"

"存李可的保险箱。"

陈洁希伸手要表格，看了一眼，嘴角诡异地笑了一下。指着一个地方说："签名。"

陈洁希重新装好钱袋，和原来一样。

"什么时候回去一趟，替我向乡亲们带个好。"

"你为什么不亲自回去啊。我妈老是念叨着你。"

"你妈又念叨我和你娃娃亲的事情是不是？"

小马看着陈洁希，像个孩子一样。

"希姐，我记得你不是在学校工作吗，怎么突然来银行了？"

"守着一堆钱，谁不喜欢啊。没事我还可以查查账。"

"查谁？"

陈洁希笑着说："所有人。"

"这么厉害？"

"作为高级业务经理，整个和平银行能有权限查看所有银行账户的人不超过五个，你说这样的好事，我为什么不来。"

小马傻乎乎地笑了。

"希姐，你还单身吗？"

陈洁希拿着那摞表单拍了一下他的脸。

"姐老了。你还是找个年轻一点的吧。"

"谁会有你这么好啊。"

"几天不见，嘴就甜了？这刑警队还真是一帮老油条，把我们家小马仔都教坏了。"

陈洁希一边和小马搭茬，一边办着手续。

"哪有。"

小马看着陈洁希认真的样子，想了一下说。

"姐，你真的再不回莲板了吗？"

陈洁希没答应。签好了所有表格。

陈洁希很认真地看着小马："出了那么多事，你觉得我还回得去吗？"

陈洁希开门。

"拿着钱，跟我去保险库。"

小马扛起钱，跟着陈洁希走。

两个人从大厅的别道走了进去，一路经过多个关卡。这还是小马第一次来到和平银行的私人保险库区域，这个地方空得吓人，只有他俩的皮鞋敲击地面的声音。

陈洁希走到一个巨大的金属门旁边，用胸口的卡刷了外门的锁，又用眼睛对着扫描机扫描了虹膜，然后输入了一堆密码，轻轻地掰把手，金属外门开了，里面是那个没有任何数字设备的金属内门。陈洁希打开内门和小马走了进去，金属门应声关上。

保险库地下大厅里，就在他们背后的墙上，一直有一个摄像头在全程跟着他们，在他们走进保险库的那一刻，摄像头停了一会儿，然后转回到正常的位置。

陈洁希用两把金属钥匙同时打开了一个金属保险箱的门，然后退到后面。

"把东西装进去吧。"

小马把那袋子钱装了进去。陈洁希接手把保险箱的门合上，拔出两把钥匙，一把塞进自己的兜里，另一把递给小马。

"提取东西的时候，直接来找我，拿着这把钥匙。"

小马环顾周围错落有致的各种保险箱。

"希姐，这里是不是都是宝贝啊。"

陈洁希轻轻一笑。

"对不起，不能告诉你。"

小马突然站直了身子。

"如果以刑警身份来问你呢？"

陈洁希："请带着相关文件来。"

陈洁希走向金属门。

小马拍了拍那些金属箱，发出"咚咚"的响声。

陈洁希并没有回头，很淡定地吓唬他：

"你再拍一下，这里就会被锁死，很有可能我们就得被憋死在这里。"

小马吓了一跳。

陈洁希打开门。小马跳了出去。

陈洁希关上门，两个人朝外走。

小马偷瞄着陈洁希。

"要真锁死在里面，我估计是开心死的。"

陈洁希白了他一眼。

两个人一路走到了业务大厅。

小马依依不舍地往外走的时候，陈洁希叫住他。

"马仔，今天要是有空，帮我个忙。"

"什么事，您说。"

"帮我去学知小学接一下比利。"

"比利是谁？"

"我儿子。"

"啊？"小马的下巴就要掉了。

"你什么时候结婚的？"

"别那么多费话。我今晚要加班，你帮我接一下，送到这儿来就好了。"

小马噘着嘴。

突然他想到了什么。

"希姐，比利在哪个学校？"

"学知小学啊。"

"几年级了？"

"五年级。"

小马突然想到了马小寒。

学知小学，五年级。

二队送来了素芬近一周的行程。

一周中她只出去了两次，两次确实去的是学知小学。李可手机里不断发来的莲板，让他觉得，他不得不去走一趟。他安排人把素芬送回了家，然后让人守住，不许任何人接触。自己谁也没告诉，直接开车去了莲板。

从市区去莲板只需要一直往东直行就能到，莲板就坐落在这个城市的正东面，那座山头的那一边。这里之所以叫莲板，是因为以前这里有一座小城，像是一块木板一样的四方四正的布局。小城里的街道都是歪斜的，把整个楼群划分成莲花瓣的模样，所以这里叫莲板。过去的莲板是这座城市里原著居民最集中的区域，只是经过这么多年的变化，这里已经变得肮脏不堪，很难适合人再去居住，都是些老死不愿意离开家的人，或是这个城市里的穷人，才会落脚在这个地方。

虽然一场大火把这里付诸一炬，现在已经成为棚户区，也没有水和电，这里的人依然过着最原始的生活，日出而作日落而息。

三年前，大火之后这里就建成了一个炼钢厂，那块美丽的莲湖也被用来填煤渣，昔日的美丽，现在已经看不到了。

三年中，李可还是第一次回莲板。

车开到了路的尽头，就只剩下曲折的石子小路，他下了车，习惯性地把枪的保险上好，然后踏上这块曾经熟悉，而现在已经面目全非的地方。

远处的半山腰上坐落着一个破旧的院子，现在已经成了一个养老院。取了一个很讽刺的名字叫"快乐之家"，破旧的牌子竖在半山腰上，李可看了都想笑。这个地方，怎么会有快乐。

他刚踏入莲板界的那一刻，手机就来了短信。

短信上只有一个数字：179。

李可不懂。也许这是个暗示，或者有其他什么含义。

李可的智商不低，但是他不是猜谜的高手。他对这些刻意挑战智商的东西不感兴趣。

他只是随意地在棚户区里走着。这些昔日的小路，他走过无数遍。

天色近晚，整个莲板区朦胧在黑色的痕迹中。

李可转了一圈，没有什么发现，手机也再也没有发过信息来。

李可站在一个稍微高处的地方，俯瞰着这块区域，三年过去了，这里变成了如此的模样，他心里不免有些伤心。

与此同时，小马开着警车顺利地来到了学知小学门口，陈洁希给了他比利的照片，小马盯着照片看了许久，心里有些酸酸的。

小时候，自己一直跟在陈洁希的屁股后面跑，只是自己那时候特别小，陈洁希压根没把自己当回事，长大了一点的时候，陈洁希的家里突然出了事，从此就离开了莲板，来到了这个城市。莲板的孩子上学很难，条件差，但是小马一直很努力，他从小就下定决心，一定要跟随陈洁希左右，所以他成了那段时间莲板唯一一个考上警校的人，为此，小马的父母在乡里乡亲中间长了不知道多少面子。

正是放学的时候，学校门口涌出了一群学生，欢欢笑笑地往外冲。

小马仔细盯着这些孩子看了很久都没看到比利在哪里。

小马下了车，走进学校。

刚进学校大门，就看到一个特别小的男孩子垂头丧气地往外走，满脸写着不开心。

要不是小马眼尖，根本就没发现这个男孩就是比利。

出于警察的直觉，小马知道比利肯定被学生欺负了。

小马在后面轻轻地跟着，脚步和比利一样。皮鞋的声音让比利发现有人跟着自己。

比利猛地一转身，拿出一把小手枪，指着小马。

小马吓了一跳，举起手。

"你是谁?"

"你妈不会真给你买了一把枪吧?"

"你是谁?"

"你妈妈让我来接你的。我是你小马叔叔。"

小马整理了一下自己的警服，看上去英气逼人，这让比利很羡慕。

"你是警察吗？"

"嗯。"

"是刑警吗？"

"嗯。"

"你有枪吗？"

"你不是也有？"

比利看着手上的枪，扣了扳机，是个玩具枪。

"你的枪能给我看一下吗？"

"看那个干吗，很危险的。"

"我想你帮我教训一群人。"

"啊？打架啊？打架用不了枪。告诉我，为什么要教训他们。"

"他们说我没有爸爸。"

比利噘着嘴。

小马明白了，看来陈洁希依然是单身。

"谁说你没有爸爸。"

"我就没有。我从来没见过我爸爸一面。"

小马眼珠子一转。

"想出气还不简单，跟我来。"

小马抱起比利上了车。

欺负比利的几个小胖子正勾肩搭背地在路上打闹着。谁知面前突然冲出一辆警车拦住了去路。

车窗摇下来。

是比利，得意扬扬地对着他们说。

"这是我爸爸！"

驾驶座位上的小马，很酷地擦着枪，对着枪口吹了一口气，然后向小胖子飞了一眼。

"我爸爸可是刑警大队大队长！"

比利的头抬得更高了。

小胖子们被吓住了。小马用手指比作枪指着他们，嘴里发出"啪"的声音。

小胖子们吓得四下逃散。

小马看着比利开心的笑，自己很有成就感。

这时，他突然想到了什么。

"比利，你认识马小寒吗？"

"认识啊，她是唯一一个不欺负我的人。"

"她前几天有没有在学校和什么人见过面啊。"

比利皱着眉头想了想说。

"上周她和一个阿姨在学校花园玩来着，我叫她，她都不理我。"

"那个阿姨什么样子？"

比利摇摇头。

"忘记了，我就记得她的脸好白啊。"

小马一想，果然是素芬。

"是阿姨找她的吗？"

"不知道，反正阿姨来了之后第二天，小寒就请假了。"

小马知道，小寒被绑架了。按照比利说的，小寒和素芬是熟悉的。

李可正准备要折身回去，眼角瞟过那个炼钢厂。

他看到冲天的烟囱上，隐约写着一个数字，仔细看看。

没错，是179。

李可拿出手机，短信里的数字和烟囱上的一样。

可意外的是炼钢厂内没有很大的发现。

李可在这个几乎停工的炼钢厂里走了一下午，也没有发现任何不对的地方，除了空旷的工厂，还有从犄角旮旯中钻出来的野猫。

他总算是摸清楚了这个工厂方位和结构，工厂内的机器早已经被拆除转移走了。城市发展到这个地步，已经不再单纯依靠这种性价比很低的方式。远远的那座崛起的新城市里，十之八九的大老板都是借助于金融、进出口起家的。

李可确实没发现什么奇怪的东西。他一直很坚信自己手机里那个未知号码发来短信的真实性。起码，从马小寒的那桩绑架案来看，这个未知号码一直走在了自己的前面。对于一个大学主修数字刑侦，毕业之后短短十年走上了刑警大队大队长的一个老警察来说，这未免有点太过于丢面子了。

不过，只要不涉及自己的安危，李可想，未必一定要查出这个意欲控制自己的人到底是谁。

天色晚了，想着家里还有一个神经衰弱，依靠药物维持精神的老婆素芬，他心里多少还是有些担心。打电话过去问问也没有什么意义，因为素芬经常忘记给手机充电，即使接了电话，也是三心二意的不知道自己做了什么。

虽然马小寒的绑架案和素芬到底有没有关系，自己心里没底，但是他心里一直有种恐惧，一旦和她牵扯到了某种联系，要进入司法刑侦环节，他怕有些陈年往事会再次冲出来，撕扯着素芬脆弱的神经。当然，还有他自己的。

李可想回去了。手机上再没有发来新的短信。

他刚走出这个充满锈迹的轧钢厂的时候，就听到了不远处的草丛里传来怪怪的声音，像是什么在低声嘶吼着。

李可掏出枪，轻轻走过去。这周围的杂草密布，很少有人来，难免会有些让人感到毛骨悚然的东西出现，即使是胆子大人一等的李可，也必然小心一点。

原本长在淡水池塘里的蒿草在陆地上长得又高又密，远远看去，是一道密不透风的墙。李可小心翼翼地靠近，枪口先插进这道墙。

李可紧绷着头皮，眼睛不敢眨一下，轻轻地用手把浓密的蒿草拨开一道缝隙，凑过眼睛过去看。

蒿草那边的景象，确实令人吃惊。

"啪！"

枪声在这个荒芜的旷野上回响，异常刺耳，在空中渐渐地消失。

李可开枪了，当然不是击毙了什么，而是要把那几条恶狗惊跑。李可在警队训练过警犬，他知道，一条训练有素的狼狗往往比一个身手矫健的匪徒难控制。

何况眼前是一堆饿得双眼赤红的野狗。

它们在争抢着食物，让见多识广的李可感到恶心。

那是一具尸体。虽然黄昏，周围的光线暗下去了许多，李可确实看清楚了，这确实是一个成年人的尸体。身材比较胖。

可恶的是，这个人光裸着身体，脸已经被那群恶狗啃食完毕，露出白惨惨的脑浆，还有隐约可见的颅骨。

李可受不了这种血腥的味道，他退出了蒿草丛。摸出电话。

"刑警大队吗？我是三队队长李可。现在报告，莲板废旧轧钢厂东南角，草丛中发现一具男尸。"

李可挂掉电话，静等着法医和刑警的到来。

虽然离开很远了，但是李可依然可以闻得到一阵阵恶心的味道。

李可一路小跑到了一个隆起的小土坡上，站在上风口，使劲地呼吸了两口新鲜空气。

在这个位置，还是能够清晰地看到那个蒿草丛里半个尸体。不远处，那几只恶狗依然不愿放弃地等着。

李可看到了狗。掏出枪，对着天空又是两枪。

"滚！你们这群吃人不吐骨头的家伙！"

狗肯定听不懂他说的，但是那枪声确实有震慑力，一群恶狗终于放弃了，钻进了草丛，消失掉了。

法医现场勘查的结果是：

确定是他杀，不是自杀。现场不是第一凶案现场，是死后被抛尸在这里的。身上暂时未发现明显致命伤痕，但是有生前被折磨过的迹象。初步猜测致命伤在头部，但是头部遭到严重破损，需要进一步解剖。

李可揉着脑袋，听完法医的介绍，随即摆摆手，法医带着人将尸体装车。

小马拿着本子过来了。

"李队，死者无法确认身份，找遍了方圆五里，没有发现他的任何衣物和证明身份的东西。脸也没了，更难辨认了。目前能知道的是，他……是个胖子。"

李可瞪了他一眼。

"我是瞎子吗？这也用你告诉我？"

小马低下了头。

李可又指了指身后说。

"你解释解释，这怎么回事？"

李可背后不远处的小土坡上，站满了形形色色围观的人。很多人在指着小马。

小马有些不好意思了。

"这都是我老家的乡亲们，他们一听说我来办案子了，就一起来看热闹了。"

李可想揍人，但是抬起的手还是放下了，背后那么多双眼睛盯着这里。

"你是来办案的，还是当明星呢？"

"这我也没办法。我们村除了我之外，就出过一个大学生。我好不容易做了刑警，他们都觉得这是可骄傲的事情。我真没告诉他们。"

"你是不是去见自小和你定娃娃亲的那个了?"

"您怎么知道?"

"废话,我是你队长。我手下的人我不知道个一清二楚,如何留下来用?再说,这世上还有我知道不了的事?"

小马点点头。

"回去验验指纹吧。"

李可闻了闻身上,总感觉有股子腐臭的味道,扭头要收队走人。

"李队。"

"还有事?"

"那个,尸体的十指之前被人用开水烫过,指纹都被事先处理掉了。"

"高手啊。"

李可喃喃着。

"那你就想尽办法,三天之内给我查出死者是谁,否则……"

李可看看围观的那群人。

"我就当着他们的面,扒掉你的警服。"

李可钻进了警车。

小马撇着嘴,像个孩子一样。

"打击报复,绝对的打击报复。"

可是一扭头,看到对着自己挥手的乡亲们。

小马则故意响了一下警车,很帅气地向他们敬了一个礼。

有一群孩子跟着学。

旁边已经有人开始撵人了,围观的人四散开。

小马也正要上车的时候,看到自己的妈妈,一个苍老的老妇人向他招手。

小马看了看李可,李可已经发动车走人了,顾不上自己。

小马跑过去。

"妈,啥事?"

"小马,你最近是不是涨薪水了?"

"没有啊,怎么了?"

老妇人从怀里掏出一个小布包。

"这里的钱不是你给的?"

"钱？我上月不是刚给过你吗？"

"这里可不少。"老妇人掀开一个角，里面很厚的几沓子钱，看上去有好几万的样子。

"妈，这钱哪来的？"

"昨晚上，有人放在门前的。我以为是你给的呢。"

"没看到人？"

"哪看得到，我和你爸老花眼，一人黑能看见路就不错了。"

小马皱着眉头琢磨着。

"小马，该走了！"

远处的警车上有人叫。

"妈。这个钱您先拿着，先别花，收起来，谁要都别给。等我回来处理。"

老妇人把钱包好，塞进了怀里。

"好，你放心，妈这辈子，就是收东西厉害。"

"妈，我走了，您和爸注意身体啊。"

"走吧，走吧。"

老妇人摆摆手。

小马一步三回头地小跑上了警车，老妇人看着警车消失，才弓着腰一步三颤地往回走。

李可几乎是狂奔着回到家的，他闯了红灯自己都不知道。

楼底下自己安排守着素芬的人还在，他也没和他们打招呼就上了楼。

李可从莲板开车回市区的路上，越想越不对劲。

小马在自己去莲板的路上给自己打了电话，说从自己侄子的嘴里得知，马小寒确实是认识素芬的，而且是见了不止一次面的那种认识。

马小寒被绑架之前，素芬又出现在了马小寒的学校。这一切都来得太巧合。

李可不是怕素芬和这个案子牵扯得有多深，他最害怕的是素芬一旦成为嫌疑人，后果有可能不堪设想。

李可确实是爱素芬的。在回来的路上，他担心的就是素芬经过警局审问后的情绪状态。他尝试打电话回家，家里没人接听，没来由的让他感到着急。

好容易开门回到家，素芬很平静地坐在餐桌旁。

端上了一碗热腾腾的粥，桌子上摆着几碟小菜。

李可嘴角苦笑了一下，看了看墙上的钟，已经是深夜 12 点了。

"快点吃早饭吧。"

李可脱了衣服放在沙发上，坐在饭桌前，接过素芬递过来的一碗粥。

李可的笑有些苦涩。

素芬的神经衰弱丝毫没有见好，看了这么多的医生，用了那么好的药，可她的病一直都是没法治愈的。最近一个多月，每一次回家，素芬都是给自己做好了早饭，不管什么时间，做的都是早饭。

李可问过医生。

医生说，素芬的大脑受过刺激，她现在的认知能力还是完好的，和正常人没什么不同，只是在她脑海中烙印最深的那件事会一直反复地出现，她的行为也会反复地再现这件事。

李可问医生怎么能治好。

医生说，要么强行矫正。

李可懂，类似于电击这样的残忍手段。他是万万不会用到素芬身上的。

做早饭，确实是素芬和李可这半辈子中记忆最深刻的事情了。三年前，他们刚结婚的时候，每天最享受的事情就是上班前，坐在一起吃早饭。一碗粥，几碟小菜。

李可现在也很满足，起码，这样的生活他还有。

吃完"早饭"，李可看到素芬的药吃完了，就回到书房，打开自己的保险柜，他提前买了好多治疗神经衰弱的药，都整齐地放在保险柜里，之所以锁起来，就是怕哪天素芬的精神恍惚误服了过量的药。他拿出一瓶没开封的药，药瓶上没有任何的标签，李可拆开倒出一半来，然后放进素芬的药瓶里。

素芬很顺服地吃了药，李可看着她静静地睡着了。他摸着素芬的手，看着她熟睡的样子，轻轻叹了一口气。等素芬彻底睡熟之后，李可又回到了自己的书房，打开电脑。

登录了警局的刑侦系统。他拿出自己的手机，连上数据源。他要查查这个意图控制自己的人到底是谁。电脑屏幕上闪动着飞快变化的数字代码。李可仰着头，抻了抻疲惫的身体，等待着结果。

电脑警铃响了。屏幕上显示，电脑被木马病毒感染。

李可面露惊色，连忙拔掉了电源，看着黑了的电脑屏幕，脸上写满了惊恐。

第三天，尸检报告就出来了。

致命伤确实在头部，虽然面部已经被恶狗啃食殆尽，但是法医经过对颈部血管、肌肉纹理的细微变化，还是得出了死者死于突发颅内积血。

死者死亡时间初步推断为发现尸体前的 36 小时内。

死者双手指纹被消除，暂时无法通过指纹查询死者身份，只能通过失踪人口排查。

小马经过一夜的比对发现，在过去一周之内失踪的人当中，没有一个能够与死者的体态特征吻合的。

法医补充了一句。

死者胃部发现了食物残留。化验可见，是三明治。这个三明治店全城只有一家。

李可捂着口鼻看着已经被劈开了一样的尸体，难以想象一个人死后还要受这样的痛苦。

"把三明治店地址给我。"

李可走出了尸检室。

小马跟了出来。

小马的面色尚好，而李可的脸色已经很难看了，几乎就要吐了出来。

"你挺厉害的啊，这样都没感觉？"

李可扶着墙使劲地喘气。

"李队，我进去之前吐过了。"

小马不好意思地说。

"好吧。对了，马小寒那边有新线索了吗？"

"没有，刑侦队用了一切的技术手段都没法找到那个莫名电话的来处。马家现在也很正常。没什么奇怪的。只是……"

"说。"

"我感觉哪里不对劲。"

"直接说。"

"按照刑警现场勘查来看，现场没有留下任何的作案痕迹。案发当日，只有马小寒自己在家，她的活动范围也只在客厅，门前没有她的脚印，说明她没有给绑匪开门。也可以假设为，绑匪并没有从大门绑走马小寒。"

"那是哪里？"

"天窗。"

"屋顶已经勘探过了，成人确实没法上去。"

"小孩可以。"

"你什么意思？"

"我只是猜测。或许，是马小寒从天窗自己出去以后。绑匪从外面把她绑走了。或者……"

李可盯着小马，他猜得到小马接下来要说的什么。

如果成立，有可能是马家监守自盗了。

"死盯马家。"

"那素芬姐这边的线索还查吗？"

李可看着小马。上下打量了一下，走出门后扔给他一句话。

"你看着办，你要是觉得有必要，就查，我这里没问题。"

"是！"

小马确实是得到了李可的授权了。这说明，这个上任还没多久的菜鸟刑警，可以独自办案了。当然，小马也知道，有一个"无面尸体"的案子存在，优先级上，绑架案都要往后靠。自己算是捡到了大便宜。

李可来到三明治店，远远看去，是个非常普通的小店。就坐落在和平银行的大楼下面。

店里有两个员工，一个老一个少。年轻的熟练地按照顾客的要求，在整齐铺开的配料中选出所需的料做成三明治，年老的则在一边打包，收钱，两个人分工明确，丝毫不耽误事。

队排得很长，正是早晨吃早饭的时候。李可在旁边停了车，点着一支烟，他想等人少的时候再过去。这个当口去问事情，估计很难。

李可的车就停在银行门口的单行道上，留出另外一半给别人行车。他虽然是刑警，可是从来都不是一个很懂得遵守城市交通规则的人，他的车堵了一半的车道，后面的车流就慢了许多。可是他开的是警车，也没人敢言语，旁边疏导交通的大叔也是望而却步。

李可一根接着一根地抽烟，眼睛从没离开过那家三明治店。他还顺带看了几眼和平银行的大楼。他想到，自己那莫名其妙多出来的 300 万，还存在这家银行的地下保险库房里。

大楼的屏幕上闪动着各种广告，无非是和平银行有着全世界最高级别的安保措施，没有人能够通过银行的安保系统，无非是告诉大众，快点把钱存进来，这里最安全。

李可不屑地笑了两声。

从他一个学数字刑侦的人的角度看，这个世界上，还没有一个安保系统是无漏洞的。就算是刑警大队的刑侦系统，李可也能够轻易地看出防火墙漏洞。可是长着一个超强ＩＴ脑子的李可，偏偏对破案感兴趣，相对网络虚拟解密来说，现实世界的各种秘密对他来说更有吸引力。

有人在后面踹警车。

这人确实长了熊心豹子胆。李可扔掉烟头，从后视镜看过去。不是一个人，是好几个，虎背熊腰的。

难怪。

李可下了车，整了整自己的便衣，他也没拿警徽，都扔在车里。他很信任自己的拳脚，更信任屁股上的那把枪。

当然，李可也看到了，踹车的这几个人也不是善茬，除了虎背熊腰之外，他们的腰间很明目张胆地斜插着把手枪。比李可的腰更显眼。

警校的搏击课交过怎么对付这样打扮的匪徒，李可很自信地觉得自己可以在两招之内让那个人下半辈子断子绝孙。当然，要等对方先动手，否则就变成警察打人了。

李可站在警车边，看着这几个走过来的壮汉。

他的眼睛已经瞟到壮汉身后的黑车上了。

黑色的大奔。是个有钱人，不然也不会冒然地让手下踹警车。

后窗没关，李可看到了里面坐着的人的侧脸。

那个人竟然在笑。车窗关上了，笑容也消失了。

壮汉站在面前了，那感觉和电影里很像，弱小警察要靠超强武功打败一群大块头了。

李可似乎根本没想动手，就那么歪着靠在车身上，他更自信了。

大奔车后门另一边下来一个人，穿着西装，不像是这群壮汉这样的黑社会打扮，倒像是个知识分子的模样。

"走。"

"知识分子"一摆手，那群壮汉很听话地走开了。

李可似乎猜到了这点，很淡然地重新坐回了车内。大奔车果然掉了一个头，从旁边拥挤的车道走了过去。那个管交通的大叔似乎也认识大奔车上的人，卖力气地让其他车一边等着，点头哈腰地让那辆车通过。

大奔车后座经过李可车窗边的时候。

李可似乎能从那个黑洞洞的车窗里看出那个像是嘲笑，又像是微笑的笑脸。

三明治店门口很快就没人了。李可看了看手表，过了上班的时间。这一老一少两个人正在擦着手，擦着玻璃，喝水休息。

李可走了过去。

"先生，来一块？"

老年人一见客户上门，站了起来。

"您这儿哪样卖得最好？"

"您头一次上门，我们一般都推荐三文鱼三明治，这是本店的特色。"

"给我来一块试试。"

小伙子麻利地开始做三明治，老头在一边看着。

"多少钱。"

"21块。"

"够贵的啊。"

"我们也是没办法，您看看这地方，就这个价钱，我们每月收入6成都要交房租呢。再扣掉成本，其实没剩多少。"

老头无奈地说。

"您这三文鱼我看成色好，哪儿进的货？"

"不瞒您说，我们店就靠这三文鱼撑着呢。以前，我们住在海边，那时候还能出海打个鱼什么的，那时候三文鱼是最好、最新鲜的，现在不行了，这么好成色的三文鱼，都得靠买。"

"哪儿买啊？我也想买一条回家，老婆精神不好，以前就爱吃这口。"

"我这都是每天早晨去码头抢的货，都是泰哥公司从外城进来的。"

"您二位不会也是莲板的吧？"

"呦，这年头还有人知道那个地方啊。是啊，以前能出海打渔的，也就是我们这帮莲板人了。现在啊，大家都忘得差不多了。"

小伙子把包好的三文鱼三明治递过来。

"您尝尝，这是最后一块三文鱼，最肥最大的。"小伙子眉开眼笑。

"哎呦，受宠若惊，谢谢，谢谢。"

李可还没吃早饭，上来就是一大口，差点啃掉了半个。

"慢点。"老人笑着说道。

"还别说，味道真不错。"李可竖着大拇指。

小伙子笑得更开心了。

"那是，要不我们家常客也不会那么多。"

"说到常客，跟您打听一下。您这是不是有个常客长得胖胖的?"

老头一听笑了。

"来我这吃东西的，过不了一个月都得胖。"

"那是，好吃。"李可三两下就吃掉了剩下的三明治。

李可好不容易咽完了东西说。

"您这最近有没有哪个常客好几天没来了?"

老头皱着眉头想了半天，年纪大了记性不好。

"好像有一个姓许的顾客好几天没来了。爷爷，你还记得吗? 一次来要四个三明治的那个?"

老头也好像想了起来。

"姓许? 知道叫什么吗?"

"不知道，就看他有次接电话说自己姓许来着。"老人答。

"在哪儿上班知道吗?"

"不知道，他每次买完之后，都往那边走。"老人指向东面。

李可顺着方向看去，那边是宽阔的大马路。这条路左右两端矗立着两栋金融界的巨擘: EXR 和和平银行，沿街的各种商铺公司更是数不胜数，这确实又像是大海捞针了。

李可觉得还有希望，起码知道人姓什么。

老头和小伙子看着李可有些奇怪。

"你是做什么的?"

老头习惯性地问。

李可笑了笑。

"以后我是你们家常客，以后有人找你收保护费，敲诈勒索什么的，记着找我。我帮你摆平。"

李可递上一张名片。

李可跑向自己的车，开车就走。

老头和小伙子看着李可走了，有些奇怪。

"爷爷，不会是黑社会吧？"

紧接着小伙子头挨了一下。

"自己看。"

小伙子接过来一看，惊得差点叫了出来，很不自然地叫着。

"妈呀，警察啊！"

小马在警局做了一整天的准备工作，收拾好所有的东西之后，准备去李可家，他必须要把素芬和马小寒之间的关系弄清楚。他准备了一整天，就是在琢磨要问素芬的每一句话语气的轻重和恰当与否。第一次独立查案，不能就这么砸自己手里。

小马刚走出警察局的大门，手机就来了一条短信。

未知号码。

以往这个号码只出现在李可的手机上。

号码发来了一张照片。

照片上是小马的妈妈在往废旧的锅灶底下藏那摞子钱的照片。

照片很清晰，专业相机偷拍的。

又来了一条短信。

短信上写着。

"放弃查马案，否则你会被告受贿。"

小马连忙拨过去。

一旁正在等着他的警车里电话铃响了。同行的小刘拿着电话下了车对着他晃晃。

"我就在眼前，你打什么电话啊！"

小马连忙挂断手机。他呆在原地。

"走不走啊。快天黑了。"

小马想了一会儿，说："今天不去了。改天去。"

小马转身回了警局。车内的小刘无奈地骂了一句："操！你还能不能一起干事业啊。"

李可查了一天都没有查出死者的身份到底是谁。他站在EXR大楼底下，买了一瓶奶茶解解渴。眼前密密麻麻一条街的商铺让他彻底地放弃掉了自己单独查案的可能性。

李可很快就回到家了，素芬又开始只记住那个美丽的回忆了，做了一锅粥，几碟小菜，摆好了在桌子上，等着李可回家吃"早饭"。

李可开门进屋，素芬就从沙发上起来了。

"回来了，吃早饭吧。"

李可笑了。

"我不饿，我陪你吃吧。"

素芬很温柔地笑了，把递过去的粥碗拿了回来，李可坐在她对面，看着她吃东西。

素芬一缕头发掉下来了。

"素芬，等过些日子，我把案子破了，带你出去玩两天吧。在家里太憋屈了。"

李可替素芬把散开的头发收拾好。

素芬点点头。

"这三年，我都没和你去看过一场电影。"

李可的脸上写满了尴尬。

"那个，小马来过了吗？"

"你队上新来的那个？"

"嗯。"

"上午打过一个电话，说要过来，谁知道下午没来，估计有事了。"

李可笑了笑。

素芬吃得很少，半碗粥就饱了。

素芬吃了药之后很快就睡着了，李可回到自己的书房。

打开电脑。

李可不知道要做什么，把桌面上的东西打开了又关上，打开了再关上。他一直在思索着什么。他的脑海蹦出一些画面来。

马小寒被绑架，马小寒和素芬是认识的，莫名其妙的 300 万，无面的尸体。这一切似乎都没有什么必然的联系，可是这些东西都被一个未知的号码串联着。这个号码，李可试图通过自己的手段去查，可是他遇到了一个比自己更厉害的角色，那个人在所有的数据路径上全都安放上了病毒，就像是埋满了地雷一样的一片土地，走过去，就是光明，可是李可又不是那种善于拆雷的人。起码，就他自己和现有的设备来说，他还做不到。

李可看到电脑桌面上素芬和自己的结婚照。他似乎想到了什么，打开一个隐藏着很隐秘的文件夹，打开之后输入了密码。那里面是一个文件，文件打开之后，是密密麻麻的各种数据。李可盯着这个文件，使劲地搓着下巴的胡子。

李可觉得，自己背后的那个人一定和这个文件中的某个人有关。

这时手机响了。

是个电话，当然，还是未知号码。

李可看了看外面，确定素芬没醒，他才接通了电话。

声音被处理过的，像是机器的声音。

"喂。"

"李可。"

"我是。"

"下周二下午四点，正义街街角意大利餐厅。"

"你和我？"

"……"

李可已经偷偷地打开电脑上的追踪系统，准备定位打电话人的信号源。

"我为什么要见你？"

"如果你不想让你三年前的事情有第三个人知道的话。"

"你要做什么？"

"拿回我的 300 万，拿回属于我的东西。"

"那 300 万是你给的？"

"不见不散。"

电话挂断。

系统显示通话中断。

李可抓着头发，陷入到了一种个人的斗争中。

与此同时，警局里，除了值班的刑警，高层的办公室还有一间没有锁闭。

小马坐在屋子里，看着自己面前厚厚的一摞卷宗发呆。

他的脑海还在回想着那条短信的内容。

有人在威胁自己不要继续追查马小寒被绑架的案子，甚至已经开始提前介入了。自己妈妈收到的那摞钱，肯定是再怎么都无法解释清楚的，即使上交，自己仍然没有十足的理由让别人相信自己。起码，从法律角度说，自己没有证据证明自己的清白。

那说明，这个案子里确实有重要的隐情。

小马很聪明，他知道自己在去素芬家之前收到短信这个当口是有些东西可以查的。他确实没有继续去素芬家。但是小马在办公室里盯着墙上庄严的警徽看了好长时间，他还是决定一定要追查什么，起码，暗地里追查。

小马打电话定了两份晚餐，无非就是汉堡、咖啡这些东西。他的第一个目标就是今晚上在值班的资料库小妹。

小妹比自己小一届，小马在警校的优异表现，小妹自然垂青过，于是小马决定牺牲色相。

先是和小妹聊了快一个小时的人生和未来之后，自己故作成熟和浪漫胡乱诌出来的酸诗已经让小妹如痴如醉了，小妹很快也打起了瞌睡，小马这才顺利得到私自进入资料库的机会。

当然，小马还是有点警惕性的，事先拔掉了资料室的监控摄像头。他晓得，这时候警局监控室不是斗牌到白热化阶段，就是瞌睡满屋。

小马顺利地找到了素芬的资料。

素芬是8年前进的警队，是一个普通的区域民警，分到了区域小队长李可的队中，两个人就是那个时候认识的。

三年前，素芬转到市区总部，同年被分配到了反黑组，这一年，是全城黑帮势力最为强大的时候，也是素芬外出执勤最频繁的时候。长达数十页的出勤记录，很漂亮，很干净。然后素芬就和刑警大队一队队长李可成婚了。

成婚不到半年。素芬的所有记录都是空白。

小马从李可嘴里侧面得知，素芬是在这个时候患上了神经衰弱症的。

但是资料里没有素芬为何患上精神衰弱症的资料，也没有队医证明允许她可以提前隐退。

小马借着灯光仔细看了看。后面这几页空白的纸张，似乎是全新的。

小马心里的疑云，更大了。

也许，素芬的身上确实有点秘密。小马觉得，自己有必要大胆一次，查查李可。

趁着小妹还没醒来，小马轻轻地把资料还原到了原位。

小马第二天一早就来到了交通警察大楼，这里也有自己的一群警校好哥们儿。不费吹灰之力，小马就私下里用一次请客让自己大学的铁哥们儿给自己调出了李可这一周以来的警车行车路线。

每一辆警车上都有 GPS 跟踪器，想找到一天的行车路线，很容易。

一切都很正常，这一周，除了马小寒家现场出勤，莲板轧钢厂凶案现场，往返回家之外，就是前天他单独去市区调查无面尸体肚子里的三明治的路线有一点点奇怪。

奇怪的点在于，李可的车在金融街上停了一个小时后，竟然顺着金融街来回掉头转了几十次。然后 GPS 信号就消失了，再出现，就是李可家。

小马原本对自己这个大胆的想法有些后怕，他只是一种猜测，可是上天怜顾他，他真的抓准了关键。

有两个关键。

素芬三年前的记录被别人偷换过。

李可并没有把心思放在查找无面尸体的身份上。

消失的时间超过 8 个小时，按照警局规定，警车的 GPS 是根本不准擅自关闭的，李可肯定去了什么地方。

小马找了一张放大的金融街地图。左边是 EXR 大楼，右边是和平银行。中间有着无数的商铺街道。

小马去过了和平银行，在那里见到了陈洁希，自己小时候穿着开裆裤跟在屁股后面抹着鼻涕一口一个老婆叫着的人，现在已经成为人母。

小马闭着眼睛想了很久也没有任何思路。只能想到了那条短信。

"放弃查马案，否则你会被告受贿。"

小马的想象力又开始发散开来。

妈妈在莲板，那个地方现在很少有人会回去。无面尸体被发现的时候，只有李可在。

小马大胆地假设。

是李可发的这条短信？

如果成立，李可和马小寒被绑架案有关，因为案子牵涉了自己的老婆素芬。也就是说，李可要护短。

这个假设成立，说得通。但是不痛不痒。

小马想得晕头转向。正好对面即将退休的老赵回来了，穿着便衣，估计办事情去了。小马是认识老赵的，很早就认识他。莲板还没被大火烧掉之前，老赵曾经在莲板当过区域警察。

小马看到老赵手里拿着 EXR 保险公司的袋子。

"赵师傅，您去办保险了？"

"这不是快退休了嘛，把该弄的都弄了。省心。"

"EXR 保险公司就是在和平银行对面的那个吗？"

"对啊。"

"这公司看样子很有钱啊。"

老赵摇着头笑了笑。

"这老板能赚钱呗。"

"口碑好吗？我也给我妈妈办个去。"

"怎么说呢，这公司就靠 3 年前一桩天价理赔，干净利索地给了钱，几百万的大单啊。赔给了一个小小的杂货铺。你说这么大的手笔，其他小保险公司干得出来吗？"

"什么杂货铺能要几百万啊？"

"莲板大火烧掉的那个杂货铺啊。"

小马脑海中突然出现了一个画面。莲板被淹没在火海里。

但是很快，这个画面被另外的东西取代。小马清晰地记得，素芬最后一次执勤，就是这次莲板杂货铺的大火。

小马默默地思索着，老赵递过来一本宣传册。

"拿着看看，你不是要给你爸妈办保险吗？找这上面的业务员就行。"

脑海中的事情还没想好，他就看到了一个熟悉的面孔。

EXR 保险公司宣传单上，一级优秀业务员的照片中，有个人很熟悉。

那个人叫：马克。

李可早早地就到了正义街街角。他没有开车，对于他来说，开着警车来这里，无疑是带来了整个警队，那个神秘人也不会傻到还会继续见自己。

李可先是在路对面的角落里观察了周围很久，街道的走向，人流状况，摄像头的位置，停车位有几个，几家店铺等，作为一个老道的刑警，这是他的职业习惯。

离见面的时间还有一个半小时，李可还想再看看周围是不是有人来。

李可中间想给一个人打电话，可是没有打通，他变得有些焦躁。毕竟他是个刑警大队长，这种被别人牵着鼻子的感觉，非常不舒服。

周围的街道上很正常，没有什么行为举止很怪异的人。李可就感觉到头顶有毛骨悚然的感觉。他一扭头，看到隐藏在树叶里那个监控交通的摄像头正对着自己。就像是在看着自己一样。

李可看了看手表，他确定周围没有什么可疑的人，从兜里掏出一个帽子，压低帽檐走进那个很小很有情调的意大利小餐馆。

这个意大利餐厅，装修透着一股意大利风情，老板虽然不是个意大利人，但是留着一个和意大利人一样的胡子。正义街是整个城市里比较小的街道之一，属于那种临街的支路。

李可走进来，老板就拿着酒杯向他示意算是问好。店里其实没有几个人在吃饭，大多是在喝咖啡聊天。

服务员走过来。

"先生几位？"

"等人，应该是两位。"

"先生先喝点什么？"

"咖啡，谢谢。卡布奇诺。"

"好的，稍等。"

虽然外面没有多少阳光，可是隐隐的有光影的感觉，透过玻璃照向自己。自从做了大队长，他就从没有过这么悠闲地喝过咖啡了。

李可死死地盯着手机，等着最新的消息。恍惚之间，这样清闲的感觉让他突然想起了三年前的素芬，拉着自己的胳膊一同坐在咖啡店里面看书看报的样子，这种生活现在和未来不可能再有了。

李可看着手机那些未知的号码。

他其实知道被谁给毁了。

服务员端着咖啡向他走来，可是他还没闻到咖啡的味道，服务员就不小心碰洒了，盘子和咖啡摔在地上。这个服务员很害怕地趴在了地上。

李可觉得，是要地震了吗?

"全部趴下!"

是抢劫。这种话，李可特别熟悉。

他回头看了一眼，是一个戴着头套的高瘦男人，戴着一次性的橡胶手套，一手拿着空空的布袋子，一手拿着一把枪。

李可这次出来没带枪。这不正常。但是他习惯性地摸了摸后腰，确实没带。

"不许动，趴下! 不然我就开枪了!"

李可从声音听得出这人很紧张，应该是头一次犯案。他轻轻地抱着头蹲在地上，眼角瞟到这个年轻人的手在微微颤抖。

"把东西交出来!"

这个人在让每一个店内的人把东西都扔进布袋子，抢劫的老一套手法。

很奇怪的是，他什么都要。现金，首饰，钱包，甚至车钥匙。

要车钥匙有什么用? 他一个人也开不走那么多辆车。

李可像是在玩一样地猜这个人的心理世界。

不仅是车钥匙，是所有钥匙。

李可皱着眉头想，要钥匙做什么用。李可想到自己身上的东西，除了钱包，家里的钥匙确实也在身上，对了，兜里还装着那个和平银行的保险柜钥匙。

没容李可多想，这个人的枪口已经指着他了。

劫匪并没有立即开口，等了一下说。

"兜里的钥匙。"

开口直接要钥匙，这确实出乎李可的意料之外。

李可掏出家里的钥匙扔进布袋子。

这个人还没有动，等了一下又说。

"右口袋里的。"

右口袋里的就是那把银行的钥匙。李可的职业习惯让他觉得，这个人很有可能是冲着自己来的。

面前指着自己的枪口在微微颤抖。

李可掏出右口袋的银行钥匙扔进布袋子。他知道，单有这个东西，他也没什么用处。

他觉得这个劫匪有点不正常。

"我可以帮你……"

"别他妈的废话。全给我趴好了。"

劫匪突然大吼，拿着枪指着他，李可看到黑洞洞的枪口颤抖着，他真怕眼前这个人会开枪。

劫匪突然抡起枪把，狠狠地砸向李可的头，李可昏了过去。昏倒之前，他看到这个劫匪一路狂奔出了餐厅，钻进路对面似乎准备好的汽车里。

车门是事先打开的。

小马来到 EXR 保险公司的时候，看到一个人风驰而过，背影很熟悉，只是还没来得及细看，人就消失在人群中了。来到了办公大厅，前台问他找谁。小马说找业务主管。

"先生，对不起，我们业务主管许先生已经好多天没来上班了。请问您找他有什么事情吗？"

"许先生生病了吗？"

"对不起，我不知道。这几天好多客户来找许主管，他都不在。"

"哦，不好意思，扰搅了啊。"

小马正要走。想到了什么。

小马拿着宣传册翻开到一级业务员的那一页，指着上面的一个人说。

"您好，这位叫马克的人，真名字是叫许豪吗？"

前台小姐摇摇头说："他一直用的是英文名，MARK。"

"姓呢？"

"不好意思，我真的不清楚，这些属于人事部门管理。"

"好，谢谢啊。"

小马转身走到电梯间，等候电梯。

电梯打开了，一个高挑的职业美女吃着三明治出来了，和同行的人聊着天。

"你还别说，许胖子说的这家三明治还真好吃。"

小马前脚刚踏进电梯，一听到这句话又缩回来了。

小马翻开宣传册，找到业务总管的那一页。

胖乎乎的一个中年人，下面写着：许铭。

小马连忙追上去，叫住正在吃三明治的那个高挑美女。

"不好意思，能打搅一下吗？"

"您好，有什么能帮你的吗？"

眼前的这个女人虽然年纪不算太年轻，但是略施粉黛，还是非常中看的。

小马把许铭的照片给她看。

"请问，这位许先生，是咱们公司的业务主管是吗？"

"上面不是写着的吗？没错啊。"

"他最近有没有来上班？"

"没有，好多天了。我还奇怪呢。"

"那他有没有请假什么的？"

"应该没有，要是请假，我们业务部门都应该知道的。"

高挑美女在画册上看到了自己，伸出手指点了一下说。

"这个，是我。"很自得地笑了一下。

小马看到，画册上其实并没有真人那么好看。画册上备注的名字是：宓蜜。

"他特别爱吃三明治是吗？"

"是啊。"

小马觉得，他是找到了无面尸体的真实身份了，而且是误打误撞。

但是需要进一步的验证。

小马从兜里掏出自己的警徽。

"您好，宓蜜小姐，我是刑警三队的刑警小马，你能协助我一些事情吗？"

宓蜜像是被吓到了一样。

"怎么了？"

"我想去许先生办公室看一下行吗？"

"不是，他出什么事情了吗？"

"没有，只是有一桩案子可能和他有所牵连，我需要看一下他的办公室。"

"昨天也有个人这么说。"

"昨天？谁啊？"

"也是个刑警，叫李可。"

"哦，那是我们大队长，我今天需要再看一下。"

宓蜜看着小马年纪轻轻的样子，有些不信任，但是无法拒绝，只好领着去了许铭的办公室。

小马看到偌大的办公室里干干净净的，什么都好像没动过的样子。

"他的办公室有人来打扫过吗？"

"没，他比较怪，办公室不准别人随便进。"

小马快速地看着周围，确实干净得没有什么疑点。

"您能告诉我许先生家的地址吗？"

"这个前台可以查。"

"好的，谢谢您。"

小马伸出手。

宓蜜很大方地和他握了手，优雅到了极点，差点让小马浑身起鸡皮疙瘩。

小马走向电梯的时候，瞟了一下四周，所有人都在忙碌地工作，没有什么人在行为上有可疑的地方。

小马走进电梯的时候打电话给刑侦科。

"喂，我是小马。我问你一下，昨天李队回来的时候，有没有说他确认无面尸体身份的进度？"

"没有。他昨晚没回警局。"

"今早呢？"

"也没有。"

"好。"

小马的脑袋里又画上了问号。

李可显然比自己早知道无面尸体的身份，他的行车记录确实到了那家三明治店。三明治店离EXR的直线距离不超过500米，按照李可的刑侦能力，早应该找到这里，而不是警局依然在苦苦地通过DNA鉴定来在茫茫失踪人口名单中确认死者身份。

李可在做什么？小马不知道。

李可为什么要隐瞒死者身份，而且对马小寒的案子不闻不问了，小马也不知道原因是什么。

但是现在小马没有任何可以证明李可消极查案和隐瞒证据的证据，他现在能做的，就是继续查，和继续等。

小马再次回到了交通警队，他想找自己的铁哥们儿再帮自己一个忙，结果他被告知，铁哥们儿未经批准私自登录交通监控系统，被停职检查了。

小马觉得，这并不是巧合。也许是李可发现了什么，要消灭证据。

很快这个想法又被他自己否定了，因为李可被劫匪打晕了，现在在医院。

小马去接李可出院，李可没多少大碍，就是头很晕。

一路上，小马没说一句话，李可也没说话，他们彼此互相猜测对方了解自己有多少。

临下车的时候，李可捂着头说："昨天我去了 EXR 大楼，有个叫许铭的业务主管失踪好多天了，体态特征和无面死者有些像，你去核实一下。"

小马点头。

"好的。"

小马开车走的时候。李可在原地看着远去的车影思索着。

从李可的眼神中看得出，他不是不知道小马背后在做什么。

小马刚到警局，同事就转过来一封从莲板寄来的信。

小马以为是妈妈，但是爸妈并不识字。他回到办公室打开信件。

里面只有短短几个字：七天前中午十二点，许铭去过轧钢厂。

七天前，是案发的前一天。

无面尸体是六天前的傍晚被李可在轧钢厂附近找到的，死亡时间为 36 小时以内。这就说明，许铭就是在这个时候遇害的。

七天前，是马小寒绑架案解救人质的那一天。小马清楚地记得，李可收到了一条未知短信，显示"莲板"。

李可没给他看，是他瞟到的。

这又是巧合？

信又是谁寄来的？

小马看了一下邮戳，是莲板没错。可是莲板自己认识的人中，确实没人会写字。而且还是这么重要的字眼。

小马把信交给 CSI 中心做鉴定，希望可以找到指纹或是笔迹的线索。

小马越来越觉得有一个重要的问题，那就是李可和无面尸体的案子，摆脱不了关系。不管结果如何，李可要想解释清楚这件事情，是很难的。

李可回到了家里。用藏在地毯下的备用钥匙开了门。

素芬破天荒的没有做早饭，这让他很惊讶。

素芬坐在沙发上，等着他。

李可进屋就把鞋子扔在了一边，很疲惫，进门之前头上还有纱布，他为了防止刺激到素芬脆弱的神经，撕掉扔进了垃圾箱。

"怎么还没睡啊？吃药了吗？"

"吃了，吃了很多。"

李可一听语气不对，真以为她吃了很多的药，连忙过来。

素芬把一个装满了药瓶子的纸箱子拿了出来，放在桌子上。

"这么多年，我吃了这么多的药。"

李可的脸色有些发青。

这些药瓶，自己确实是锁在了保险柜里的。

"你把这些药，装进我的药瓶，让我以为我吃的是治病的药。"

素芬的表情很呆滞，她似乎还陷在无法理清思绪的状态之中。

"素芬，你怎么找到这些的？"

"你他妈的，密码箱的密码还是我设的，你都忘了！！！！"

素芬突然爆发，头发散开，耷拉在眼前，整个人像是疯了一样。

"李可，你这是爱我吗？你让我吃的什么？你想让我死你可以直接杀了我，为什么要这么折磨我！"

素芬抓起一把药递到李可面前。

"你说，这是什么药？你让我吃了三年的什么药？"

"素芬，你冷静点，不是你想的那样！"

"那还是哪样！"

素芬把药瓶一个一个拿出来摔在李可的身上，白色的药片炸开，散开了一地。

"你到底还要哪样？"

药片像雨一样扑向李可。

素芬不是不知道这是什么东西，警校里教过这些危险药片的作用。这种药，能够破坏人的大脑神经和细胞，轻的是素芬这样的神经衰弱，严重的就是精神失常。

"李可啊李可，你说你爱我，你就是这么爱我的吗？你想害死我，到底为什么！"

"素芬，我是爱你的，这一点你比我清楚，而且我这辈子只爱过你一个。"

"所以你没给我下狠药，你要我三年一直吃这个东西，就是想看我慢慢疯掉，你想折磨死我，对不对？"

李可显然束手无策了，素芬看来已经知道了自己用这个种慢性毒药的东西换掉了她日常的镇定药片，他无法解释。

楼底下看守的人，听到了楼上的动静，很快就上来拍门。

"李队，出什么事了？"

素芬一听到有人来，尖叫着就要往外冲。

"救命啊，他要杀了我。"

李可连忙抱住，紧紧地用胳膊锁死，一只手捂住素芬的嘴。

素芬像只垂死的海豚一样瞪着眼睛，披头散发，喘着粗气。

"没事，你嫂子犯病了，我刚让她吃了药，马上就好。"

李可很淡定地回答。

"好，李队，有什么事就叫我们。我们就在楼下。"

"辛苦。"

门外没了动静。

李可看着怀里还在挣扎的素芬，眼神中凶光毕露。

"素芬，我是爱你的，我再说一遍，我是爱你的。这个世界上没有比我更爱你的人了。我这么爱你，你不能伤害我。知道吗？"

李可一边说一边把素芬往卧室里拖，素芬知道大难临头，死命地挣扎。

李可把素芬拖到了卧室，反手关上门，松开素芬，素芬差点把鞋子都踢飞了，挣脱开李可的束缚。

李可指着素芬气喘吁吁地说：

"素芬，我告诉你，谁都不能伤害我，即使是你。"

素芬想夺门而出，门被李可死死地挡住。

李可瞪大了眼，狠狠地一巴掌扇了过去。

素芬晕倒在床上。

李可从柜子里掏出一个医药用包，从里面拿出一个一次性注射器，从一个药瓶里抽出些药水，拽过素芬的胳膊直接注射了进去。

素芬浑身突然开始抽搐。

李可拔出针管，温柔地抱着素芬蜷缩的身子，像是哄孩子一样。

"素芬，乖，一会儿就好，一会儿就好。睡一觉，睡醒了就好了。"

很快，素芬浑身都放松了，然后果真熟睡了过去。

李可把素芬安顿好，看着凌乱的屋子，看着客厅里满地的药片，又看到书房里被打开的保险柜。

李可关上卧室的门，闭上眼，深深地呼出了几口气。他睁开眼的时候，眼神充满了恐怖。

李可跟警局请了一周的大假，理由是素芬病发了，自己要陪床。所有的案子都转交到了刑警二队那里去。刑警二队的队长，李可从没放在眼里，他属于关系户进的警局，二队平时查的案子基本上都是吃喝嫖赌玩之类的风化案件，对这种绑架、杀人的案子，二队队长确实不想沾。

况且，两个案子都是没有任何线索的案子。转到了二组，二组就搁置了。

之后，李可重新回来上班，这时候，三队接受的案子，更大了。

两天前，海湾码头发生了一起枪击事件，现场死亡8个人，双方火拼。现场勘查看来属于黑帮交易起了冲突，但是货和钱都不翼而飞。有诸多证据证明，现场有一名生还者。

事情比较大的主要原因在于，案发现场的海湾码头，属于泰哥进出口公司的仓库，死者中有4人确认为泰哥进出口公司的员工。案发现场没有任何的线索，案发之后海水涨潮，潮水将码头边的所有痕迹全部抹掉了。死者之一李可是认识的，马三毛，真名马平，马小寒的父亲，那个在绑架案中一直没有出现的人。初步猜测，现场还有生还者，但是生还者带着货和钱逃走，货物为泰哥最新一批价值不菲的进口药品。

泰哥公司辩称该药品有合法手续，但是手续失踪。政府部门介入，检方意欲用泰哥进出口公司为非法走私罪名起诉泰哥。

李可刚上班的第一天就发现小马人不见了。

别人告知，小马母亲病故，回家奔丧。李可为了确认小马奔丧的事实，专门打了电话问了警队人事科，确有其事。小马母亲因为常年劳累，突发脑溢血病故，小马请半个月事假回家操办丧事。

李可让手下代自己送个花环去祭奠，就关上门，埋头看已有的各种线索和资料。

敲门声响了。

李可没回头。

"进来。"

门开了，一个人走了进来，没有走近前。

"有事？说。"

"你知道什么事？"

李可一抬头，看到一个西装笔挺的人。

"你是？"

这人掏出名片递了过来。

"我是泰哥进出口公司聘请的律师，我叫陆艺章。"

李可看了看名片。

"陆艺章，这个名字似乎听过。"

"我在市中心开了一家律师事务所。也许李队您有所耳闻。"

"您找我是？"

"没什么事情，我刚从看守所回来。泰哥托我给您带一句话。"

李可警惕了起来。

"总共就两件事，您知道怎么做。"

陆艺章满脸笑容。很假的那种。

李可不怎么明白，但是似乎又听明白了。

李可点点头。

"不打搅您工作。"

陆艺章起身走了出去。

李可盯着陆艺章的名片看了很久，摸着下巴，思索着。

手机短信来了。未知号码的。

这个号码很久没来短信了。

短信上也只有一句话。

"就一件事，你知道怎么做。"

李可满脸厌恶的表情。

看着左边的名片和右边的手机短信，李可狠狠地砸了一下桌子。

检方指控泰哥进出口公司走私、偷税漏税的罪名，不成立。关键性的转折点是陆艺章死死地抓住了警方并未抓获唯一生还者这一救命稻草进行了全盘翻供。而之前警方确认的四名死者为泰哥进出口公司的员工也被最新证据证明是警局的刑侦有误。泰哥在法庭上镇定自若，全程不说话，只是看着陆艺章一个人口若悬河，驳斥了检控方的所有指控。

而作为检方出庭做证的李可，依据事实呈述了案件的侦破过程，他提到，案件确实没有完全侦破。这一点再一次成为陆艺章的辩护依据。

合议庭的结果是，泰哥无罪释放。责成警局继续追查生还者、车、钱和货的下落。泰哥走出法庭的时候，门外数十辆大奔车一起鸣笛庆贺。泰哥很开心。

泰哥上车之前，对旁边的陆艺章说。

"让 Devil 晚上来见我。"

陆艺章点点头，看着泰哥坐上了车。长长的大奔车队气势昂昂地驶入市区的中心大道。

李可也从侧门走出了法庭。远远的，陆艺章向他竖起了大拇指。

李可微微一笑。

巨大的轰隆声传来。整个法院门口的人都看向了市区中心大道。

陆艺章的脸变了色。

李可没表情。

他们的目光投向远处，那长龙一样的大奔车队排头第一辆车燃起了熊熊大火。

这辆车，陆艺章刚刚亲眼看着泰哥坐了进去。

人群开始尖叫，很多人跑过去要围观。

陆艺章几乎站不稳，匆忙连跑带爬地向着火处跑去。

李可则掏出手机，给那个未知号码发了一条短信。

我们是不是该见见了。

很快，未知号码回了短信。

莲板轧钢厂。

李可把手机塞进兜里，双手插着兜，穿过人群走掉了。

他的车停在了路边。上车之前，李可扭头看了看面前这座尚还庄严的法院大楼。而法院大楼的对面，则是呈现标准三角形**矗**立的三栋摩天大楼，显然在气势上完全压制住了这个古朴而又庄严的地方。

那三栋大楼的顶部，分别闪耀着三个广告牌：

ＥＸＲ；和平银行；泰哥公司。

3. DEVIL

满墙都是监视器，密密麻麻的，像是放大了数百万倍的复眼。这个监控室比一般的要大很多，大约有上百个不同的监视画面在跳动着，连着这些监视器的摄像头，像无数只眼睛一样窥探着外面的世界。这些"复眼"不断地变换着画面，画面里有电梯、花园、宾馆、街道，看上去和警察局的监控系统一样，没什么特别。

两个胖胖的保安无所事事，一个仰面躺在转椅上酣然入睡，另一个则用脚尖勾着睡着了的胖子的椅子，让椅子轻轻地打转，自己一边偷着乐。

对讲机传来嘈杂的电流声，没有人说话，这并没引起多大的注意。画面依然并然有序。

偷着乐的胖子依然乐此不疲地用脚勾着椅子玩乐，他显然不会注意到，这些监视器中有一个的画面很奇怪，一个男人，正站在摄像头下面，面带微笑地盯着镜头看。

这是一间豪华的办公室，全景落地窗。窗外远远看去可以依稀看到这座城市最高、最豪华的两栋建筑物：EXR 大厦与和平银行大楼。两栋建筑物一左一右地处在城市的两个对立点上，构成两个峰点。

看摄像头的男人衣着很得体，高档而款式讲究的西装，从针脚的痕迹看肯定是高档手工订制的。男人的皮肤很白，人也很瘦，深陷的眼睛炯炯有神，有着一个职业经理人最好的精神状态。虽然他已经步入了中年，可是从身材、长相和气质考量，他正是最有魅力的时候。这种气质和魅力对那些涉世不深的年轻女孩肯定是最具杀伤力的。男人转着右手小拇指上的白金戒指，很认真地看着摄像头，而且是站在椅子上看的。摄像头离他的脸近在咫尺，所以监控室监视器画面上只有他一个硕大的头颅，带着微笑。

摄像头很正常，时闪时灭的红灯显示它正在正常地工作。

男人就是那样看着，那种感觉，像是男人在和一个长相娇媚的美人在用眼神交流，只是任凭男人怎么变换眼神暗示，这个冰冷的"美人"始终无动于衷。男人全程都是微笑的，是一种很僵硬的笑，似乎他的肌肉已经凝滞了，以至于他即使是生气，也是要带着这种微笑的。

男人想到了什么，转动白金戒指的手停了，他走下椅子，走到落地窗前。兜里的手机响了，男人把手伸进兜里，拿出手机打开看。

手机收到了一条短信：十五分钟后，目标到达。

男人的脸上还是微笑，看不出本来的表情是什么。男人放好手机。放下所有的窗帘，走出办公室。门关上，金属铭牌上是他的名字：Devil。

Devil 是泰哥进出口公司的行政副总兼财务主管，一人之下管理着这个富可敌城的大企业。泰哥进出口公司的成长是非常快的，在这个几乎与世隔绝的城市中，与生活息息相关的稀有药品之类的东西，几乎都被泰哥的公司所垄断。如果放到三年前，泰哥进出口公司还是一个小得毫不起眼的连锁小货铺。但是城市的大规模动迁，让昔日他生活的地方成了如今的鬼城，那里现在只有堆积成山的垃圾，还有穿梭在鬼城中以捡拾废品为生的低收入者。在城市即将动迁之际，一场意外的大火让泰哥在莲板小城的一个杂货铺被付之一炬，而后杂货铺的老板，泰哥就突然爆发，白手起家成立了泰哥进出口公司，短短三年，成为这个城市最不可忽视的大金主。

Devil 是泰哥手下的唯一干将，泰哥对 Devil 的信任是无以复加的，整个公司都交给了 Devil 来管理。Devil 这个人在管理和财务上的能力确实无人能及，整个公司高效运转，营业额逐年的暴增。全公司的人对于 Devil 的出身都有各种猜测，三年前他就在这个公司，三年后他还是在原有位置上没有动过。即便是泰哥进出口公司后来成立了董事会，Devil 这样一个对公司贡献巨大的人也没有得以进入董事会。但是他没有一句怨言，脸上永远带着定格了一样的微笑。

这种微笑，第一次见，很亲切，但如果是三年都没有变过的话，就显得恐怖了。

Devil 穿过办公大厅，无数的人向他打招呼，他没有回应一句，像是没看到一样。

他快速地走过，对新来的收发室小妹投来的崇拜目光熟视无睹，对业务拓展部经理投来的诏媚的微笑也熟视无睹，一路上，他只对一样东西感兴趣：摄像头。

沿途经过的所有摄像头他都要注视着看几眼，脚步并没有停。他显然对所有摄像头的位置都很熟悉，所以这个过程行云流水一样。

Devil 大步走进了电梯，但是他没有按楼层，一动不动。电梯里原有的人对他的习惯早就熟悉，纷纷从电梯里出来，Devil 才按下了负一层，电梯门关上。被"赶出"电梯的人中，有人不满地朝着电梯无声地骂了几句。

监控室里，一个胖子还在睡，一个胖子还在自娱自乐。对于这样一个制度井然、保安系统非常严密的大楼来说，监控系统的存在多少有些没有必要。

"复眼"中，Devil 在电梯里盯着摄像头看，一动不动的那种。

电梯里的摄像头依然静静地注视着这个优雅的男人，没有动静。

Devil 的手机响了。

"你还有十三分钟。"

Devil 关掉手机。但是手机又开始重启。

有一条短信。

"你还有十二分钟。"

负一楼到了。Devil 一路小跑出了电梯，直接朝着监控室跑去。

监控室的门反锁着。这是规定。

Devil 很着急，使劲地拍着门。

监控室里的两个胖子在打架，监控室的门太厚，Devil 的拍门声非常小。

Devil 拍了很久，都没人来开门，他气得抬脚就踹。

胖子扭打在一起，应该是胖子的自娱自乐闹出了麻烦。

Devil 对厚厚的门根本就没有办法。监控室的门使用的是数码钥匙，他无计可施。

短信再来：你还有 9 分钟。

Devil 感到很恐惧，他颤抖地看着手机上的短信。眼角扫过墙壁上的消防锤，连忙拿起来就对着监控室的数码钥匙锁砍去。火光闪烁。

扭打的胖子终于听到了些什么，停止了扭打。

监控室外面响着怪异的声音，门缝里有股烟冒了出来，还带着塑胶被烧焦了的味道。

扔在地上的手机不断的有短信发来。

"你还有 5 分钟";

"你还有 4 分钟";

"你还有 3 分钟";

"你还有 2 分钟"。

Devil 还在卖力地砍着，即使毁掉了数码锁，门依然被内锁扣住。

Devil 几乎绝望地吼着。当然，脸上还是那张微笑的表情。

"你还有 1 分钟"。

门突然打开了。

是两个胖子，睁大眼睛看着 Devil，多亏 Devil 眼疾手快，斧头停在半空中，就悬浮在一个胖子的脑门上。

胖子看着锋利的斧刃，白眼一翻，倒了下去。

Devil 扔下斧头，冲进监控室。

Devil 似乎对这个巨大的监控室特别熟悉，直接找到电源开关，关掉了整个监控系统。

巨大的"复眼"监视器，瞬间灭掉，那些行走在街道、走廊、花园的人突然消失。

整面墙上多了无数个黑洞洞的眼睛，瞪着"眼"前的 Devil。

Devil 喘着粗气，盯着这些监视器，他在等时间。

1 秒，2 秒，3 秒，4 秒，5 秒……10 秒。

果不其然，监视系统重新启动。但是并不是所有的监视器都亮着，只是最中间一排的监视器亮着，监视器里的内容清一色对着一条街。街上人来人往。

一辆黑色的奥迪车停下。车上的人刚刚熄火，车子就完全被火海包住。

Devil 闭着眼，脸上依然是微笑。

监视器没有声音，整整一排监视器，从不同的视角像监控室展示着一辆汽车如何被瞬间烧毁。

手机再次响起。Devil 捡起来看。

"实验成功。"

Devil 临出门前，一把抓过那个已经吓呆了的胖子说："你知道怎么做。"

胖子猛地闭住发抖的嘴唇，那个意思是：我不会说出去。

Devil 松开手，走出监控室。胖子听到 Devil 的声音从外面传来："明天，来十三楼业务课副总经理办公室办公。"

胖子惊魂未定，听了这话，突然有种因祸得福的感觉。他看着地上吓晕了的另一个胖子，用脚踢了踢，得意扬扬。

泰哥紧急召集了董事会开会。当然没有 Devil。泰哥本在外地谈生意，突然回来，必然是有大事。Devil 本来是站在楼底下去迎接的，但是泰哥只是在和别人讲电话，根本没有理他就直接走进了电梯。Devil 碰了一鼻子的灰，当然，他的脸上依然是那种微笑。只是陪同他来迎接的人脸上也有笑，是暗自里的嘲笑。

Devil 站在原地尴尬了一阵，手机在响，他走进大楼，接电话。

接通的那一刹那，Devil 就听到了泰哥那种慢腾腾的语气。他的手机里竟然能够清晰地听到泰哥和别人打电话的所有内容。

"公司必须重组，现在的状态根本无法完成我们的计划。"

"重组的话，会有检查组要进入，盒子有些东西……"

"交给 Devil，他会想办法的。"

"他……可以吗？"

"可不可以他也必须解决。他没得选。"

Devil 皱着眉头，他走到一个僻静处，继续听着话筒。他背后不远处，有一个摄像头，一直跟着他转动着"脑袋"，直到 Devil 站定。

"他信得过吗？"

"你怀疑他？"

"没有……没有……"

"你怀疑他就是怀疑我。"

Devil 的眼神里露出了一点轻松。

"我泰哥从来都是疑人不用。Devil 跟了我十年了，十年来他从没反过我。"

"泰哥，十年了，才说明问题。"

"我懂你说的什么意思。所以我才没有让 Devil 进入董事会。"

Devil 的手攥得紧紧的，白色的皮肤上清晰可见爆出的青筋。Devil 盯着不远处对着自己时闪时灭的摄像头，他的眼睛和摄像头，像是在交流着什么。

当然，监控室里，胖子还正躺着椅子上酣然入睡，旁边的位置换了一个瘦子，这时候正在用操作杆偷看着十三楼公关部女经理，他把焦距拉得大大的，监控画面上被女经理深深的乳沟占据着。瘦子显然很亢奋，咽着口水。

"你不用说了。Devil 是我最值得信任的人，我的事情，我自己解决。你做你应该做的事情，Devil 这边的事情，我稍后和他说。"

"好。"

泰哥挂掉了电话。Devil 站在原地把电话轻轻放进兜里，看着那个摄像头，眼神里写满了复杂。

电话再次响起。是泰哥的。

Devil 轻轻吸了一口气，放松了一下接电话："喂，泰哥。"

"来我办公室一趟。"

"好。"

Devil 刚离开，一直对着他的摄像头就转到了正常的方向：大厅入口。

Devil 刚走进泰哥办公室，泰哥就已经在门口迎接他了，而且上来给了一个大大的拥抱。兄弟两个紧紧地拥抱了十多秒，像是好多年没见了一样。泰哥松开 Devil 的时候，Devil 还有一点不适应。

Devil 有些不好意思的样子："干吗这么隆重啊，又不是走了很久。"

Devil 很随便地躺坐在泰哥办公桌侧面的沙发上，泰哥坐着老板椅对着 Devil："Devil，泰哥问你一件事。"

Devil 端庄地坐在泰哥对面的椅子上看着泰哥的微笑："嗯。"

泰哥的口气很轻，像是无意中说出来的一样："有人告诉我，你对我不满。"

Devil 笑而不语。不对，他只是不语，脸上的笑容是一直存在的。

"泰哥只要你一句话。"

Devil 想了一下，坐直了身子："泰哥，如果我不满，三年前，我就离开了。"

泰哥点了点头，他信 Devil 说的，十年的兄弟情，泰哥不可能因为别人的三言两语就放弃对多年兄弟的信任："我信你。"

Devil 点点头。

泰哥换了一个姿势，他这样仰坐着不是很舒服，他看着 Devil 脸上的微笑："你的脸好点了吗？"

Devil 摸了摸自己那张一直保持着微笑的脸："就这样吧，找了很多医生，都没办法。"

"我这次去江冬，认识了一个好医生。改日介绍给你。"

"算了吧，泰哥，不麻烦了。治不好。"

"你以为我介绍给你治病吗？你多大了？"

Devil 明白了泰哥的意思，不语。

泰哥把身子靠前来了，看着 Devil，眼神里像是看自家弟弟一样："过去的就过去了，你总不能生活在自己的世界里。找个人，结婚生个孩子，也算是有了一个家。"

Devil 还是不说话，低着头，转着自己右手小拇指的白金戒指。

"就这么说定了，下周你和她见个面。"

"好，听泰哥的。"

"昨天正义街有兄弟出事了？"

Devil 点点头："车底被安装了炸弹，没查出是谁。"

"警察去了吗？"

"去了，我摆平了。"

"好，这个当口，不能出事。"

Devil 想了一下，他还是在不断地转着自己手指上的白金戒指，不经意地问："泰哥，这次这么着急回来……"

泰哥不说话了，Devil 也没有把话说完就停了。两个人彼此心照不宣。泰哥一点董事长的架子都没有，他只是像个哥哥一样看着 Devil，许久才说话。

"Devil，泰哥和你认识了这么久，你觉得泰哥人怎么样？"

"好。"

"对你呢？"

"好。"

"那你就不要管我现在做什么。你记住，有泰哥的，就有你的。"

"好。"

"你把公司的事情管理好，还有那几个盒子的事情。这一个月，千万不能给我出任何的事情。懂吗？"

"好。"

"尤其是盒子那边的事情。这段时间，你把精力放那边。胜力那帮人我信不过。"

"好。"

"明天晚上来家里吃饭吧。做你爱吃的。"

"好。"

Devil 连续六个"好"，直截了当，比说一万字都有用。Devil 知道这点，在泰哥面前，越简单，越有用。Devil 走出泰哥办公室的时候，看到办公室正对面的一个摄像头正好转过"头"，他知道，刚才自己在办公室的时候，这个摄像头全程"看着"自己和泰哥。

Devil 习以为常了，转身走开。迎面，昨天被他从监控室调到十三楼业务课做副总经理的胖子则在独立的办公室早早地站起了身向他鞠躬表示感谢。

Devil 似乎没看见一样地飘过。胖子一脸的尴尬。

Devil 回到自己家的时候，大厅桌子上放着一台打印机还在卖力地打印着东西。Devil 走过来拿起一张，看到的是自己在公司一楼大厅偷听泰哥电话的时候的样子。Devil 扔掉纸，把鞋子甩开，赤脚穿过大厅。

整个大厅的地上，散乱的扔着成堆打印着图像的纸张，上面都是 Devil 在各种场合被摄像头偷拍的照片。Devil 显然被监视了很久。

手机响了，是一条短信。Devil 拿着一瓶啤酒坐在沙发上，没去理手机。

"足球台。"

Devil 声控这个屋子的数码系统。

他对面的巨大墙面上显现出了电视画面，占据着整个墙面。正播放着球赛，镜头给出特写，圆圆的皮球被脚控制着，灵活地躲过防守人员。

手机又响了，显示信息又来了。

Devil 还是不管，熟视无睹的样子。

足球比赛中，带球的人犯规，撞到了一个人，那个人痛苦地抱着腿。全场突然失控了，双方球员开始打架，现场乱作一团。

手机又响了。Devil 终于拿起来看。手机上写着几行字。

"明天下午三点半，正义街。和平银行。"

Devil 放下手机。喝着啤酒，看着电视机里面混乱的球场。球员打架，进而引起了全场几万球迷的愤怒，整个足球场成了声势浩大的群架现场。

座机声响了。Devil 按了一个键，面前的大电视画面消失了，是胜力的脸，他很着急地对着 Devil 说："Devil 哥，盒子出事了。"

Devil 随手把酒瓶一扔，啤酒瓶倒在地上啤酒流了出来，泡沫一个一个的慢慢炸开消失了。Devil 出了门，整个大厅里就是那个打印机还在"咔哧咔哧"地打印着图像。

正在打印的这张，是 Devil 刚才接电话的样子。电视机正对面的墙上，一个红点时亮时灭。

所谓盒子，其实是几个巨大的地下车库改装而成的见不得人的场所而已。

当然，这里并非全部都是 21 点、老虎机之类的赌场而已，不同的盒子有着不同的定位。有赌拳、斗狗的地方，也有黑市交易的场所。每一个盒子几乎都人满为患，这个城市虽然足够发达，但是人们对于欲望的追求显然快过了科技的发达。美色、毒品、金钱和享受，成了盒子存在的主要价值。

泰哥进出口公司还垄断了这座城市的地下黑市业务，这也许是很多人都无法相信的。其实，让很多人无法相信的事情还有很多，尤其在这个人人都为了个人私欲而即将失控的城市之中。盒子基本都是由 Devil 来打理的，泰哥几乎不再理会这些业务，他所有精力都放在泰哥进出口公司上，似乎他只是一个简简单单的商人而已。

出事的地点发生在以黑市交易为主要业务的盒子里。盒子里一直以来一个重要的角色三毛跑掉了。三毛跑掉了。这让 Devil 确实感到诧异。

三毛是 Devil 的手下，负责开车的。当然，三毛的主要工作并不是这个，三毛正常的时间下是在证券交易市场上班，是一个帮助别人买卖股票的小角色。靠这个养家糊口，本身就很难，还有高昂的房贷、车贷，这让三毛确实有些难以负重。所以三毛找到了这个兼职，确切的说，是 Devil 找到了三毛让他来做这个兼职。当然，所谓的"兼职"只不过是利用了他的一技之长而已。

三毛年轻的时候开过赛车，虽然没有达到参赛获奖的技术，但是他最擅长的就是在拥挤的闹市区也依然能够把车子开得像飞一样。Devil 需要这样的人来帮自己。更有利的是三毛是一个很脆弱的人，贪生怕死，这种人，是 Devil 一直以来认为最理想的人选。他让这样的人给自己做事情，只需要抓住他致命的弱点就可以了。

三毛这几年的工作一直都是勤勤恳恳的，没有任何的纰漏。泰哥的生意伙伴对 Devil 的担心不是没有道理的，在泰哥逐渐将公司带上正轨的状况下，Devil 依然不舍得放弃那些充满着惊险和血腥的工作方式。他依然坚持着黑市上的交易，表面上他是一个大公司的总经理，实际上他还是这个城市里最具有话语权的黑帮老大。

虽然实际上的老大还是泰哥。

Devil 很快就来到了盒子，进门之后还没等迎过来的人说话，Devil 一上来就从后腰里掏出一把枪顶在这个比自己还要高出一头的壮汉下巴底下。

"Devil 哥……"这个壮汉似乎知晓 Devil 的凶残本性，说话的声音都在颤抖。

Devil 都没有看着人的脸，冷冷地说："人怎么跑的！"

语气淡淡的，但是配合上那把冰冷的枪，显得更恐怖。

壮汉发着抖，下巴被 Devil 狠狠地抓住，但是他还是坚持着说："晚上，南城过来一批货，我让他去接，谁知道到现在也没回来，打电话也没人接。"

Devil 掰开枪的保险，看样子像是随时会开枪："为什么让他自己去？"

"盒子今晚来了几个大客户，人手不够，就让他自己去了！Devil 哥，对不起，我再不会犯这种错误了。"

Devil 收起了枪，壮汉缓了一口气，气还没喘匀，Devil 拿着枪托就砸了过去。壮汉顿时眼冒金星，站不住了，幸亏后面有人扶着。

"胜力，你再出这样的问题，我就把你拉过去喂狗。"

"是，Devil 哥。"壮汉胜力挨了打依然很坚定的应着。

Devil 问："什么时候没了的？"

"晚上十点左右。"

Devil 收好枪，掏出手机，拨了一个号码："尽快给我查出三毛的位置。"

Devil 丢下了电话："还有什么事情？"

"最新货款，有一笔 300 万，银行那边可能无法接收了。"

Devil 感到诧异："为什么？"

胜力小声说："泰哥将所有的银行账户都更新了，我们原有接受黑市的账户已经被注销了。"

Devil 听了，他的脸上还是微笑，看不清真实表情，但是他眼神里喷射出愤怒："Shit！"

"这么多钱放在盒子里不是个事，怎么办？"

Devil 在屋子里转了一圈之后站定，说："我来想办法。"

Devil 对着一屋子的人说："给我盯好了盒子，最近不能有任何的事情出现。否则，我废了你们的手。"

所有人不敢言声。

Devil 看着胜力："找到三毛之后，给他点颜色看看。"

"是。"

胜力的头上虽然还流着血。Devil 从兜里掏出一个创可贴扔过去，然后走出了盒子。

屋子的内间就只有胜力几个人，外间却是热闹得一塌糊涂，熙熙攘攘的挤满了各种各样的人。Devil 站在二楼走廊的一角看着自己脚底下这么多为了买到市面上没有的稀罕物而疯狂的人，他的心里也在笑。

但是有一件事，他很不满。泰哥换掉了所有的账号，那自己的猜测就对了，泰哥想将所有的业务都变得干干净净的，盒子早晚有一天会彻底地被抛弃。三年前，莲板的大火烧掉了他辛辛苦苦"耕耘"出来的杂货铺的时候，泰哥就想过要洗白自己，Devil 不同意，所以在泰哥进出口公司逐渐强大的前提下，盒子依然在Devil 的打理下热闹异常，成为公司重要的经济来源之一。

现在泰哥显然在背着自己做一些事情。Devil 心里很不高兴。

第二天，Devil 按照手机短信的提示来到了和平银行。他是要来这里见一个人，虽然没有人约他来。Devil 在一楼问询处找到了刚刚上任的高级业务经理的办公室位置，Devil 是和平银行的重要客户之一，不仅仅是因为他是泰哥进出口公司最有权势的人物之一，也因为这个人庞大的个人财产在和平银行的尊贵客户中也是寥寥无几的。

刚刚上任的高级业务经理叫陈洁希，来和平银行仅仅三年的时间，就已经从基层的柜员一跃成为和平银行最重要位置的人，这确实是一个励志的故事。

Devil 敲开门，看到眼前的这个女人，确实让自己感到惊讶。她很美，美得似乎让人觉得不可思议。

Devil 第一句话就是：

"好漂亮。"

这让陈洁希感到尴尬了。她优雅地站起身，伸出手。

"Devil 先生，您好，我是您的客户经理。"

陈洁希的办公室在和平银行大厅的楼上，安静整洁，全封闭式的环境，给客户一种安全的感觉。Devil 伸出手握住陈洁希的手："和平银行终于开始开窍了，找这么漂亮的美女做客户经理，那我岂不是应该再扩大与和平银行的合作啊？"

陈洁希的笑容很知性，更让 Devil 觉得这个女人有魅力。

"谢谢您的夸奖。"

"有个冒昧的请求，能请你吃个晚饭吗？" Devil 的语气明显是在调情。

陈洁希颔首微笑："您是不是对您所有的客户经理都提过这样的要求？"

"开什么玩笑，上一次坐在这里的人起码有 200 斤。"

陈洁希笑了笑。

Devil 重新打量了一下这个办公室，简单的重新布置了一下，桌子上放着一个相框，是陈洁希和一个男孩子哈哈大笑的照片。

"你儿子？" Devil 指着照片。

"嗯，他叫比利。"

"孩子真像你，连笑都一样。"

"谢谢。您这次来是想办理公司业务，还是私人业务？"

Devil 一脸的不羁，看着陈洁希的眼神里满是脉脉含情："也不算办业务，就是来看看，顺便看看能不能把你约出去。"

陈洁希摇摇头，还是面带微笑，倒是和 Devil 脸上的笑容相似，只是比他的更柔软："晚上我的时间比较有限，要接孩子。"

"孩子爸爸呢？"

"孩子还没出生的时候，他就离开了。"陈洁希的脸上闪过一丝伤感。

"哦。一个负心的男人。如果你需要，我可以帮你惩罚他。"

"不用了，谢谢。"

"那个……" Devil 装作想不起来什么地问，"公司最近的账户变更得太快，我记不住，你能帮我看看具体是怎么变的吗？"

"好的，稍等。"

陈洁希打开电脑，然后敲击了几个键。Devil 对面的玻璃墙面上出现了几个画面。

陈洁希拿着笔指着这些画面说：

"您公司的账户最早注册都是三年前，一共有 13 个账户，其中 9 个以公司名义注册，剩下的 4 个，一个使用您的身份信息注册，主要用于接收和支付货款；三个由泰哥注册，主要用于证券和特殊资金流动。上周末，银行接到您公司的预约电话，由您公司的财务经理来我行将5个公司名义注册的账户注销，另开3个代替前面的5个账户，取消了泰哥身份注册的三个账户，另外一个账户，用于额外业务资金支付。"

陈洁希很详细地讲着这些账户的变更状况。但是Devil一个都没听进去，他看懂了泰哥这么做的主要意图，就是要拒绝现在盒子里业务的经济收入。盒子里来的钱都是不明不白的，需要通过泰哥注册的那三个账户进行洗钱，但是现在，泰哥直接注销掉了这三个账户，明摆着告诉Devil，他要放弃盒子。对于Devil自己来说，他是不会同意的。

陈洁希介绍完了，Devil向她点头示意表示感谢。

"我还可以帮您其他的事情吗？"

Devil摇摇头，他心里已经有数了："暂时不用。"

Devil突然想到了一个问题，他向陈洁希问："对了，我问一个私人的问题，有可能会涉及您的业务隐私。"

"您问。"

Devil的身子探了过来，靠得离陈洁希很近："银行地下保险库的安全系数怎么样？"

陈洁希笑了一下，敲击几下电脑键盘，玻璃墙显出了一些画面，是保险库房的结构图，陈洁希介绍说："这个您放心，和平银行的地下保险箱库是最安全的。"

Devil躺在椅子上，看着那些图片，摸着下巴说："这可不一定。现在黑客技术那么高超。"

"和平银行的这个保险箱库是没有电缆接入的，黑客技术再好，也无法通过网络和任何有线设备打开保险库。警察局都使用我们的保险库。"陈洁希不断地操作着投影的内容，上面的画面按照她说的一一变化。

Devil恍然大悟："哦。明白了。"

"谢谢陈小姐。"

Devil伸出手，陈洁希优雅地站起身。

Devil握住陈洁希的手说："粉红色的职业装，配上你这样的淡妆，你真的很迷人。真想不通是哪个男人这么无情地抛弃了你。放心，如果有机会，我一定帮你找到那个男人，让他亲自来向你道歉。"

陈洁希微笑着，不回答。

Devil 还是微笑，言语轻浮："回见。"

陈洁希送 Devil 出了大门。

Devil 走出了银行大门，就看到和平银行的门口停着一辆警车，他看到开警车的男人下了车，往银行里来。还是陈洁希接待了他。Devil 又看了看那辆警车，嘴角上扬，他似乎有了自信。

Devil 刚回到办公室，手机就收到了一条短信。

只有四个字：人找到了。

然后 Devil 的手机出现了一个三维立体地图，显示着三毛在东城西街的一个地下室里。Devil 看着地图上那个藏在地下的小人，嘴角上扬，他在笑。Devil 打电话给胜力。

"胜力，做一件事。去三毛家，找到他的老婆和孩子。"

"要怎么做？"

"逼三毛主动出来，就看你怎么做了？"

"好。"

"记住下手干净一点，别让人找到你了。"

Devil 挂掉了电话，坐在老板椅上，透过办公室的玻璃墙看着前面的办公大厅，穿过办公大厅，那间最大的办公室是泰哥的，此刻玻璃墙面被光膜覆盖了，但是里面确实有人，有很多人。这一点，Devil 猜得到。

Devil 看着摄像头，看了许久。过了一会儿，Devil 打开办公电话，自己助理的头像经电话的视频投射功能出现在 Devil 的面前。

"待会儿不管任何人找我，都说我生病在家。"

"好的。"

Devil 按了关闭键，助理的头像消失了。Devil 咳嗽了一声，声控打开自己办公室背后的墙，那本来就是个文件柜，谁也不知道后面还有暗间。Devil 走进去，再出来的时候已经是一身黑色的休闲服，Devil 用帽子盖住自己的多半张脸，避开人们的视线走了出去。

外面人不注意的话，根本看不出这个人是谁。

天气有点昏暗，压抑得很，雾蒙蒙的天上没有什么光线。这座城市不知道多久以前就已经是这样了，Devil 上一次见到阳光还是在三年多前，那场大火烧了好几天，以至于上天都看不下去，下了一场大雨。雨后出现了一整天的太阳，光灿灿的晃眼。

Devil 没有开车，而是一路搭乘空中轻轨，一路上一句话也不说，他要去见一个人。

这个人是他的老朋友了，多年未见。

那栋房子在东城，简单得有些简陋。这块地方居住的人，基本上都是这个城市最底层的工薪阶层了，相对于数百米之外的大街，这里不管是在生活条件还是基础设施都差得很远，似乎这里和这个城市的高科技发展水平是完全没有关系的。

正是中午饭的时候，Devil 站在了这间房子的门口，屋子里飘出了午饭的香味。Devil 有些流口水了，他已经有好多年没有吃过这种家常的饭菜了，起码他自己这么感觉，他的味觉早就变得不正常了。

屋子里还有男孩子调皮捣蛋的玩闹声，像是要把屋子里每一个角落都给踩遍一样。Devil 轻轻地敲敲门，动作很轻，和他不说话时候一样略显儒雅。

过了一小会儿，屋子里的一个男人才开门，开门的时候还对着那个满屋子跑的男孩吼让他安静一点。男人转头看到 Devil 的时候吓了一跳，他的手里端着的盘子，差一点掉下来。

男人疑惑地问："你是？"

Devil 把脸凑过去近一点，他看得清清楚楚这个男人看到自己脸的时候那种肌肉颤抖的表情，他知道，自己不用介绍自己，这个男人已经知道了自己是谁。

男人的声音发着抖："你……怎么来了？"

Devil 对着男人淡淡地说："谈一谈。让孩子出去玩一会儿吧。"

男人立即转头对那个拿着白风筝的男孩说："乖儿子，去公园玩一会儿，等等妈妈好吗？"

男孩一直在角落里看着 Devil，听到爸爸这么说，不乐意地说："可是妈妈要很晚才回来。我饿了。"

"那你去公园放会儿风筝，爸爸给你做你最爱吃的炖排骨，好不好？"

"嗯。好！"

"嗯，儿子真乖。去吧。"

男孩噘着嘴从后门跑了出去，男人确认男孩跑远了，这才让 Devil 进了屋。男人发着抖把菜端上了桌，很紧张地擦着手。

Devil 看着桌子上简单的几道菜问："生活得还好吧?"

男人很紧张，低着头不敢看他："还……还好。"

"儿子很可爱。"

"嗯。"

"多大了?"

"八岁。"

"哦，这么大了。"Devil 有些感慨。

Devil 的眼睛盯着这个男人，不再说话了。男人不知道做什么，只是呆呆地站在原地。时间过了好久，两个人都不说话，最后还是男人打破了僵局。

"你想让我帮你做什么，说吧。"

Devil 直视着男人的双眼，眼神透出的光似乎能把男人刺穿："我怕你不能胜任。"

男人几乎都不敢说话了："你……说。"

男人的语气说明了他的心，他确实没这个自信。

"帮我这个忙之后，咱们的账两清。"

男人不知道说什么，看着 Devil 拿出一张名片放在桌子上。

"你老婆和孩子的生活问题，我会帮你解决。你的牺牲要大一点。事情办完了，去找这个人。"

男人拿起来看，上面写着：陆艺章。

Devil 站起身，重新戴好帽子，准备走。男人闭着眼，他听到这句话，就知道自己在劫难逃了。

"你不必死，至于怎么办，你自己看着办就好。我只要结果。"

Devil 走出了房子，他看到远远的一棵树下，男人的儿子仰着头看着挂在树上弄坏了的白风筝。他一言不发地走了。

胜力办好事情打来了电话，事情办得干干净净。

"刑警过去了，没找到任何的线索。"

"好，看好孩子，不准动她一根头发，好吃好喝地对待着。"

"知道了。"

"透风给三毛了吗？"

"那条街上的人基本上都知道这个绑架案了，他很快就知道了。"

"等他回来了，告诉我。"

"Devil 哥，你最好还是来盒子一趟。"

"什么事？"

"你还是来看一眼。"

Devil 挂断电话，没到十五分钟就到了那里，他对那里非常熟悉，直接走偏门到了事发地点。

所谓的出事，是条狗咬死了人。被咬者还是个胖子，脸上那一排的牙印很恐怖。

Devil 看了被咬者，伤口很吓人，应该是狼狗直接扑到了脸上扑咬致死，狗牙都扎进了脑子里。这些狗都是南美专门运过来的，训练有素，极其恶毒凶残至极。

Devil 瞪着胜力，冷冷地问："这是怎么回事？"

胜力说："晚上这个胖子连赢了 20 把，赢了十几万，正要走的时候，兄弟发现他出老千，拦着他想问问清楚。起了争执，那狗没拴好，就扑了过来。"

Devil 看着这群手下，又盯着胜力。

胜力感到惊恐，万一 Devil 发起火来，他就不知道自己的下场了。

"对不起，Devil 哥，我去办三毛的事情，没管好手下，是我的错。"

"狗呢？" Devil 环顾四周。

另一个黑衣大汉牵着一条狗过来，狗的嘴上被罩上了咬笼。看着黑压压的一群人，这只狗似乎有些害怕了，眼神恍惚着，发出呜呜的声音。

Devil 没看狗，直接说了一句："弄死。"

"是。"

Devil 对着旁边的胜力："胜力，这个事，你觉得应该怎么解决？"

所有人低着头。

"谁负责看狗？" Devil 接着问。

胜力说："菲力。"

"人呢？"

"还没醒酒。"

"等他醒了告诉我。"

Devil 正要走，胜力忙问："这个怎么办？"

Devil 冷冷地说："你们现在的脑子是越来越不好使了？多久没开过枪杀人了？处理后事怎么做还要我教你们？"

胜力一群人又低着头。

Devil 想走，但是想到了什么，勾着手指头让胜力过来，附在他耳边说了些什么。

胜力频频点着头。

"是。"

"把那 300 万现金给我。我来处理。"

Devil 低声地跟胜力说。

泰哥的家里很简单，单调得要命。都是单色调的颜色，颜色淡淡的，看上去很舒服。泰哥亲自下厨，做了一大桌子好吃的。泰哥有三个孩子，年纪都不大，最大的哥哥带着妹妹和弟弟满屋子跑，闹哄哄的。Devil 就坐在沙发上，看着电视机，不断地看着自己的手机，发着信息，对周围孩子的打闹熟视无睹。

最小的弟弟拿着一把枪过来指着 Devil，Devil 没理睬这个孩子。孩子嘴里"砰"的一声，扣动了扳机，玩具枪里射出了一个彩色的球球，弹到了 Devil 身上。

Devil 抬头看着这个昂着头向自己挑衅的孩子，丝毫没有理睬的欲望，继续低着头忙着发信息看短信。男孩无趣地翻了一个白眼走开，加入哥哥和姐姐的混战。

Devil 看起来不喜欢孩子。

泰哥的老婆下楼了，看到一群孩子闹哄哄的，大吼："都给我坐好了。闹死了！家里有客人，没看到吗？"

泰哥忙着炒菜，回了一句："让他们闹去吧，Devil 不是外人。"

泰哥的老婆有 40 多岁，看上去很温和，她坐在 Devil 身边，微笑着。

"不好意思，让你见笑了。"

Devil 装作很和气，他的脸一直都是微笑，谁也看不出他有丝毫的厌烦："嫂子见外了。都是孩子。"

泰哥的老婆很关心地看着 Devil，问："脸上的病怎么样了？我看现在还是很僵。"

Devil "笑"了一下，摇摇头表示没得治。

"Devil，不小了吧，该结婚了。"

像个姐姐一样的语气。

"不着急。公司现在比较忙，我没时间。"

"Devil，公司的事情再忙，你也得顾着自己的生活。"

泰哥边擦着手边插话坐在了沙发边上，搂着老婆，两个人恩爱的样子。

"你看我和你嫂子在一起，多好。这才是个家。你自己住那么大的房子很舒服吗？"

Devil 不说话，他不说话的时候就是表示认可。

"昨天，小周告诉我，你和和平银行的那个主管，叫什么陈洁希的在一起吃饭了。人长得怎么样？"

Devil 想起来了，他确实让小周帮他订了位子，但是他没约陈洁希，他有别的事情。

"还不错。她有个儿子。"

"人好就好。"泰哥拍拍 Devil 的肩膀。

"吃饭。"

泰哥拉着老婆的手，两个人甜蜜地往桌边走。

Devil 的注意力一直在手机上。胜力发信息告诉他：三毛回来了。

Devil 的嘴角翘了起来，这才是他的笑容。

"Devil，快来啊，看你一直都在玩手机，吃饭要紧。"

泰哥招呼着 Devil，Devil 勉强地站了起来。还是那些菜，很久以前，在泰哥和 Devil 拼搏得最苦的时候，都是泰哥买菜做饭，Devil 那时候几乎都觉得泰哥像自己的父亲一样。可是自从泰哥进出口公司壮大以来，泰哥就没时间了，Devil 吃到泰哥手艺的机会也微乎其微了。Devil 吃了两口，觉得找不到之前的味道了。

"怎么样？手艺有没有退步？"

泰哥吃得很开心，问他。

Devil 点着头，很满足的样子："没有，泰哥的手艺一直都是最好的。"

"那是。你看我胖成什么样了？"泰哥的老婆埋怨道。

"胖点好看啦，要那么瘦干什么。勾搭人啊。"

泰哥和老婆打情骂俏的样子，在 Devil 这里看来有些多余，他心里只在意泰哥为什么要瞒着自己那些事情。自己和泰哥是一穷二白出来的十多年兄弟，结果在这个时候，泰哥却一直瞒着自己做着重要的事情。

Devil 心里自然不满。

吃饭的时候，Devil 也是心不在焉，不断地看短信，回短信。泰哥像个家长一样地拿着筷子敲了敲他的碗："吃饭啦。看什么手机，坏毛病。"

Devil 收敛了一下。可是自己手机上不断发来的信息显然比这顿饭更重要。

吃罢了饭，泰哥把 Devil 叫到了自己的书房，泰哥点着了一支烟，递给 Devil。Devil 接过去，他很久没抽过烟了。

泰哥坐在桌子角上看着 Devil 抽烟："还记得吗？当年最困难的时候，一根烟都是咱们俩一起抽。"

"嗯。"

"Devil，我知道你心里在想什么。你肯定在怪泰哥，你想知道我最近在做什么。对不对？"

"嗯。"

还是很干脆的回答，这是他俩的习惯。

泰哥感慨地说："打打杀杀这么多年，泰哥老了，也累了。孩子一天天长大，你总不希望他们也走我们的老路吧？"

Devil 明白了些什么，泰哥是想彻底扔掉那些见不得光的东西了。

"到了我这个年纪，人难免会倦怠了。Devil 你还没成家，你成了家，有了孩子，早晚有一天像我这样。盒子的那些事情，我没有精力了。"

"嗯。"

"公司正在寻求资产重组，重组之后，公司将不再做进出口生意了。"

Devil 听到这个，心里咯噔了一下。如果泰哥进出口公司不再做进出口的生意，那么也就表示，以后凭借这座大山走私进来的那些业务，将被断掉进货的渠道。这对盒子的影响，是巨大的和毁灭性的。

"泰哥……"

泰哥摆摆手示意听他说完。

"盒子早晚一天我都要扔掉的。我们年轻的时候，靠这个吃饭，赚来了钱。可是不能靠这个做一辈子。打江山难，守江山更难。Devil，我不想再冒任何风险，几百号兄弟跟着我们一路过来，不能让他们的下半辈子还那样没着落。他们很多都成家了。"

Devil 的手将烟头掐灭了，他有些不满。

"所以，今天我和你坦白，就想让你知道，现在这个城市，已经不是靠枪和毒品才能控制得住的了。只要有钱，这里就是你的！"

Devil 站起身，他想走了，他今天知道了泰哥的真实想法，这不是他想要的。失去了盒子，也许靠着公司，他依然可以有着富有舒适的生活，可是这不是他想要的世界。在 Devil 的世界里，只有枪、血才是最真实的，只有看着别人在自己的胁迫下妥协，才能够满足他的欲望。

Devil 整了整衣服，丢下一句。

"泰哥，你老了。"

然后开门就走了。

泰哥坐在办公桌后，看着合上的门，有些垂头丧气。他还是没有说服 Devil。

Devil 起了一个大早来到公司，走进电梯里的时候其他人都是很主动地走出去，电梯里就剩他一个。电梯门关上，Devil 看着电梯里的摄像头，又看了看手机，没有短信。

Devil 刚走进办公室还没落座，办公桌上的电话就响了。是泰哥叫他过去一趟。

泰哥从没这么早来过。今天这么早上班，确实很奇怪。

Devil 想着。

刚进泰哥办公室，还没看清楚，一个巴掌就已经扇到了脸上，泰哥虽然比 Devil 矮，但是下起手来可是用尽了力气，力量也打得狠。Devil 被这一巴掌打得眼冒金星，泰哥也甩着手，他也感觉到疼了。

"泰……泰哥……"

泰哥揉着手腕，瞪着他说："Devil，这是三年中，我第一次打你。"

Devil 虽然不知道发生了什么，但是他知道泰哥之所以动如此大的肝火，必然是有原因的。Devil 站在原地不说话，把歪了的领结扶正。

"你知道现在我要做的事情有多重要吗？啊！"

泰哥大声地质问。

Devil 站在原地，想了一下说："我不知道。您没告诉过我。"

泰哥一听 Devil 的语气不对，他带着很大的埋怨。泰哥问："你是在怪我没有告诉你？"

Devil 不说话，他默认了。对于泰哥神神秘秘着急召开董事会要做的事情，自己不仅一点都不知道，而且还被排除在外，公司账户的变更泰哥也是越过 Devil 让财务主管直接办理的，这让对这个公司贡献很大的 Devil 很不满。何况，Devil 并不是那种心很宽的人。

"该你知道的时候，你自然会知道。我不告诉你，有我的理由。"泰哥说。

Devil 不搭茬。

"知道我为什么打你吗？"

Devil 不说话。

泰哥把一摞照片拿过来摔在 Devil 面前："我说过，让你看好盒子，别出事。你怎么做的？"

Devil 接过来那摞照片，全是偷拍而来的，从镜头感看，使用的肯定是专业的相机。拍照片的这个人显然是有备而来。

照片上除了那条被"爆头"的斗狗，还有那个被咬伤的胖子，胖子和那条狗一样，被爆了头，被扒光了衣服，胖子的尸体就那么扔在荒野里。

"这就是你办的事情？"

泰哥指着照片。

"拍照的人没想报警。他能把照片拍到，就说明，他知道盒子的事情。他把照片寄过来，就是想威胁我。"

Devil 看完了大吃一惊。

"泰哥，这个……"

"怎么？"

"您怎么知道这和盒子有关系？"

"Devil，我虽然老了，不想再碰那些事情了，可是我还没糊涂。盒子一直都是你在管，可是我不希望那里出事情影响到了大事。"

Devil 看着泰哥，他听出这话的意思了，泰哥还是自己的老大。

"你看电视。"

泰哥点了一个键，对面的玻璃墙上出现了电视里正在直播的画面。一个叫李可的刑警大队大队长正在接受采访。

李可对着摄像机说："这个案子目前为止还没有最新进展，死者的身份未知，我们会进一步地调查清楚。从作案手法看，凶手应该是职业的，处理得滴水不漏。也欢迎广大市民提供线索。"

泰哥关掉电视："上电视了，刑警大队掺和了。你能告诉我你的手下还能不能做事情？"

Devil 低着头，冷冷地说："我会处理的。"

"你知道如果他们查出来，这个人死在盒子里，我们会有什么结果吗？"

泰哥指着电视画面说。

"新账旧账一旦都被扒了出来，你和我死上五十遍都不够。"

泰哥看着 Devil 不说话，摆摆手。

"你去把这个事情查清楚。我需要一个结果。还有，我不希望这种事情有什么后果发生。查到寄照片的人，你自己看着办。警察这边，我来做。"

Devil 点点头往外走。泰哥叫住了他。

"记住，手干净些。"

"知道。"

Devil 退出办公室，依然那样看着沿途的摄像头。回到自己办公室，Devil 对着那堆照片发呆，他摸着下巴，琢磨了很久，拿着车钥匙，走了出去。

漆黑一片的屋子里，只是在空旷的屋子中央放着一张桌子。桌子上有个人头被死死的按着，看上去很年轻，但是脸上写满了惊恐。这个人的两只手同样被人死死地按在桌子上，五指张开。

按住头的那个人是胜力。

Devil 那张脸上写满了阴森，夹杂在那种笑容里："菲力，告诉我，谁让你这么做的？"

菲力挣扎着号叫："Devil 哥，不是我。真的不是我。"

"那是我？"

"不是，不是。我真的不知道了。"

Devil 从兜里掏出一卷子钱扔在桌子上，菲力看到了，倍感惊恐。

"你如何解释，那个胖子赢来的钱，在你爸爸那里找到的。"

"这个……这个……我不知道啊。Devil 哥，你要相信我啊。不是我杀的人。"

"你杀了他也无所谓，我不追究这个。你知道我 Devil 最讨厌什么样的人。"

胜力死死地按住菲力的头，狠狠地说："Devil 最讨厌吃里扒外的人。"

"对。你缺钱，可以跟我要，我可以给你。要多少给多少。可是你不能在我背后玩猫腻。我 Devil 眼里揉不了沙子。"

菲力不说话了，他只是粗重地呼吸着，头上的汗一滴一滴地在桌面上汇成一摊。

"说吧，谁让你这么做的。"

"Devil 哥，真的，真的不是我。"

Devil 对着胜力使了一个颜色。胜力换了一个人按住头，掏出一把匕首戳在菲力张开的指缝里。

"Devil 哥，饶命啊，Devil 哥。真的不是我。我发誓。"

菲力已经吓得魂飞魄散了，大声吼叫着。

"钱是我趁乱拿的，我爸爸的病很严重，我要给他治病，但是人真的不是我杀的。我偷完了就喝酒去了，我喝醉了，真不是我杀的啊。"

Devil 背过身去。不出声。暗中点点头。胜力眼中闪过一丝不忍，而看着菲力闭着眼等着那剧痛的模样，他凶光毕露，一咬牙。菲力的惨叫声像是能把盒子的屋顶掀开。

等到菲力不再号叫，只剩下颤抖的呼吸时，Devil 才转过身。他把那卷子钱推到菲力的眼前："钱，给你。我知道你不会那么做。但是为了给泰哥一个交代，你就当 Devil 哥欠你一个人情。出去躲两天，然后，我会重用你。"

Devil 朝着胜力使了一个眼色。

"送他去医院，给他提 20 万现金。然后想尽办法送出城。"

胜力点头。

Devil 追加了一句。

"记住，不留痕迹。"

胜力点头。

Devil 出了盒子，开着车一路往西走，在路边一家煲粥店停了下来。

店内没什么人。煲粥店的位置很隐蔽，在很狭小的巷子里。Devil 不得不把车子停在外面，步行了一小段才来到这个粥店。已经是深夜了，整个巷子里除了几只叫春的野猫，再无任何生机。Devil 就这样一声不吭地走进了这家煲粥店。

店里总共也没有几个座位，但是收拾得干干净净，外面也没有牌匾，看样子，开店的人并没有把这个当作盈利的工具，更像是一个居家的老太太在看着自己的老房子。

Devil 进店之后坐在最中间的位置，这也许是他的常座。老板娘早早地就把准备好的粥端了上来。是绿豆百合粥，经常熬夜的人喝这个，可以很好地调养身体。老板娘贴心地打开了盖子，一股热气散出来。

他和老板娘之间一句交流的话都没有。老板娘直接走进了里屋。

Devil 没有喝粥。

过了很久，老板娘在里屋也没有出来过，Devil 掏出钱包，抽出了最大面值的一张放在桌子上。然后从桌子底下掏出一个黑色的包，看上去像是相机，这个相机一直藏在这家煲粥店的桌子底下。

Devil 走出门，进了车。

他把车开到一个僻静的地方，面前有个垃圾堆。Devil 下车的时候手里拿着一瓶白酒，他用牙咬开瓶盖，把那个黑色的包扔在垃圾堆上，把白酒倒上去。Devil 站在车边抽出一根烟，点着了，然后把打火机扔到那个黑包上面。火一瞬间变大，跳动着蓝色的火苗。

整个垃圾堆都被点着了，火光熊熊。

Devil 就站在车边看着这个垃圾堆成为一个火球。火光忽明忽暗映着他的脸，他的脸上写满了得意。

Devil 车上的手机显示有短信，Devil 拿起来看。

"粥还没凉。回来喝吧。"

是那个粥店的老板娘。

Devil 看完了很生气的模样，他狠狠地掐灭烟头。顾不上眼前火势越来越大的垃圾堆，钻进车里，掉头往回去。Devil 下车的时候都没有关车门，他怒气冲冲地冲进了那家煲粥店。老板娘还坐在刚才 Devil 坐的地方，面前是刚才 Devil 没有动过的粥，盖子盖得好好的。

Devil 从后腰拔出枪来，指着那个老板娘。眼睛睁得大大，血红的眼球像是要挣了出来。

老太太很淡定，把面前的煲粥的盖子打开，依然冒着热气。Devil 打开了枪的保险，看样子，他确实怒了。老板娘离开了座位，好像对 Devil 指着自己的枪熟视无睹一样，擦手重新回到了后厨。把 Devil 晾在了原地。

Devil 一脚踢翻了旁边的凳子："你到底要怎样？"

老板娘摇摇头，把花白的头发往耳朵后拢了拢："粥可以喝了。"

Devil 上翘的嘴角又掉了下来。他不开心。

"你还想要什么？"

Devil 语气冷冷的，声音压抑地吼着。

老板娘摇着头，没有直接搭茬，而是说："把粥喝了吧。"

Devil 把枪放在桌子上，很不满地坐下，看着那碗还在冒着热气的粥。Devil 拿着枪把粥打翻，老板娘的眼角扫到了这里。

"你还想要什么？你告诉我，我都给你。你以后别这么烦我行不行？"

老板娘拿着抹布过来擦桌子。许久，冒出一句话。

"我只想要我的阿翔能回我身边来，你能做到吗？你能让他回来吗？"

老板娘直视 Devil 的眼睛，Devil 的脑海突然闪过了有关于阿翔的印记。

一个小小的身影站在街角，随便找了一个公用电话拨了一个号码，背后的一栋楼突然爆炸，燃起了熊熊的大火。Devil 不说话。手指捏得直作响。

老板娘擦着桌子说："去吧，做你的大事去吧。把我和阿翔都忘掉。"

Devil 突然大吼："我做的这些事，为了谁！都他妈的为了谁！"

老板娘很安静地看着他，一句话也不说。

三毛坐在 Devil 面前的时候，浑身上下都捆满了纱布。双手反绑着，Devil 看着像个木乃伊一样的三毛，有些想笑，但是他笑不出来，他的脸这两天有些疼。三毛低着头，很害怕的样子。

"还好吧。"

Devil 拿着手指头戳了戳三毛的胳膊，正是伤口的地方。

"啊哦。"三毛喊痛。

"胜力下手够狠的啊。把你打成这样，你还怎么回家见老婆孩子啊。"

"来点实际的行吗？别拐弯抹角。"

"嗯，够骨气。"

"我老婆和女儿呢？"

"完好无缺的在家里躺着呢。这个点已经睡着了吧。"

三毛抬起没被打肿的那只眼看了看墙上若隐若现的电子钟。

凌晨 3 点了。自己断断续续被打了 20 多个小时。

"你能告诉我，你为什么要跑吗？"

Devil 把脸凑得近近的，眼神里带着微笑地看着三毛。三毛没有被吓到。他也把自己的脸凑了过来，和 Devil 面对面地互相看着。

"谁会想像一个木偶一样任人摆布呢？我不是你的玩具。"

"可是你还是回来了。"

"你绑架了我的女儿，我能不回来吗？"

"你可以不回来。可能我也不会对你的女儿怎么样。"

"Devil 哥，你懂什么叫爱吗？你懂什么是情吗？"

Devil 退了回去，他确实不知道，起码他忘了。小时候，在他眼前浮现的，永远都是冷冰冰的人，这些人让他做各种他不喜欢做的事情。

"你知道女儿在你怀里睡着了的感觉吗？你知道有人叫你爸爸那一刻的感受吗？在你的心里，是空的。你没有灵魂。"

Devil 显然不太同意三毛说的话，但是他没反对。脸上微笑着的肌肉突然觉得很疼，Devil 摸了摸，确实在颤抖。

"你只知道控制别人，让别人帮你干活。你拿别人的爱人、孩子当作砝码，其实是因为你没有。你嫉妒，你想要这些！可是你得不到，因为你根本没有资格去追求幸福，你只配行尸走肉一样的活着。"

三毛不知道哪里来的勇气，一句比一句狠地质问 Devil。这时，Devil 捂着脸，显得很痛苦，他似乎对三毛的这段说辞都没有反应。他猛地站起身，踢开椅子，瞪了三毛一眼，然后走进隔壁的卫生间。Devil 进了卫生间，反手关上门，从怀里掏出一个细小的注射器，还有一小瓶淡蓝色的液体。

Devil 手忙脚乱地把注射器插进小瓶里抽出液体，这时候他看到了面前的玻璃里反射出自己的脸，那个一直僵硬着的笑容没有了，是最为正常的 Devil 的脸，皱着眉头，痛苦着。

Devil 用一只手推着自己的颧骨，让面部肌肉往上移，硬生生挤出一个僵硬的笑脸。Devil 另一手拿着那个注射器，对着挤出的颧骨肌肉上扎去，推进药水。药水显然很疼，Devil 的双眼都开始胀出了血丝，打完左半边脸，Devil 又往右半边脸同样的位置注射药剂。

Devil 放下手，脸上那个僵硬的笑容再次出现。原来他脸上的这种一直没有变化的笑容是依靠注射肌肉麻痹剂来完成的。这种药水可以让肌肉在一段时间之内凝固，但是有强烈的后遗症，不仅会疼痛无比，还会影响神经系统。

Devil 又吃了几颗镇痛的药，看着镜子里的自己，微笑的自己。整理了一下东西，出了卫生间。

三毛还坐在原地。

Devil 对着三毛冷冷地说："三毛，你和我说那么多，只是向我提供了一个信息。你很在意你的老婆和女儿。我只要掌握住这个了，足够。你逃不掉我的手掌心。"

三毛点点头："是，所以我回来了。"

"希望下不为例。"

Devil 拍了拍他的肩膀，走了出去。

出门前扔出一句话："过两天，你需要替我完成一个活。这次做完了，我放你自由。"

听完了这话，三毛的眼里突然闪出了光亮。

Devil 对着胜力说："给他松绑，让他走，随时等候消息。"

胜力点点头。

Devil 在车上接一个电话。

"货什么时候到？"

"三天。"

"好，我会派人过去接。所有的事情都办好了吗？"

"没问题。"

"后事呢？"

"按照您的标准，每人 50 万。已经事先支付了。"

"好。按照我给你说的，所有的事情全部推到泰哥身上。"

"明白。"

"保密。"

"明白。"

"盒子那边有什么动静？"

"一切正常。所有人都老老实实地做事。机器快完成了。"

"不要出差错了，24 小时随时告诉我最新的情况。"

"明白。"

"从今天起，我不打电话给你，你不要打过来。我会找时间回盒子一趟。"

"好。"

Devil 在家里，盯着那个巨大的电视墙看足球比赛，看着那个球在 22 个人的脚下来回地变换着。Devil 突然不想看了。他拿出遥控器，关掉了电视。

Devil 点开了几个键，面前这面视频墙上开始弹出很多图片和文字，像是从报纸上拆剪下来的简报一样，一张一张地叠在一起。

Devil 的手在面前轻轻地挥动着，这些图片和文字开始一张一张地更换。竟然都是媒体公开的一些案子的报道。

"地铁人质绑架案"；

"莲板突发惊天大火，被疑人为纵火，警方辟谣"；

"7 名信息技术大学生失踪，至今仍下落不明"；

"汽车自燃，亦或是谋杀？"；

"海湾码头黑帮火并，警察袖手旁观"；

"奥迪车路边自燃，自杀？谋杀？"；

"少女吸毒过量死亡，多部门联手打击毒品走私"；

"没有绑匪的绑架案，人质被救，绑匪仍在逃"；

"荒野抛尸案，谁来负责？"

……

Devil 就这样一张一张地看，看着上面配着的各种图片，也不看文字。

图片落到最后一张，Devil 才停了下来。

那是一张被大火烧焦了之后断壁残垣的照片，几乎看不出大火之前这个地方的模样。Devil 就这样狠狠地盯着这张照片很久，突然怒火中烧的掏出枪，对着这些照片，连续开了十几枪。

墙面上有十几个黑黑的弹孔，画面出现了丝丝的裂纹。

"没人可以阻拦我。"

Devil 扔下枪，用全力地吼出了这一声。他抓起旁边的一瓶酒，一口气喝完，然后摔门而出。

　　Devil 在舞厅里尽情狂野地跳着，跟着动感的音乐节拍。舞厅里灯红酒绿的，充斥着奢靡的气息。一个身材窈窕的女人在 Devil 面前跳着艳舞，浑身上下似乎没有了骨头一样地贴着 Devil，用每一寸肌肤诱惑着这个男人。Devil 很配合，两个人成了整个舞池里最有情色意味的一对。

　　Devil 几乎是把女人横起来抗在肩膀上弄进了宾馆，两个人都喝得醉醺醺的，女人被硬生生地摔在了柔软的大床上。Devil 抽出皮带，将女人的手背着捆绑好，他喜欢凌虐人的感觉，尤其是弱者。

　　女人也醉得稀里糊涂，看到 Devil 绑着自己手，还媚态地笑了几下，她有种要吐的感觉，但是忍住了。Devil 开始脱掉衣服，他脱衣服的感觉很温和，慢慢的。女人迷离的眼里看到的满是结实肌肉的上身，那种糜烂奢侈的味道更加浓了，女人也配合地扭着身躯勾引着 Devil，甩掉脚上的高跟鞋。

　　Devil 脱掉了上衣之后几乎成了红眼的豹子，他特别粗鲁地薅过女人的头发，粗鲁地吻上去。女人一开始很享受，突然眼睛睁得大大的，嘴被堵上了，但是尖叫声依然很清晰。

　　Devil 离开了她的嘴，女人满嘴是血，原来 Devil 咬破了她的嘴唇。疼痛让女人有些害怕了，酒也醒了，她惊恐地看着 Devil。Devil 却很知足，血的味道让他感觉到刺激。

　　Devil 根本不用调情，几下就把女人身上仅有的衣服从低到上地撕开，女人尖叫着，挣扎着，原本期待的事情因为刚才 Devil 的兽性变得很恐怖。但是尖叫声让 Devil 感到更加刺激，他抡起双手，使劲地抽打身底下这个女人，直到女人几乎失去知觉。

　　女人确实有点晕，她不知道自己怎么了，等她在摇晃中稍有知觉的时候，才发现自己被身后的男人狠狠地凌虐着。女人想哭，可是身后男人粗重的呼吸声几乎让自己不敢哭出声音来。她只能在这个男人的控制之下忍受着肉体上的疼痛。

　　Devil 弄完了事情，才发现这个女人竟然吐了一床的东西。他没当回事，温和地穿好了衣服，把钱包直接扔在了女人的面前，开门出去了。

　　女人看着眼前的钱包，疲惫地没有任何反应，像是死了一样。

　　Devil 到了公司之后，泰哥就派司机过来接他，让他去和平银行一起开会。Devil

有车，但是泰哥却派车过来接，这难免有些不正常。

黑色的大奔，是泰哥的座驾。Devil不喜欢这样的车型，太过于稳重，体现不出人的质感来，所以他一直开的都是跑车。Devil上了车的时候发现，旁边的座位上还坐着一个人。Devil认识他，陆艺章，一个大律师。一直以来都在为泰哥的公司担任法律顾问。

陆艺章看到Devil上车，就笑着打招呼："Devil哥别来无恙啊。"

Devil看着陆艺章，似笑非笑地说："陆大律师也红光满面。看来最近有好事。"

"好事倒是没有，倒是替一个普通人打官司，输了。算是坏事一件。"

"呦，陆大律师什么时候给普通人打官司了，还输了？"

"要不是看在别人的面子上，我也不会帮这个忙。"

"明白。"

"明白什么？"

"改日约陆先生吃饭，当面道谢。"

"一言为定。"

两个人的一番对话，每一句都意味深长，只有他们俩才懂得彼此心里想的到底是什么。

正是早晨上班的时候，和平银行门口的单行道上格外的堵。大奔车慢腾腾地往前挪。前面车上的保镖过来敲开车玻璃。

"Devil哥，前面有个警车挡着道。"

Devil随口应付着："处理一下。"

Devil没顾上看那个人是谁，只是光顾着和陆艺章说话，陆艺章则伸着头往外面看。

"泰哥真是权大势大，警察都不怕。"

"单行道，他停车本身就是违法。这种警察，也不怎么样。"

陆艺章伸头看了几眼："这个警察来头不一般。"

Devil伸头看去，是那个电视上播报荒野抛尸案接受采访的刑警队长。此刻正和几个保镖杠上了。

"还是别惹他了。据说他的手黑着呢。"

陆艺章打开门对着那几个保镖说。

"走。"

几个保镖这才回来。Devil 看到那个人也看到了自己。他关上车窗玻璃，前面指挥道路交通的工作人员给自己的大奔车队让出了一条道，车队往前开。经过那辆警车的时候，Devil 不禁又看着那个人几眼。混黑道这么多年，他一眼就能瞧得出这个人确实不简单。

会议在和平银行的顶楼召开，除了泰哥和整个公司的董事会成员之外，还包括 Devil、陆艺章；银行的代表除了行长等要职人员，陈洁希也作为重要代表参会。

Devil 来的路上一直在想，泰哥来银行召开会议，还叫上了善打经济官司的大律师陆艺章，就摆明了是要把公司洗白的事情提上正式的议程。他全程都没听别人在谈什么。对于他来说，关于金融、证券、资产重组、股份转让等事情不是自己所擅长的，那些数据自己一听就头大。他在公司虽然坐着经理的位置，实际上的事情都是由一帮专业的人在做，自己只负责签字。泰哥一开始让自己来公司工作，他很不愿意，他受不了这种到处都是限制和束缚的环境，对他来说，他最喜欢盒子的那种氛围，自由，阴暗。想做什么就做什么。

Devil 把自己的目光一直放在陈洁希的身上。这个女人太有魅力了，虽然 Devil 心里知道，这个女人注定也要成为自己的筹码。Devil 低头看了看自己的手机，早有人发了一张照片。是陈洁希接儿子放学的照片。Devil 心想，有了孩子的女人，别有风情。

会议不知不觉地就结束了，但是大家离开的时候，每一个人看着 Devil 的眼神都不那么对劲。Devil 不知道这个会议最终有什么决定，但是他看得到所有的眼神，他有种不好的感觉。甚至连陈洁希都给自己投来了这种表情。

所有人都走了，泰哥和 Devil 还在办公室。

Devil 在等泰哥亲口给自己说。

"Devil，你没有什么要说的？"

"没有，听泰哥的好了。"

当然 Devil 也不知道说什么，反正都是最坏的打算。

"下个月，公司正式启动资产重组的时候，你不再担任公司的任何职务，我向董事会给你要了 5% 的股份，你可以用这些钱继续做别的事情。"

Devil 明白了，自己出局了。像是棒球比赛那样，又或者像是足球比赛中被红牌罚下。

"盒子的所有事情，这个月底之前，我会全部清除掉。陆律师会帮我把这部分资产重新评估。"

Devil 没说话，他在等着泰哥说完。

泰哥走过来，拍拍 Devil 的肩："别怪泰哥，我是要你回到正常的生活中来。"

泰哥走了，刚走到门口。

Devil 说了一句。

"我们走过的路，谁也回不去的。"

"我正在努力。"

泰哥扔给 Devil 五个字，开门走了出去。

Devil 站在落地窗前，他几乎没有看眼前的这座城市，他只知道这里到处都充斥着金钱和欲望的味道。Devil 攥紧了拳头，狠狠地砸在了玻璃上。

玻璃上闪出一片七彩的光晕，这是镶嵌在玻璃里面的水晶硅分子的颜色。

在和平银行大楼的底下，人们看到了大楼最上面的玻璃 LED 屏上，也漾出了一条彩虹，逐渐在整个大楼上荡漾开，像是彩灯表演一样。很多人都被吸引了。

他们也许并不知道，这块玻璃后面的人，正在燃起报复的火焰。

Devil 换了一身装束，他紧紧地跟着一辆警车。正是刚才挡着路的那个刑警队长的警车。这个人确实很狡猾，他开着警车在整个金融大街上转悠了几十圈，才往一个巷子里开去，停在了一个隐蔽的咖啡馆前，下车的时候还左右看了一圈。

Devil 从咖啡馆的后墙翻了过去，从厨房里走到了外面，在最里面的一个角落里坐下来，点了一杯咖啡。

他拿出自己的手机，点了上面的几个键，然后他放在耳边，清晰地听到了泰哥和这个刑警队长的对话。

"泰哥，好久不见。"

"好久不见。"

"记性真好。"

"不是记性好，三年前你干的那件事，谁能忘得了？"

"对不起泰哥，这话我没听到。"

"OK，说正事。咱们的交易，得说清楚。"

"电话里不能说？"

"你信过你的电话？"

"泰哥真是精明，怪不得从不见你用电话。"

"人老了，只会守旧。在我看来，越高科技的东西，越不安全。"

"是。"

"钱，我可以给你。你要的数目不是问题。"

"泰哥爽快。"

"那个胖子的案子，你必须给我清掉。"

"这个案子，你不用担心。在我的掌控之中。"

"那就好。这么说定了。"

"价格合理，当然成交。"

"关于 Devil 的事情，你怎么想。"

"这个……"

信号突然没了，像是受到了干扰一样。刺耳的电流声差点让 Devil 的耳膜废掉。

Devil 赶紧取下耳机。他知道，里间的那个警察很小心，把手机直接关掉了。现在他彻底听不到里面说什么了，Devil 一口气喝掉面前的咖啡，他也不需要知道什么，他现在清楚地知道自己该做什么。

Devil 挂掉了泰哥的好几个电话，把自己蜷缩在家里，不吃不喝，瞪着眼睛想着什么，脸上的微笑还在，伪装着他的真实表情。

Devil 在等时机。

两天过去了，谁都不知道 Devil 在哪里，也找不到他的人。泰哥深怕这个关键时刻会出事情，而且如果这个关键时刻出事肯定是出在 Devil 的身上。他很发愁，他明白 Devil 的性格，十多年前，他正是看中了 Devil 这种冷血的性格，才让他跟着自己。泰哥以往打拼江山的时候，没少得益于 Devil 的狠，这种狠劲是与生俱来的。

泰哥也在思考着怎么才能让 Devil 不干扰到自己的大事，他确实很头疼。

盒子很快都被关闭了，胜力一群人都被泰哥给了一笔钱打发回了家。看着自己辛辛苦苦守着的地下盒子被打开，充满阳光的那一刻，胜力一群人的脸上写满了伤感。这对于他们来说，无疑是断掉了自己的精神支柱。

泰哥的洗白过程进行得很顺利，长期的经营让他在政府、银行以及其他兄弟帮派的黑白两道的帮助下，很快地往前推进。只是这个过程缺少了 Devil 的存在，让泰哥还是放心不下。他给 Devil 打了很多电话，他知道，只要 Devil 愿意说出来，就不会有事情，可很不幸的是，Devil 不接电话，人也消失了。泰哥也不得不考虑后手。

正当泰哥很苦恼的时候，Devil 还是选择了出现。

和以往一样，Devil 依然是那么样的打扮，虽然穿着西装，但是浑身上下透着休闲的味道。Devil 站在泰哥的办公室里，像是什么都没发生一样。

"你能出现，泰哥很高兴。我知道你不开心，想通了就好了。"

Devil 很轻松的感觉，笑着："没关系的泰哥，我跟了你这么多年，你还不了解我？"

"你小子！接下来要做什么？如果你愿意，还可以来我的公司。"

"不用啦。我不能吃你一辈子是不是。我也要开始我的事业了。"

"准备做什么？"

Devil 突然把身子靠了过来，在泰哥面前轻轻吐出了一句话："有一句话叫，长江后浪推前浪。"

泰哥隐隐的有种不祥之感。

"既然泰哥都已经不做了。那我就接手好了。"

Devil 说的，泰哥很明白。他要接手自己已经放弃掉的所有黑市业务。

"泰哥是功成身退了，可是那么多的帮派，还是要有个人管管的好。以后泰哥的平安，就交给我了。"

Devil 脸上的笑，让泰哥根本看不见他的真实表情，他也无法从表情上看出眼前这个人说的是真还是假。

泰哥也尴尬地笑了。

"不过泰哥，肯定不需要我的帮忙了。有一整个刑警大队在后面，肯定比我们这些地下的老鼠要管用得多。"

泰哥不笑了。Devil 的这次出现确实是来挑衅的。

Devil 起身，礼貌地伸出手："泰哥，谢谢你十多年的照顾。以后，好好保重。不要阴沟里翻了船。"

泰哥没有伸出手，他看着这个人，瞪大眼睛看着他。

Devil 也没有坚持，收回了手，转身走了。Devil 刚走，泰哥就拨了电话。

"阿力。"

"在……"

也许泰哥不知道一个情况就是，在外面，Devil 虽然一路往前走，但是他的耳朵里，清清楚楚的听到泰哥和阿力说话的声音。

"不留后患。"

"是。"

听到这里，Devil 的嘴角上翘。他笑了。

海湾码头，原本就是泰哥的地盘，十多年前他和 Devil 在这里打拼下自己的第一块专属区，从此之后这里就成了他们的大本营。直到三年前泰哥决定开公司，这里又被 Devil 改造成了黑市走私的交货地点。

外面就是泰哥进出口公司的码头集装区，这一块是黑白两道都不能随便进入的地方，只是因为泰哥的权势和这么多年经营出的威望。

Devil 依托着泰哥进出口公司这座大山做着走私的勾当，这一点泰哥是清楚的，他睁一只眼闭一只眼，完全是因为 Devil 为自己打江山做出了巨大的贡献。洗白之后的公司将全面放弃进出口业务这块肥差，改成更具有潜力的金融和科技领域。

这块码头，彻底地荒废了。

盒子被关闭，剩下的那些人都被遣散回了家，只有胜力几个忠心耿耿跟着 Devil 的人还窝在这里，等着 Devil 的进一步的指示。几个人就这样地吃着泡面，像是穷困潦倒的乞丐一样死守着。

外面有动静。

胜力为首的人警惕起来，掏出枪躲在门后，这几天他们最怕的事情就是警察找上来。外面的脚步声停了。

"是我。不用拿着枪。"

是 Devil，屋子里的人很惊喜。

门打开，Devil 抱着一箱子吃的东西进来了。

"这几天，辛苦兄弟们了。明天晚上，有一件重要的事情需要你们做。"

"没关系，跟着 Devil 哥，哪怕天天吃糠咽菜都行。"

"我不会亏待你们的。"

Devil 拍了拍正在狼吞虎咽吃着鸡腿的胜力。

"胜力，告诉三毛，明天下午 5 点让他去和平银行后门接一个人。"

"接哪里去？"

"剩下的我来做。"

"好。"

"明晚，会有一批货到这里，这批货很重要。你们要确保现场没有任何事情，否则，你们不用回来见我了。"

"明白。"

Devil 看着几个人饿得像条疯狗一样，嘴角上翘，他确实在笑。

Devil 离开码头之后，就打了一个电话。

"货准备好了吗？"

"好了，明早从码头运出去，在公海换船，晚上就到。"

"耗子那边怎么样？"

"正常，等着你使唤。"

"好。辛苦。"

阿力开门进了泰哥的办公室。

"有线人打电话到刑警大队，今晚会有一批货到码头，Devil 亲自去接货。"

"线人叫什么？"

"不知道，他说他恨死 Devil 了，因为 Devil 让他无家可归，还让他成了残废。"

"菲力。Devil 断了他的手指。"

"可信吗？"

"Devil 是这个风格，我把他赶出了公司，他肯定要做出一件事让我瞧瞧。他就是一头很疯的狗。你给他吃的，他老老实实，不给，他能把你撕成碎片。"

"那我们怎么办？"

"杜绝后患吧。"

泰哥继续埋头在各种文件中，这些事情对他来说，没什么可费心的。

阿力走了出去。

Devil 大白天其实也没闲着，他约了陆艺章吃饭。理由是，答谢。

地点就约在陆艺章的楼底下餐厅。

"我只有一个小时的时间。"

"足够。只是个答谢，当面一点会比较真诚。"

"你和泰哥完全不同。"

"等下见。"

Devil 打完电话，将客厅打印机里不断打印出的各种监控照片全部收集了起来，放到浴缸里，点着了，看着这些照片的边缘冒出蓝蓝的火焰，吞噬着上面每一个人的面孔。

泰哥的，Devil 的，陆艺章的，李可的，马克的，陈洁希的，三毛的，非力的……

看着照片烧成了一堆灰烬之后，Devil 打开了水龙头，看着这些碎片被水冲散，流进下水道，一点一点的全部消失了。

Devil 准点到了和陆艺章约见的餐厅里。进餐厅之前，他在一个角落里打完了一个秘密的电话，才走进了这个餐厅。

通过桌面的自主点菜系统，Devil 只给自己点了一杯咖啡。等了许久，陆艺章还没有来，已经到了他们约定的时间。Devil 不断地看着窗外。宽阔的大马路上车流不息。不一会儿，陆艺章风尘仆仆地走了进来，看来他很忙。

"陆大律师很忙啊。"

"还好。"

"泰哥公司的重组，您肯定有很多的事情要做。"

陆艺章笑而不语。Devil 从怀里掏出一张支票，递过去。

"答谢礼。"

陆艺章看了一眼上面的数字，有些吓到了。

"为了一桩打失败了的案子，这么贵重的答谢礼。未免……"

"应得的。"

陆艺章看着面前这个神秘的 Devil，虽然他脸上带着微笑，可是他一点也猜不透。

"你是有别的事情?"

陆艺章试探性地问。

"没有。只是答谢。"

陆艺章看到 Devil 的眼神看向了窗外，他也顺势看去，外面什么人都没有。

"那我收下了。"

"应该的。"

"如果……"

陆艺章的意思是以后有什么可以帮忙的地方，Devil 可以直接开口。Devil 伸手示意他不用说："我们的事情，以后再说。"

陆艺章看了看支票，满意地笑了一下。这笔买卖做得轻松。陆艺章走了，Devil 依然在原地喝着咖啡，面前放着那个神秘的手机。

Devil 看了看手表，然后拨通电话，说："灰白色的邮件。"

深夜。

海湾码头不远处的一个公园里。没有人，只有风吹着树叶沙沙的声响。

Devil 一直坐在自己的跑车里，面前放着他的手机，他焦灼地看着手机，手指不断地在方向盘上点着。

电话来了。

"人找到了。"

"在哪儿?"

"正在往码头去。"

"给我盯紧他们，别让人再给我跑了。如果有意外发生，我饶不了你们。"

"是。"

Dcvil 看着手机，看着后视镜里远处若隐若现的码头。眼神里还是透着紧张。他干脆闭着眼，仔细地听着外面的动静。

树叶声，风声，海水涨潮声。

不知道过了多久，清楚地听到传来一连串的枪响声。

Devil 的嘴角翘了起来。

他在笑。

"完成了。"

电话那边只说了这三个字，Devil 就挂断了电话。

他下了车，站在公园的高处，就那么看着远处灯火通明的城市，还有浓黑得像墨一样的海水。他徒步往枪声传来的地方走过去。

靠近码头的空地上，歪歪斜斜地躺着几个人。

Devil 走近，用脚踢开几个趴着的人，借着远处的探照灯看去。

地上死了的人，是胜力那一群忠心跟着自己的人。不远处，还有几个死了的人。Devil 知道，那是泰哥手底下的人。

Devil 站在胜力的尸首面前蹲下来，看着胜力痛苦的脸，他轻描淡写地说："兄弟，对不住了。好生安息。"

胜力身下的地面上有个长长的车痕，连着通向了海里的方向。

Devil 并不担心这个车痕，等不了一会儿，这里都会被海水吞没，地上的痕迹都会消失得一干二净。Devil 看了看天空，月亮隐藏在暗暗的云彩中。但是能够看得出月亮是最圆的时候。Devil 对着不远处的城市笑了。依然是嘴角上翘。

泰哥被抓了。海湾码头发生了一起火拼案件，有线人称是泰哥所为。Devil 在家里看着那个大电视在直播泰哥受审的画面，嘴角依然是上扬的。

法庭宣判，泰哥无罪释放。

Devil 在电视里看到了陆艺章开心的笑容，他的嘴角那股笑意更深了。

法庭门口，长长的大奔车队来迎接无罪释放的泰哥，所有的摄像头都对准了泰哥坐上头一辆大奔车的状况，Devil 也看到了泰哥对着陆艺章耳语的样子。

不多会儿，电视上的画面全部被那辆泰哥乘坐的大奔车爆炸的画面所替代。Devil 拿出遥控器，并不在意这些，将画面拉到镜头深处的法庭门口。做证的刑警队长李可走了出来，拿出手机发信息。

Devil 的手机响了。

短信，来信人是：耗子 3 号。

短信内容是。

我们是不是该见见了。

Devil 拿起手机回了一条短信。

莲板轧钢厂。

Devil 关掉电视，用遥控器打开了一个密道。

密道就在这面电视墙的后面。里面竟然是另外一番景象。数百个监控显示器在亮着，坐在显示器前面的，除了被 Devil 断掉了一根手指头的菲力，角落里还有七个年轻男人，已经被捆绑得不能动弹。

　　菲力熟练地操作着电脑程序，他脑中闪过了之前看过的一个新闻报道："7 名信息技术大学生失踪，至今仍无下落"。

　　看到 Devil 走进来，他们也没有任何的反应。

　　Devil 问菲力："机器都完成了？"

　　"全部完成了。他们怎么处理？"

　　Devil 没说话，菲力知道接下来该怎么做了。

　　Devil 看着显示器。

　　"耗子 1 号的下落呢？"

　　"还没有找到。"

　　"继续找。"

　　"好。"

　　一个监视屏亮着红灯，菲力和 Devil 看过去，电脑正在进行人脸识别认证，经过短短的计算，已经确定了人。显示结果为：耗子 1 号，马克。

　　"菲力哥，看。"

　　菲力和 Devil 看过去，面前几百个监控显示器都切换到同一个摄像头。这个摄像头的那一边，站着一个人，沧桑的脸上留着胡子，微笑地看着摄像头。

　　"耗子 1 号。"

　　Devil "微笑"着："找到他的手机。"

　　机器迅速地开始扫描马克的全身，最后定位在他手里的电话上，机器拨通了电话。

　　Devil 开口说话了，但是显然是被机器过滤掉的声音。

　　"马克！"

　　那个叫马克的人对着摄像头微笑，和 Devil 说话。

　　"你好。"

　　"你终于出现了。"

　　"对。"

　　"我的钱呢？"

　　"我们是不是应该见个面了。好久都不见了。"

　　"你见过我？"

　　"三年前见过。"

"你是谁! ？"

"见面了，我就告诉你。"

Devil 示意可以挂断了，Devil 看到的是显示器上马克依然很自信的微笑。这个黑洞洞的屋子里，除了这些监控显示器不断地跳动，没有人说话。

Devil 想了一下，拿着手机发了一条短信过去。

莲板轧钢厂。

摄像头里显示马克接到了短信。

Devil 背过身去，别人看不到他的表情，当然，他的表情只有一个：笑，僵硬的笑。

三年前

1. 马克

学知小学。

这是一个满是绿荫的学校，身处这个城市的最中心，也是全城最好的小学。这里的好，不是因为环境好，硬件好，而是这里有着全城最好的教师。

陈洁希就是其中之一。这个年轻的妈妈几乎成了整个学校的形象代言人，不仅仅因为她的课是最好的，还因为她时尚靓丽的形象。刚来学校五年多，就从一个基层的数学老师成了教学明星，在校长的眼里，她是一面旗帜；在家长眼里，她是一个好老师；在同事眼里，她是用来羡慕嫉妒恨的对象。

拿着全学校最高的工资，享受着最好的待遇，可是陈洁希竟然辞职了。

一切来得那么突然。这让校长感到诧异。

"是对工资不满意？"

"是同事排挤你？"

"工作不顺心？"

"有别的学校愿意出更高的价钱？"

……

校长一连问了一串的问题，似乎把任何他能想到的陈洁希离开的理由都想到了，可是得到的答复，陈洁希都是摇头。陈洁希似乎不愿意说出什么理由，她的表情很凝重，似乎做出这个决定也不轻松。对于陈洁希这样一个普通的师范大学毕业生来说，能够在学知小学做到这个位置，无疑是令人羡慕的。城市在进步，科技在创新，经济的发展让每一个人的工作都充满了未知，很多人为了追求利益而走错了路，无法回头，甚至家破人亡。

可是对于一个单亲妈妈陈洁希来说，老师的职业应该是她最好的选择。可是她莫名其妙地辞职了，而且没有给出任何的理由。她虽然辞去了在学知小学的全部工作，可是她的儿子，七岁的比利依然在学知小学读书，陈洁希依然和这个学校保持着千丝万缕的关系。

陈洁希办理完了所有的手续之后，重新走到了比利的班级外，看着老师在教孩子如何使用虚拟3D画笔作画。比利很有画画的天赋，他正在画着一个女人的模样，陈洁希看到了轮廓，那是她自己。长发，带着自来卷，大大的眼睛，还有比利最喜欢的那条红色的裙子。

比利看到了陈洁希站在窗户外，高兴地用手中的电子画笔轻轻一点，那幅3D的画转向了陈洁希的视角，比利向她展示自己的画作。

陈洁希笑了笑，很勉强。

比利虽然只有七岁，可是自小跟陈洁希长大，他一直都没有见过爸爸。他可以从陈洁希的表情中看得出妈妈的心情是好是坏。陈洁希的笑很勉强，比利知道，和昨晚上那个神秘的男人有关。

昨天晚上，比利正趴在窗台上看一只萤火虫，城市里这种能够发亮的小虫子已经不多见了，比利很好奇。他就是那样瞭到自己家楼下一个穿一身漆黑衣服的男人。

那个男人的脸隐藏在帽子底下，他看不见什么模样，他看到这个男人在自己家楼下对面的路上抽着闷烟，很久都没有动静。大约过了十分钟，这个男人才掐灭烟头，走到了自己家的楼下，敲了敲门。

妈妈开了门，看到那个男人的第一眼就是猛地把门关上了，她似乎很害怕见这个男人。

男人就那样在外面等着。

比利大概等得快睡着了的时候，依稀地看到了陈洁希重新打开了门，扑进了那个男人的怀抱，但是拳头使劲地打在他的身上。比利实在熬不住了，困意袭来，睡着了，后面的事情他就记不住了。

第二天，陈洁希就看着比利很久才说。

"比利，妈妈要辞职了？"

比利正吃着早饭，他静静地看着陈洁希："你不当老师了吗？"

"不做了。"

"那我怎么办？"

"你继续上学啊。"

"那我们要怎么生活？"

"妈妈会有别的事情做的。"

比利格外的冷静，他比其他孩子更早熟一点："那就好。"

比利没有任何的反对意见，陈洁希满怀心事地看着比利吃完了早餐，她简单地收拾了一下，送比利上学。然后就走进了校长的办公室，提出了辞职。

陈洁希看完了比利，就走出校门，四处张望着。她看到对面路边的树丛里，那个男人在看着她，她没有走过去，而是顺着马路直接走，那个男人和她保持着平行的距离一直跟着她。不远处，一栋大楼正在兴建，高高的塔吊已经竖了起来，看来这里又要盖一栋摩天大楼了。在这之前，这个附近已经有两栋高入云天的大楼，分别是和平银行和ＥＸＲ保险公司的办公楼。两栋大楼鹤立鸡群地成为这个城市的制高点，每一个经过的人都会仰着头夸赞一番。

陈洁希知道他的存在，但是一直没有对他跟着自己的行为有什么反应，低着头一路走到了地铁站，买了一份报纸，走进了地铁站里。

那个男人没有跟着过来，而是站在报刊亭边买报纸。

陈洁希在地铁上打开报纸，里面有一张纸条。

上面写着：等我电话——马克。

陈洁希看着这几个字，有些激动了，她感到胸口有些发闷，也感觉到眼眶有些湿湿的感觉。地铁的外面是漆黑的隧道，地铁的玻璃窗上趁着这个机会播放着各种各样的广告。陈洁希对这些广告没有任何关注，她眼前只是闪过一个画面。

阳光灿烂，满屋子都是阳光，可是屋子里却充斥着血腥的味道。一滴一滴的血在地面上溅开，像是令人恐惧的血玫瑰一样。

陈洁希闭着眼，不敢看去。

马克在七年后第一次见到朴丹思的状况有些尴尬。

马克在路边摆地摊，专门修理那些高科技的手机。不管是多高级的手机，不管什么毛病，到了他那儿，总是三下五除二就能修好。收费便宜，因此招揽了不少的回头客。

马克的旁边是一个菜摊，卖菜的同样是一个敦实的男人，卖着自己种的新鲜蔬菜，和马克不同，他很少说话。他的摊子面前的客人总是那些期望买到最新鲜蔬菜的大叔大妈。这两个男人一左一右的在路边摆着摊子，混着日子。

朴丹思的手机坏掉了。她中午接到了一个莫名其妙的电话之后就坏掉了。

她用的是最新的一款手机，看上去只是一个透明的玻璃板，没有按键，电话实际上是通过最高级的生物电子程序控制的，也就是说，一旦生物特征配对成功，除了朴丹思，谁都无法使用这个手机。可是就是坏掉了，拿回原产工厂检测说无法修复，能做的就是换一台。手机里的资料很重要，换掉手机，这对于位居ＥＸＲ保险公司董事长位置的朴丹思来说，无疑是巨大的损失。恰巧公司的前台知道路边有那么一个什么手机都能修的人，朴丹思死马当活马医了，来到了这个摊子前。

马克那时候正在吃着一个烧饼，他吃得太快，结果被噎住了，在原地不断地咳着，甚至没注意到自己的摊子前出现了一个衣着奢侈外表靓丽的朴丹思。

朴丹思看到的是一个胡子拉碴，头发凌乱，不知道多少天没洗澡整理自己的邋遢男人，她心里产生了一种抵触感。但是看到排的长长得等着修手机的队伍，她又觉得最好还是继续等下去。马克一边咳着一边给别人修手机，他的身边放着一台同样脏兮兮的电脑，连着各种插头电缆。果真如那个职员说的，不管什么样的手机，在他的手里都是三下两下就解决掉了。

但是马克嘴里不断咳出的烧饼碎屑让朴丹思有些反胃。

朴丹思把手机递过去的时候，马克有些惊住了。这个手机确实和其他的不一样，用这种最前卫手机的人，肯定不是一般的人物。

马克抬起头的时候，看到了朴丹思。虽然多年未见，但是当初那个稚气未脱的女孩子此刻已经被时尚的衣装包裹，可是眉宇间的那种英气还在，他一下就认出了眼前的这个人是谁。朴丹思自然也认出了眼前这个邋遢汉子，嘴角还挂着烧饼末子的男人是自己记忆中的那个曾经的阳光大男生，只是反差太大，自己压根不敢相信。

朴丹思只是有些惊讶地问："马克？"

马克也有些惊讶："朴丹思。"

朴丹思真的觉得不可思议，七年了，竟然是在路边摊见到了老朋友。

"你怎么混成这样了？"

马克嘿嘿地笑着："还行，混口饭吃。"

朴丹思突然不知道说什么了，这种相见对她来说打击有一些大。马克也觉得现场突然冷了，他看着自己手上的手机。

"什么毛病？"

马克转移话题。

"接了一个电话之后，经常地出现乱码。"

马克捣鼓了几下说。

"这个程序会有些复杂，我得回家慢慢给你调整。能等吗？"

朴丹思轻轻呼出一口气："我觉得我有必要去你家参观一下。"

马克脸上露出了尴尬的笑容。

朴丹思又着手看着他："你能拒绝吗？"

"不能。"

"那就好。今天提前收摊吧。"

朴丹思言语平平，但是像是在下命令。

"对不住各位啊，今天有事，明天再来啊，明天免费修。"

马克毫不犹豫地对着后面排队的人说，这些人看着盛气凌人的朴丹思，都知道这个气质非凡的女人从中作梗，指指点点地散了。马克收了摊子，对着隔壁坐着一言不发的卖菜的汉子说：

"哥们儿，今儿我先早走一会儿。记着送菜啊。"

那人点点头。

马克是坐着朴丹思的车来到自己家的。有些出乎朴丹思的预料，这个地方似乎比她想的还要艰难。不到10平方米的房子里，放满了各种修理设备、零件和工具，三台组合式的电脑几乎就占据了一半的位置。

朴丹思看到电脑屏幕上像是监控摄像头的画面，还没等她细看，马克突然碰到了电源，电脑突然就断电关闭了。一地的电源线，马克不好意思地收拾出一块能够落脚的地方，让朴丹思走进屋。朴丹思几乎是不敢看这个屋子里的细节，她怕再次受到打击。

"你就这么过的？"

马克点点头。

"还行吧？凑合着过。"

朴丹思有些不忍心，但是还带着一些愤怒。

她指着马克。

"马克，你让我怎么说你好？"

马克看着朴丹思笑。

"你笑什么？"朴丹思皱着眉头，有些生气。

"你这些年变得很多啊，以前你可不敢这么指着我的。"

朴丹思还想指，想了想放下了。

"你何必呢？你当初那么做何必呢？"

"嗨，能有什么啊。"

"什么叫能有什么啊？你知道吗？你当初要是听了我的话，你现在就不是这样的了。"

"有钱了不也是一样的活？"

"我就算是有了钱，我不还是一样的活着吗，吃饭，睡觉，吃饭，睡觉。"

"那你为什么不想过好一点的生活呢？"

"人各有志吧。"

"你是不愿意告诉我为什么。七年前，你就不告诉我。"

"事情都过去了。没那么多为什么。"

"马克，我只是觉得你可以不用这样的。"

朴丹思伸出手摸着马克消瘦的脸。

"你有能力拼出自己的生活，不要为了别人葬送了自己。"

马克咬着嘴唇，有些不想接下去。

"马克。你为了自己活一次，能死吗？"

马克的眼神里突然闪着光，他盯着朴丹思看，很坚定地看。

"能。我的命不是我的，你知道的。"

朴丹思突然想哭，但是她忍住了，深吸一口气，眼眶里差一点出现的泪水又倒了回去，朴丹思不说什么了。马克转过头，坐在电脑面前。

"等我一会儿，我给你把手机修好。"

马克打开电脑，连上朴丹思的手机。朴丹思只看到马克熟练地在电脑上敲击出各种代码和数据，她看不懂。

"这个手机是生物智能的，不需要我做什么吗？"

"不用。这种概念款的手机本身就是有缺陷的。等个两三年，也许我这样的路边汉就搞不定了。"

马克很专注地在电脑上写入数据。朴丹思看到自己的手机上，那个透明的玻璃电路板上也开始闪着各种数据。不到十分钟，马克把手机重新递给了朴丹思。

"我重新修复了你手机程序里的 bug，现在你的手机是独一无二的，保证不会再有问题。"

朴丹思惊奇地看了看手机，果然比以前用着更舒服。

"马克，你很懂这个？"

"爱好，自己学学而已。"

"你有这么好的技术，怎么不去找份好的工作？"

"给别人打工，受限制，做个闲云野鹤多好。也不愁吃穿。"

"那要是给我打工呢？"

朴丹思看着马克。马克也看着朴丹思。朴丹思的眼神告诉马克，她是认真的。

"怎么打工？"

"我现在是ＥＸＲ公司的董事长，虽然我没有人事任免权，但是我可以特批你来我公司做技术顾问，专门负责整个公司数据库和数据系统的安全维护。酬劳你可以随便提。"

"那我不是吃软饭。"

"那你想怎么样？"

"有没有靠自己本事赚钱的职位？"

"那就是业务员。基本工资不多，靠业务说话，你能力强，你就赚得多。"

"这个看起来很有挑战性。"

"怎么样？"

马克看着朴丹思，确实是认真的。

"我在想去的理由。"

"让我还你一次人情。"

马克继续看着朴丹思，他知道朴丹思嘴里的人情是什么。

"那么多年过去了，还谈什么人情。"

"马克，"朴丹思用很认真的口吻跟马克说，"我是很严肃的。你知道我的性格，我欠你的我一定要还。"

"好。你帮我介绍工作就能还得了？"

马克开玩笑地说。

"我知道还不了，可是你起码让我知道你活得还很好。等你真的需要我还了，我就算倾家荡产，也会帮你。"

朴丹思的眼神甚至是乞求，马克真的不知道怎么说了。

"马克，算是我求你，你让我看着你活得好一点，我的心里也会好受一点。"

马克低着头想，很久，他才点了点头。

朴丹思笑了，她上下打量着马克。

"不过，你来上班之前，麻烦换一身干净一点的衣服。"

马克点点头。

朴丹思走了之后，马克注视着远处耸入云端的两栋摩天大楼，直到夜幕来临，楼身上不断地播放着广告片，马克眯着眼，像是在思考着什么。

马克打开了电脑，打开了一个隐藏得很深的软件，软件运行之后，扫描出了一堆的号码簿，马克敲击键盘在搜索着。这显然是刚刚从朴丹思手机上复制下来的。

软件搜索停止了，马克看着电脑上停下来的几个号码，脸上出现了诡异的笑容。朴丹思怎么也不会想到，她接到的那通莫名其妙的电话，来自马克面前的这台破旧的电脑。她接通电话的那一刻，木马病毒已经毁掉了她的手机。

马克来到ＥＸＲ大楼底下，仰头看着这个耸入云端的大楼，有一种莫名的冲动。想着这栋大楼的所有者，竟然是自己多年的老友的，他更加感觉到这种冲动的强烈感。马克刮掉了胡子，换上了合身的西装，整个人看上去和昨天之前路边摆摊的他完全不同。

朴丹思很满意马克现在的造型，整个人看上去除了帅气，还是帅气。虽然她是一个不折不扣的女汉子，可是她依然觉得在女人眼中，充满魅力的男人也是可以秀色可餐的。

朴丹思站在巨大的办公大厅里向所有人介绍马克。

"各位，大家好。我身边这位，马克先生，从今天起将在公司担任一级业务员的职位，希望各位能够给他帮助。一起将公司的业绩做到最好。"

所有人都鼓掌了，这些掌声包含着各种各样的含义。

在 EXR 公司，从基层做到一级业务员，至少需要 5 年的时间，而马克空降直接成为一级业务员让那些还在艰难摸爬滚打的人心里恨得牙痒痒。看着马克的样子，还有和朴丹思说话举止中透漏出的不折不扣的亲密劲，马克已经被很多人冠上了"吃软饭"的帽子。

这其中有两个人的掌声又完全不同。

一个是同一天刚刚升为一级业务员的许铭。他看到朴丹思竟然当着全公司的面介绍一个什么都没有的马克，而自己这么辛苦爬上来，却没有受到任何的待见，他心里除了嫉妒，还有愤怒，连看马克的眼神里都酸酸的，但是他也什么都不好说，只能跟着大家一起机械地鼓着掌。还有一个人是在最角落里默默观察着马克的宓蜜。宓蜜很高挑，打扮得也很时尚性感，是这个公司一群年轻的、年老的男人用来意淫的对象。

宓蜜一言不发地从侧面看着马克。马克很有风度地向大家表示感谢，每一个动作宓蜜都看在眼里。对于她来说，这样的男人，太有魅力了。

马克注意到了角落里有个女人在看着自己，他向她投去微笑的表情，算是打了招呼。宓蜜也还给他一个笑容。

朴丹思偷偷地趴在马克耳边介绍说：

"这是宓蜜，公司最优秀的业务员。你没事可以向她请教。她现在可是公司的摇钱树。"

"为什么？"

"听过泰哥公司吗？"

"不就是那个盖大楼的公司？"

马克知道那个正在兴建的大楼的所有者是一个叫泰哥的人建起来的，坊间传闻泰哥就是这个城市最有权势的黑道人物。

朴丹思点点头，小声说："宓蜜的手里，就握着这个金主。"

"哦。"

马克又向宓蜜投了一个笑容，宓蜜微微点点头，很知性，也很撩人心弦。

欢迎会很快就结束了，马克还不知道业务员应该做什么工作，他只是注意到了许铭对自己酸酸的眼神。第一天，他很无聊地坐在办公桌前。宓蜜拿着一杯咖啡过来了，下午茶是搭讪的好时候。

"你好，我叫宓蜜。"

"马克。"

马克接过杯子，两个人就算是搭上了，两个人像是各怀鬼胎又臭味相投一样，丝毫没有任何的尴尬。

"看起来，你和董事长关系不错啊。"

"算是发小。"

"怪不得她可以让你直接到公司做一级业务员。"

"嗨，我对这个什么都不懂。"

"没关系，很简单，我可以教你。"

马克举起咖啡："那先谢谢宓蜜小姐了。"

"叫我宓蜜。"

宓蜜也举起咖啡，轻轻地碰了他的杯子一下，轻得很，像是调情。马克的电话响了，看了一下，对宓蜜说："不好意思，电话，我接一下。"

宓蜜微笑示意他随意，马克离开了座位，走到办公大厅的角落里。宓蜜的眼神一直注视着他，她觉得，这个男人就是自己要的那种感觉。

马克接通了电话。

"喂，杰夫。"

"什么！"

马克的脸色大变，他惊住了，然后挂掉了电话就往朴丹思办公室跑。

宓蜜透过朴丹思的办公室玻璃墙看到了马克很着急地和朴丹思说着什么，然后朴丹思也很惊讶的表情，再然后就是马克疯一样地跑出了办公室，冲进了电梯间。

马克用最快的速度开着朴丹思的车一路向东出了城。

过了城乡边缘的山丘空白地带，过了一座并不高的山，马克就看到了自己最不想看到的状况。莲板，自己出生成长的地方燃起了熊熊的大火。

马克把车停在路边，站在山坡上看过去，热浪袭来，烧灼着他的皮肤。但是他顾不上这些了，眼睛瞪得大大的，看着那片小城在火海中沉浮。巨大的火焰直上云霄，似乎把天都要烧红了。

马克惊呆了。

大火边缘，到处都是黑压压的人群，他们拿着水盆、扫帚，想去扑灭一点点的火，可是火势太大，他们的努力根本起不到任何的作用。这片地方，就这么眼睁睁地化为了灰烬。

马克在山坡上一直待到晚上，火势已经烧了一整天，火势减弱了很多。到处都是人们哭喊的声音，消防车、警车的声音穿插其中，一片混乱不堪。马克的手机一整天都没有信号。他在山坡上不断地跑寻找有信号的地方，在高处，他才打通了电话。

"我妈呢？我妈妈呢？"

"阿姨暂时没事，在我这里。马克，家没了！"

电话那边的男人突然就号啕大哭起来。

马克的耳边放着电话，看着山底下已经消失了的城市，眼泪止不住地流，但是他没有哭出声音。

"家没了！莲板没了……"

"家没了……"

马克也喃喃地说着，然后就瘫坐在了地上。大火烧了整整一天才被彻底地扑灭，这座三面环山一面环海的小城彻底地消失了。马克走在到处都是黑炭颜色一般的废墟里，一路向海边沙滩走去，脚下已经分不清哪里是路，哪里是房子，马克凭着记忆沿着"路"一路走向海滩。沙滩已经没有了，被风吹来的烟灰彻底地覆盖。沙滩边那个杂货铺已经被烧得只剩下灰烬，来来往往的消防车在原来的沙滩上来回走着，毁掉了这一切。

马克坐在沙滩上，沙子还很热，有些烫，可是他顾不上这些了。马克不知道脑海里应该想什么，他的大脑一片空白。生养自己的地方突然就这么没了，谁也无法接受。

等到马克恢复了正常意识的时候，他却在人群中瞭见了一个人。这个人很眼熟，此刻这个人正抱着一个昏迷的女人坐在一辆警车的后面，也在看着眼前这些来来往往救灾的人群。

这个人接了一个电话，挂掉电话的时候，整张脸都变得黑了，看来，那个电话也不是什么好的事情。马克认识这个人，这个人让自己想起了过去。那天，阳光灿烂，屋子里都是阳光。可是有血。

马克想走过去，可是冲出来的一支消防队堵住了自己的去路。等他再看过去的时候，人已经不见了。还有那个他怀里的女人。

马克一连好几天都窝在自己的屋子里不出去，不吃不喝。他忘不了眼前那场大火。电视里在不断地播报对大火现场的拍摄，一个消防员无意中说的一句话让马克突然来了精神。

"这么大的一个地方，突然起了这么大的火，意外不大可能，很可能是有人纵火……"

还没等他说完，旁边消防队长就轰走了他。

"起什么哄，瞎说什么啊。"

马克没往下看，他想起了那个警车里的男人。越往下想，越不对。马克猛地站起身，突然眼前一片黑，晕了过去。

马克醒来的时候，是宓蜜在身边，他躺在医院里，马克挣扎着问自己怎么了。

"营养不良。你几天不吃不喝，再这样早晚得死了。"

宓蜜端过来准备好的甜粥："还没凉，喝了吧。"

马克有些不好意思。

宓蜜拿着勺子要喂他："别不好意思了。大老爷们儿的。"

马克笑了笑，还是努力坐起身接过碗一口气喝完了，宓蜜看马克的样子还没够，笑了。

"不能多吃。慢慢来。"

宓蜜让马克重新躺下。

"我看到新闻了，公司资料上写着你家是莲板的，我就知道你会出事，去你家找你，就发现你昏倒了。"

"谢谢啊。"

"谢什么啊。"

"就是谢谢。"

宓蜜看着马克，很温柔。

"我想说的是，家没有了还可以再建，人没有了，可就什么都没了。"

马克轻轻点着头。

宓蜜给他削好了一个苹果放在枕头边："下午就可以出院。"

"谢谢你啊。"

"还谢。"

马克看着宓蜜体贴的样子，自己心里确实感到很温馨。

"我还有事，下午我过来接你。"

"什么事？"

"那场大火，烧掉了那么多东西，有人要来理赔。我的一个最重要的客户理赔额比较大，我得回去处理一下。"

"嗯。"

"好好养着，下午我来接你。"

马克点点头。

宓蜜走了。宓蜜刚走，马克的笑容就没了，他皱着眉头思考。

最重要的客户？按照朴丹思的说法，宓蜜手里最重要的客户就是泰哥的公司，莲板大火和这个公司有什么关系？

马克没等到下午就早早自己出了院。他先是回到了家，换了一件干净整洁的衣服，吃了点东西，对着镜子整理了一下自己的精神面貌，直到感觉自己和大火之前没什么不同的时候，他才出门。

到了公司，很多人都在看着他，马克知道，他们估计已经知道自己家大火的事情了。马克没有理睬他们，而是精神十足地坐在了座位上打开电脑开始办公。

旁边的一对女职员坐在一起开始聊天，聊各种八卦新闻，哪个总监和哪个秘书瞎搞。

马克觉得吵，拿出耳机插上电脑。两个女人看到马克在听音乐，知道自己的言谈有些不合时宜，索性散了去。马克打开电脑，他没有打开文档，而是启动了一个页面，开始输入代码和数字，健指如飞，噼里啪啦的声音让后边的许铭感到厌烦，他在背后对着马克的背影比了几个不满的表情，但是朴丹思和一群公司上层开始进入朴丹思的办公室，他又埋头工作了。

马克眼角瞟到了朴丹思、宓蜜和一群公司上层坐在办公室里，玻璃的墙壁突然变成了光膜的墙壁，挡住了他们的所有视线。

马克继续很专心地在电脑上输入着各种代码和数据，他似乎在查找什么。不知道时间过了多久，马克电脑上弹出了一个文件夹。

马克打开。

是一堆文档。文档名上写着"泰哥公司"。

马克打开其中一个文档，最先映入眼帘的是一个人的照片。胖乎乎的脸，带着慈祥的笑容，就像是邻家的大叔一样，这个人的身份一栏写着：泰哥公司董事长。

马克又打开一个文档，里面的这个人很瘦，照片上的脸冷冷的，像是别人欠了他几百万一样。和胖脸大叔不同，这个人的眼神里投射出让人不寒而栗的光。

朴丹思的办公室门打开了，朴丹思送一群人出来。

马克连忙关掉了正在浏览的照片，马克的座位正对着朴丹思的办公室。让朴丹思看到自己在偷看公司的机密文件，自己肯定吃不了兜着走。

马克转过头，他看到了两张熟悉的面孔，正是刚才他打开的文件夹里的两个人。现实中的人，和照片上很像。胖乎乎的男人很慈祥，另外一个人，精瘦，但是很冷。

朴丹思和这个胖男人握了握手，又和冷冷的男人握了手，亲自送他们去电梯间。

马克和这几个人的眼神都对视了一眼，彼此没有什么眼神交流。倒是马克看到了人群中最后出来的宓蜜，一脸憔悴。

宓蜜看到马克自己出院了，倒是很惊奇。走了过来。

"怎么自己出来了，不是说好去接你的吗？"

"没事，我好多了，让你接多麻烦。"

"身体没事就好。以后多注意。"

宓蜜拍拍马克的肩膀，很轻柔，像是在调情。

"刚才是怎么了？"

"哦。我们的一个大客户。泰哥公司的。他们在莲板的一家杂货铺也被烧了，在我们公司投了保。正常理赔。"

"这么大一个公司，怎么还有个杂货铺。"

"他们以前就是在那里起家的。后来生意做大了，来了这边，但那个杂货铺还在，投了一个巨额保险。这下好了，赔了他们300万。"

"多少？"

马克不敢相信。

"300万。"宓蜜微笑着。

马克咧着嘴，不敢相信。

"今晚有时间吗？给你接个风。"

马克一时间没听清宓蜜的话："什么？"

"今晚有时间吗？"

宓蜜很认真地问。马克看着宓蜜的眼睛，想了一下说。

"今晚我请你吧。当作感谢。你等我电话。"

宓蜜撇了一下嘴，表示 OK。宓蜜走了之后，马克看着那个已经没有了人的电梯间发呆。

下班之后，马克并没有先约宓蜜，而是换了一身黑色的衣服，从小巷子里左拐右拐来到了一个住宅楼下。

一楼里有个女人在厨房收拾碗筷，红色的衣服，有些自然卷的头发。二楼上有个窗户开着，一个孩子在窗户边抓着萤火虫。马克站在住宅楼对面的街角，掏出烟，使劲地抽。好久没抽烟，第一口太猛，呛了两口。马克一根接着一根地抽，看着对面屋子里的那个女人。

想了很久，他掐灭烟头，走过马路，敲了敲门。

过了一会儿，门打开了。

红衣服的女人站在门口。那个女人看到自己的表情是惊讶的，然后害怕地砰的一声关上了门。马克就站在原地等，他知道这个女人早晚会开门。

门果然开了。红衣服女人站在原地，低着头，不说话。

"莲板没了。"

红衣服女人点点头。

"洁希。"

马克叫出女人名字的时候，陈洁希突然就扑了过来，失声哭泣，拿着拳头打着马克。

马克知道这个女人的艰难。

"洁希，对不起。"

陈洁希一直在哭，渐渐的不动了，她让开路，让马克走进屋。

马克坐在沙发上，洁希抱着肩看着他。

马克看着她憔悴的模样说："妈妈没事。"

陈洁希点点头，红肿着眼睛。

"这些年你过得还好吗?"

陈洁希点点头。

"我找到他们了。"

陈洁希看着马克，很愤怒的眼神。

"我找到他们了。"

马克确认了这个说法。

陈洁希轻吸了一口气，平静了一下心情说："他们在哪儿?"

"杰夫在地铁口看到了那个人。我在ＥＸＲ公司找到了他们的资料。"

陈洁希静静地看着马克："接下来怎么做?"

"从学校辞职。"

"什么? 辞职?"

陈洁希不敢相信。

"嗯。"

"那我和孩子怎么办?"

"我会帮你联系去和平银行上班。"

"和平银行?"

"朴丹思会帮我让你坐上客户经理的位置。"

"为什么去和平银行?"

"我有我的打算。"

陈洁希不说话了，她很为难。

马克伸手握住陈洁希的手："对不起。七年前是我对不起你，现在我还是对不起你。对不起比利。对不起杰夫。"

"别说了。"陈洁希挣脱开马克的手。

马克突然地抱住陈洁希，紧紧地。

"我必须要弥补回来。洁希，我不惜一切也要弥补回来。"

陈洁希很痛苦，她闭着眼，趴在马克的肩膀上哭了。马克轻轻拍拍陈洁希的背，轻吻她的耳后："我要让你和比利幸福。我要对得起我妈妈和你爸爸。"

陈洁希在他的怀里使劲地点着头。

从陈洁希家里出来，马克就换了一身衣服来，打电话和宓蜜约好了去一家酒吧。两个人在闪烁的霓虹灯下尽情放纵地扭着身躯，欢笑着，似乎之前的一些伤心事全都凭空消失了一样。他们俩一杯接一杯地喝着酒，闪烁的灯光照在他们脸上，写满了情欲。

从酒吧醉醺醺地回到了马克家的时候，宓蜜就迫不及待地开始撕扯马克的衣服，作为血气方刚的男人，马克配合着，两个人几乎拧成一根绳子一样，分都分不开。

疯狂的一夜，尽情地释放。等到宓蜜疲惫地睡去的时候，马克竟然从床上起来了，他很清醒。轻轻地试探了一下宓蜜的熟睡状态，确定她不会醒之后，他拿出宓蜜的包，掏出她的手机来，又拿出自己的手机。那是和朴丹思一样的前卫高科技手机，马克轻轻地点了几个键，手机显示"复制对方手机信息成功"。

然后马克把东西复原，躺回床上，看着身边的宓蜜，脸上露出诡异而又自信的微笑。

2. 李可

李可今天大喜。和未婚妻江素芬结束了这么多年的爱情长跑，他终于可以将这个漂亮的新娘迎娶回家。素芬是全警局的警花，这让其他的男人对李可真的带着嫉妒和羡慕。

所谓双喜临门，李可结婚的前不久，他接到了上级的调令，从莲板直接上调，成为了刑警大队的支队长。李可从警校毕业到现在七八年了，也算是修成了正果。

婚礼在市中心的豪华大酒店举办，从酒店位置、婚礼现场的规模看，对于李可来说可是大手笔。从外面的大路一直到酒店大堂内全部铺满了白色的玫瑰花瓣，4个花童。李可还为每一位宾客都在这家酒店预订了房间供休息。

李可并不是那种很有钱的人家，所有认识他的人都知道他没有父母，在孤儿院长大，考上了警校，从一个小地方的区域警察当上了刑警队长，走完这条路他用了七八年的时间，这是一个很励志的故事。可是李可这么大手笔的婚礼，确实让认识他的不认识他的人都感到惊讶。也许他有什么遗产，很多人这么想。大喜的日子，只顾着庆贺了，他们也顾不上去找出人家背后的秘密。

婚礼在中午十二点的时候准时开始，接新娘的车队用了 20 辆警车。这个城市里不管是谁家的女儿出嫁也没有这么风光过。一路上，警车鸣笛，前面所有的车辆都主动避开，他们也许认为是刑警出现场，殊不知，这只是一条长长的婚车队而已。动用这么多辆婚车是警察局长特批的。李可在莲板的努力，是让他觉得心里很爽快。自从警察局长上任以来，最头疼的事就是莲板的黑帮势力。不同帮派之间的关系错综复杂，他们公然地收保护费，打家劫舍，走私，开赌场，可是作为警察局长，却对他们没有任何的威慑力。这里的黑帮势力由来已久，根基牢固，势力大得警察都很难抗衡。李可在莲板这么多年，没破过什么大案子，也没有得过什么奖励，他竟然靠着自己的一双手让这里的黑帮活动都变得安静了。警察局长为此得到了上级的表彰，眼看着升职在望。他知道李可对自己的贡献有多大，于是他给李可做了两件事。

一、提拔李可为刑警队长；二、让他办一个风光的婚礼。

这两样，他都兑现了。

长长的警车很快开到了酒店的门口，李可身着笔挺的警服站在了酒店门口，两边熙熙攘攘的全是来看热闹的人。花童走到了警车边，踩着白色的玫瑰花瓣地毯，等候着这个美丽的新娘。

江素芬，确实很美。

步出了婚车的一刹那，李可差点不敢相信自己的眼睛。穿了婚纱的江素芬，宛若天仙，即使没有画上浓厚的妆，看起来仍然那么漂亮。

当然，旁观的人发出感叹的同时，也自然不会想到这个看起来柔弱美丽的新娘子，竟然也是警察局数一数二的刑侦高手。

江素芬对眼前的这一切感到诧异，她在婚车里的时候对这场婚礼充满期待，脑海中浮现出无数猜想，可是没有一个和眼前的这一切一样。这样的阵势，对于她来说，太过于隆重了。

李可过来挽过江素芬的手，两个人一起走向酒店的大厅。白色的花瓣从头上雨一样地落下，江素芬感觉这真的像是在做梦。

"太奢侈了你。"

江素芬暗中掐了一把李可。

"一辈子就这一次，没事。"

"你哪儿来的那么多钱啊？"

"这你不用管了，今天做好你的新娘吧。"

两个人低声说话，嘴唇却不动，脸上带着幸福的微笑，迎接着每一个看着自己，给自己送来祝福的人。李可带着江素芬来到了酒店大厅，更大的阵势让江素芬有些脚软，人来的太多了，这让她有了难以承受的感觉。

婚礼虽然浪漫，但总还是躲不开那些必需的环节，证婚人致辞、主婚人讲话、新人宣誓。

这一切都做完了的时候，也就是切婚礼蛋糕的时候。

外面的花童一起推进了一个巨大的婚礼蛋糕，蛋糕的盒子并没有拿掉，一切都充满神秘。李可以为是工作人员的失误，忘记打开了蛋糕盒子，但是今天高兴，他也没在意，自己伸手打开了蛋糕盒的盖子。

李可满怀期待。

可是眼前的蛋糕却让他的心咯噔了一下。有些疼，像是有人拿着刀子插上去了一样。

蛋糕很完整，只是这个蛋糕不是他的那个。

李可给江素芬订的蛋糕是一个三层的桃心蛋糕，自己亲自挑好的花样和款式，甚至还千叮咛万嘱咐让做蛋糕的人把上面的每一朵花都做得精致无比。眼前的蛋糕不仅让人没有食欲或是赏心悦目的感觉，甚至有些恶心。

这个蛋糕的形状，是一只手的形状。确切地说，是一只被砍掉了的手指的手的形状。草莓酱胡乱地撒在上面，像是手指上流出的血。

周围的人看到这个蛋糕，顿时一阵诧异。有的女性受不了了，甚至转过脸去，发出"干呕"声。

江素芬没有被吓到的感觉，她毕竟是一个刑警，见过比这个更恶心的画面。可是即使这样，她也不免被惊住了。今天是自己的婚礼，婚礼的蛋糕竟然是这样的东西。

李可的脸上没有表情，没有惊讶，也没有愤怒，只是眼神里透着让人捉摸不透的光。看着这个蛋糕，他心底似乎已经猜到了什么。

这个画面，和七年前他见过的一个画面那么的相似。

阳光灿烂的中午，满屋子都是阳光，桌子上就是这样的一只手，还有被切掉的手指，血一滴一滴地落在地上，像是溅起来一朵朵的血色的玫瑰花。

李可看了看面前的一群人，他们都在等着自己的反应。

推着蛋糕车的四个花童显然没有意识到这是什么状况，他们个子很矮，看不见这个蛋糕的模样，他们充满期待地看着李可切蛋糕，这样自己就能吃了。

李可深吸了一口气，脸上突然来了笑容，很放松的那种。他抄起蛋糕刀，兴奋地说。

"嘿，太有创意了。"

李可拿着蛋糕刀指着自己的朋友笑着问。

"是不是你们几个臭小子故意整我呢？太坏了你们！"

被指着的人莫名其妙，但是他们看得出来李可想化解这种尴尬，配合着假笑着。江素芬也看出了李可的目的，嚷嚷着："你们几个小子以后再来家里混吃混喝就没门了啊。"

那几个小子随口附和着，但是都是驴唇不对马嘴的话，让气氛更尴尬了。李可这回的脸确实开始灰了，握着蛋糕刀的手紧得有些发抖。江素芬伸出手握住李可快要控制不住的手，牵引着他一起切蛋糕。

婚礼司仪一看，连忙挑起现场热闹的气氛。

"让我们衷心地祝福这对新人，幸福美满，早生贵子！"

全场开始鼓掌，一下子就把这种紧张的情绪给冲淡了。李可和江素芬的脸上，终于有了一点好颜色。但是李可一直死死地咬着牙，脸上的咬肌高高地鼓着。

婚礼现场出现的这个插曲，让李可觉得，这事不那么简单。

宾客们都散去了，素芬的父母拉着素芬的手舍不得放开。

素芬的妈妈一把鼻涕一把泪地和素芬说着她从小的事情，一开始素芬的爸爸还觉得厌烦，可是说着说着自己也跟着哭了起来。他们俩就这一个宝贝女儿，这下好了，一下子就从自己的身边消失了。自己家离这里路途太远，下一次见女儿还不知道有多艰难。素芬看着门外送客人已经疲惫不堪的李可，李可看着伤心的岳父岳母，耸耸肩，告诉素芬，他也没办法。

好不容易劝好了爸妈，让他们回房间休息，素芬和李可回到了自己的婚房，才发现已经快凌晨了。素芬去卫生间洗澡，而李可就坐在床边抽着闷烟。他们俩还在为白天那个莫名其妙出现的血手指蛋糕耿耿于怀。

素芬看着李可抽烟，知道他心有疑虑。李可在自己的要求下，已经戒烟了，大烟鬼李可一开始不同意，可是素芬告诉他自己已经怀孕了的时候，李可惊讶了几分钟之后，一言不发地把自己的所有烟全部丢进了马桶。这对于李可来说，是最大的惊喜。

可是他又开始抽了，素芬没有拦着，自己径直走进了卫生间。关上卫生间门的那一刻，素芬的表情变得凝重起来。

她看到了那个蛋糕的样子，一只手，小拇指被彻底地从根剁掉。世界上不会有这么巧合的事情。就在自己婚礼的一周前，她收到了一个匿名的邮件包，里面有一张照片和一张纸。

照片上就是一只手，小拇指被从根切掉。和那个蛋糕的形状一模一样。

附带的那张纸上，只是写了一个时间。时间是七年前的一个下午。作为刑警，素芬知道这意味着什么，必然是又一桩过去的旧案另有隐情。

她已经请了婚假，本可以不闻不问，等婚礼结束之后再继续查找线索。可是她是一个刑警，职业的习惯让她没法放下心去结婚，于是她瞒着李可一直在暗中地寻找这个案子的线索。当她看到蛋糕的时候，她立即就被吓了一跳，之后就是担心。她本不想让李可知道自己在查这个案子，但是这个案子出现在自己的婚礼上，那么也就必然和自己有关。

素芬打开水龙头，站在水下，让水珠不断击打自己的全身，一整天的紧张在这个时候放松了下来。素芬一点一点地回忆自己七年前刚开始做警察时候的一点一滴，她确实没发现有任何的疑点能够和这个血手指牵扯上联系。丈夫李可显然被吓住了，她知道，李可绝对不会善罢甘休，一定会查出谁干的这件事，那么自己背着他查案子的事情就会被他发现，以他的脾气，自己少不了挨骂。当然，这也不是最重要的，重要的是，这样一来，案子就会转到李可的手里。素芬也很要强，在她看来，夫妻是夫妻，同事是同事，她断然不能让这个案子转到比自己大一级的李可身上。况且，寄邮件的人找上自己，必然也是有理由的。

李可想的自然和素芬不同，他并不是被这个血手指蛋糕吓住了，还没有什么事情可以吓得住他。他心里只剩下是忧虑，这个蛋糕既然和七年前的那个案子有关，这就说明，有人想旧事重提了。

素芬洗完了澡，擦着头发出来。李可掐灭了烟头，打开窗户，把烟气散出去。素芬坐在床边看着这个体贴的丈夫，幸福地笑着。李可转身看着床边漂亮的新娘，也是笑着看着她。两个人笑而不语。

素芬擦完了头发，看着李可笑着说："我是不是该换称呼了？"

"叫一个听听。"

"老公。"

李可听了，很满足地闭着眼享受了一下。

"舒服，再叫一声。"

"老公。"

"真好听，再叫一个。"

素芬把手里的浴巾扔了过去。

"你当我是小狗啊，你让我叫我就叫。"

李可走了过来，很温柔地坐在床边："那我是小狗行吧？"

"这还差不多。"

李可拥着素芬，素芬把头靠在李可的肩膀。这个男人对于她来说，太重要了。

"素芬，我们真的结婚了。"

"不好吗？"

"好啊。你没看我很开心吗？"

"没看出来。"

"好吧。今天那个蛋糕……没吓着你吧。"

"嗨。咱们都是警察，胆子有那么小吗。"

"我就怕你受到惊吓，心疼你，也心疼宝宝。"

"嗯。我知道。"

"这个事我一定会查清楚的，我一定要让这个家伙知道，敢伤害我老婆孩子的人都没有好下场。"

"算了吧。我这不是没事。"

"这个你不用管了。交给我好了。"

素芬抬起头看着李可，很认真地看着他。

"李可，我有件事要跟你说。"

李可看着素芬的眼神，以他刑警的直觉，这件事肯定很重要。

"就是……"

素芬突然觉得无法说出口。她确实很想告诉李可，自己收到了一封匿名的邮件。

"什么？"

李可开始警惕起来，他意识到有事情要发生。

素芬低着头，想了一下。这一想对于李可来说像是过了好久一样。

"到底是什么？"

素芬突然抬起头说："今天是我们结婚的日子。"

李可觉得太不可思议了，素芬这么神神秘秘说的，竟然是这个。

"我以为是什么呢，你这一惊一乍的。"

素芬低着头不好意思地笑了："你还以为什么呢？"

"我以为你有重要线索呢。"

"大喜的日子能不能不要提工作。"

"那你还这么吓我。结婚的日子怎么了？"

"你不觉得这个时候我们俩该做点什么？"

素芬有些羞涩地看着李可，她的意图很明显。李可明白了，这个时候正是洞房花烛夜的时候。李可有些尴尬，也有些为难。他看着素芬的肚子说。

"这个，现在不方便吧。"

"我问过医生了。医生说现在应该没事，小心点就好。"

素芬看着李可，有些不好意思。李可心底的那个小九九已经被素芬勾了起来，他看着素芬，眼神里充满了情欲。

"那我们就小心一点？"

素芬点点头。李可轻轻地吻上素芬的嘴唇，素芬轻柔地回应着，很快两个人就被欲望点燃，纠缠在一起。李可紧紧地搂着素芬，素芬也回应着。

李可有些着急地把素芬压倒在床上，素芬轻喘着小声说："轻一点。"

李可的手变轻了。

酒店外面，天色阴沉，隐隐地传来闷雷声。要下雨了。

天一直阴沉沉的，像是要下雨，但是老天偏偏故意的一样，一直憋着，只听见雷声，就是见不到雨点。李可和素芬本应该是去度蜜月的。可是看着天昏沉沉的，索性等天晴了再出去。他们在家里开始布置自己的新家。这是一栋位于市区最豪华地段的房子，这个地段的房子普通人是万万不敢想的，可是李可偏偏把家安在了这里。

素芬一开始是不同意的，他们本来在东城租住的房子也很好，地段虽然不如现在的好，但是安安静静的，周围应有的都有，离警察局也比较近，即使买下来也会比现在这套房子便宜好多倍。李可买下这栋房子根本就没有和素芬说，直到办完婚礼的第二天。

房子里的家具都是摆好了的，最让素芬感到惊讶的是，他们家的落地窗玻璃就是他们的电视机。

"这是最先进的，还没大规模投产呢。"李可向她无比骄傲地说。

"你哪儿来的那么多钱？"

素芬看着李可。按照李可的工资，他确实无法支付这么高昂的价钱做这些。

"你不会背着我藏着小金库吧？"素芬开玩笑地说。

"想哪里去了。房子和这些都是朋友价，花不了多少钱。"

李可打开了那个玻璃墙电视，原本通透的玻璃瞬间变成了电视画面，看不出这是一块玻璃。素芬也很好奇地坐在沙发上和李可一起看。

"神奇吧？"

"现在的科技，什么都能弄得出来。你没看警局新成立的信息刑侦科吗？一水的信息技术专业毕业的大学生，据说他们用高科技办起案来，比我们要快得多。"

李可不说话，仔细思考着什么。

"你不也是这个专业毕业的。找个时间去和他们会一会？"

"我就算了吧。这么多年过去了，早忘光了。"

屋子里的电话响了，李可进屋接电话。素芬吃着酸梅，幸灾乐祸地笑着。

"喂，你好，我是李可。"

素芬没在意李可和谁说话，但是她紧接着就看到了李可关上了自己屋子的门。她听不见里面在说什么了。素芬看着面前的这个高科技玩意，突然想到了什么。她拿起电话，走进了卫生间。

她是打电话给自己的搭档。

"小韩，咱们局里那个信息刑侦科你有熟人吗？"

"有啊，副科长是我老乡。怎么了。"

"你还记得一周前咱们接到的那个匿名的邮件包吗？是不是可以让他们帮忙查一下有什么线索。"

"这个容易。不过，你现在蜜月期，你不好好地和姐夫亲热，怎么又开始查案子来了。"

"别废话了。赶紧去做，有消息尽快告诉我。"

"OK。等信吧。"

素芬挂掉电话，突然就看到卫生间的门外有个黑影。虽然那黑影是李可，可是还是吓了素芬一大跳。

打开门，素芬看着李可。李可也看着自己，两个人的眼神像是贼一样的心虚。

"在卫生间里给谁打电话呢？"

李可问。

"小韩。你认识的啊。"

"那你干吗躲卫生间啊？"

素芬笑了："上厕所啊，还能干吗？"

"哦。"

李可的语气中带有一丝疑惑。素芬看着李可的表情。

"你在卫生间外面干吗？监视我啊？"

"上厕所啊，还能干吗。"

李可学着素芬的语气。

"哦"。

素芬学着李可的语气。

两个人突然就笑了，素芬让开卫生间，李可笑着走进去，关上门。门一关上，门里门外的两个人的笑容突然就停止了。都是刑警，这种微妙的尴尬让他们各自心里都有些顾虑。

外面的天很快就放晴了，虽然阴云密布，但总归没有下雨，突然来的海风吹散了这片阴云，露出了阳光。素芬站在落地窗前看着外面逐渐亮起来的世界，这座城市和七年前相比几乎完全变了模样。

七年前，自己第一次来警局报到的时候，这里还只是一个海港小城，只用了七年，这里已经高楼林立，空中正在修建着空中轻轨，蜿蜒穿梭在那些摩天大楼里。到处都是充满梦幻的味道，这座城市就像是被数码覆盖了一样，到处都是电子信息的痕迹和烙印。

李可在素芬的后面轻轻地抱着她，夫妻俩站在落地窗前，享受着刚刚射进窗子里的阳光。

"老婆。我爱你。"

"我也爱你。"

很温馨，很甜蜜。

新婚，李可还是要和素芬继续完成自己的蜜月计划。天气大好，只是风有一些大，幸亏不会干扰太多。出发之前，李可去了和平银行一趟，有些神秘地让素芬在楼底下等着他，自己直奔二楼的 VIP 客户中心。素芬远远地看到李可和一个胖乎乎的人走进了一个屋子，进屋之后紧接着就拉上了所有的门窗，一切都是神神秘秘的。

素芬的电话响了，是小韩打来的。

"姐，有了一点线索。"

"什么线索？"

"这个案子当初是姐夫一手查办的。"

"什么？"

"刑侦科查了上面的时间点，那个时间在莲板确实发生了这样一起手指被砍掉的事情，是姐夫出的警。"

"结果呢？"

"早就结案了。是个意外，当事人的口供说是自己不小心切东西切掉了手指。"

"切东西？谁切东西会切掉小拇指？"

"不知道。有当事人口供。没有其他的疑点。"

"当事人呢？"

"三年前就病逝了。"

"当事人做什么的？"

"在莲板的沙滩边开了一家杂货铺。很普通的人，查过了，没有案底。很奇怪，结案的东西怎么又有人提了出来。"

"疑点不是没解决吗？"

"嗯。是有点匪夷所思，但是从当事人录口供的资料看来，很正常。证人证言也都正常。"

"证人是谁？"

"一个姓吴的人，当年是莲板捡垃圾的，现在早没了踪影。"

"那估计有其他的线索，劳烦他们继续查查看。"

"好。但是姐夫那边要不要说一声？"

"别，这个事情保密，我来做就好。"

素芬看到李可下楼了，仓促地说了几句挂了电话。素芬还是微笑地看着李可，只是这个微笑下面写满了疑问。那个血手指蛋糕的背后和自己并没有太大的关系，那看来和自己的新婚丈夫有着千丝万缕的关联。

是谁寄邮件给自己，他的目的，素芬并不知道，但是她可以猜得出寄信人就是想让自己查出点什么来。素芬突然觉得眼前的李可陌生了很多。

李可搂着素芬出了银行，坐进了车里。

"来银行干吗啊？"

"办一点业务。"

"你老实说，你是不是真的有小金库。都办起业务来了。"

素芬开玩笑地说。李可没有否认，只是做了个鬼脸。

"就不告诉你，就不告诉你！"

"德行。"

素芬不理他。李可发动了车，一路往东南走。

东南边原本是礁石崖，和莲板那个地方隔着一个海湾遥相对望，这里的水位比较深，此刻正在兴修海港，作为进出口货轮的停靠地。作为配套设置的娱乐休闲码头已经修好了，李可在这里订了一艘快艇，他要带着素芬去大海里玩一圈。

一路上，李可看到素芬的面色不好，正要问她怎么了，素芬抢先一步说：

"我有点反胃。"

"怎么了？吃错东西了吗？"

"没有。正常的妊娠反应。"

李可放慢了开车的速度，打开窗户，透进一点风。

"好一点了吗？"

素芬把头靠在窗户边上，看着外面的街道，脸色好了一点，只是不愿意说话。李可看着素芬难受的样子，有些担心："要不，咱们回去吧？"

素芬伸手拍了拍李可开车的手："没事，过一会儿就好。"

素芬转过脸来对着李可笑。李可放心了很多。

"那你睡一会儿吧。到了我叫你。"

素芬点点头，靠在窗边闭上眼睛。当然，她是睡不着的，她只是不知道怎么面对眼前这个人。闭上眼睛，刚才小韩说的所有东西都浮现在眼前。照片、纸条、婚礼上的蛋糕，李可的表情，昂贵的房子，卫生间门口的对话，和平银行。

素芬努力想把这些东西串在一起，可是没有那根线，她紧皱着眉头思索着。李可的手机响了。他低头看了一下，眼神很快地瞟向一边闭眼睡觉的素芬。

他尝试性地轻声叫了一下素芬。素芬似乎已经睡着了，没有动静。

李可小心翼翼地接通了通话键。

"喂。"

李可尽可能地压低了声音，他怕身边的素芬发现。

"东西收到了吗?"

"嗯。"

"你知道该怎么做的。"

"嗯。"

"合作愉快。"

那边正要挂电话。

"慢着。"

"你还有事?"

"这是最后一次。以后我们两不相欠。"

"一言为定。"

电话挂断了。李可谨慎地看了看身边的素芬。素芬发出了轻轻的鼾声。李可放了心。

路两边已经没有了楼房和住户，到处都是树和草丛，没有了城市的喧嚣，空气也变得更加清新。李可深深地吸了一口气，重重地呼出，他打开了收音机，放着轻柔的歌。

发着鼾声的素芬，听到了刚才李可说的一切，看来血手指蛋糕出现在自己婚礼上对于他们夫妻两个人来说，都有着特殊的意义。

海风确实很舒爽，在大海中央，快艇停了下来，对着海风的吹拂慢慢地晃动着。李可拿了一杯果汁递给躺在快艇上晒太阳的素芬，然后坐在她的身边。

"有时候什么都不想，没有工作，也没有电话，更没有各种各样费脑筋的案子。就这么地躺在这里晒晒太阳，挺好的。"

素芬闭着眼享受着太阳："你喜欢这样的生活吗？"

"傻子才不喜欢。"

"李可，我们不如都辞职吧。"

李可吓了一跳，看着晒太阳的素芬："你疯了吧？干吗辞职？"

"你不是想过这种安静的日子吗？"

"那也不用辞职啊。"

"当警察有什么好？工资低，工作重，危险性还高。你出去替别人伸张正义，可是保不准别人在你背后做点见不得人的勾当。这样的工作，也没什么意思啊。"

"不工作，怎么养孩子。"

"你看莲板的那些人，不是也都活得好好的？日子虽然清苦，可是快快乐乐的。"

李可不说话了。

素芬睁开眼睛，看着李可。李可的眼睛看着一个方向，素芬知道，那个方向就是莲板，两个人第一次相遇的地方。

素芬拉着李可的手说："李可，有时候我确实很害怕。"

"怕什么？"

"怕失去你。"

素芬看着李可，很忧郁的样子。

"放心，这辈子我不会扔下你的。不管你变成什么样，老了，还是变丑了。我都是这个世界上最爱你的人。"

素芬笑了。这话她信。

李可轻轻吻了她的额头，很轻柔，但是正是这种轻柔让素芬的心却疼了起来。种种迹象表明，她身边的丈夫，身上藏着她最不愿意见到的事情。

"七年前，你在莲板，是不是查过一个杂货铺老板手指被人切掉的案子？"

素芬就这样在李可的怀里，冷冷地说出了这么一句话。她本不想说，可是不由自主地就说了出来，这个地方只有他们两个，素芬实在忍不住。

素芬感觉到李可并没有什么动静，如果真的和李可有关，那么李可肯定会感到惊讶。可是李可全身都是紧绷着的，她没感受到李可全身有一丝的心理波动而牵连出的肌肉颤抖。即使受过训练的人，做到这一点也不可能。

素芬猛地从李可怀里挣脱了出来，等着李可的答复。李可根本没有理会自己，他只是看着刚才的那个方向。素芬看过去，才知道李可在看着什么。

火。

大火。

火焰冲上云霄。

莲板着火了。这个沿海的小城区被大火包围，像是上天的惩罚一样，全被火焰包住，没有一个角落幸免。

即使离得很远，李可和素芬也能清楚地听到火焰燃烧的吱啦声，伴随着不断传来的小范围爆炸和房子倒塌的声音，隐隐约约还传来人们私下逃散的尖叫声。

风是从海上吹过去的，风助长了火的势头，火势越来越大。

李可连忙将快艇掉了头，往莲板的沙滩边飞驰而去，素芬也几乎忘掉了她刚才要问李可答案的那些事情。眼下，这场大火让一切的疑问都抛在一边。

莲板是李可待了7年的地方。他从警校刚一毕业就来到这里当起了区域警察，这里的每一条街道他都熟悉，几乎每一个住户家里都有他的脚印。从远处看，这场大火吞噬掉了全部的莲板，李可确实被震惊了。

快艇很快就到了海滩。

原本白色的沙滩上被各种烟尘铺满，看不见原来干净的颜色，到处都是脚印，到处都是衣衫褴褛的人，他们是从大火中逃出来的人。这个时候只能站在海边的安全地带，眼睁睁地看着自己的家全部被烧毁，自己却无能为力。

素芬上了沙滩就看到大火里往外跑的人，有一个孩子跑着跑着就跌倒了，在地上哭，背后就是大火，也很危险。素芬脱了鞋，捞起快艇上的衣服在海水里弄湿，披在身上就要往大火里冲，李可死命地拽住。

"你干吗！"

"救人！"

素芬不管李可，还要往前冲，李可一使劲，把她拽了回去，自己夺下她手里的衣服已经冲进了火里。火势太大，刚靠近，热浪袭来已经让李可难以忍受了。孩子就在眼前，李可咬着牙，往地上一趴，匍匐着向孩子接近。

孩子显然吸入了过多的烟尘，咳嗽着，有些要昏倒的迹象。李可快速地爬过去，在孩子即将要倒下的那一刻，接住了孩子。

李可好不容易回到了岸边，却发现素芬不在原地，他把孩子交给旁边的人，四下找去，刚一转头就看到素芬在另一边的大火旁死命地拖着一个大着肚子的女人。这个女人显然太重，大火的灼热让素芬突然就没有了力气。李可"哎呀"一声，冲了过去。

先把素芬一把抓过来扛到海水边，素芬已经有些要晕眩的感觉。

素芬指着大火边的那个女人："救她……"

素芬晕了过去。李可感觉到素芬全身上下非常烫，在大火边烤了那么久，对于一个孕妇来说，显然是致命的。李可连忙把素芬平放下，让她调整呼吸。

背后一阵大火烧断木头的声音。

李可转过头一看，已经来不及了，大火吞噬了那个大肚子的女人。

李可愣在了原地。

大火整整烧了一天。到了下午，消防车才慢腾腾地从市区翻过一座山来到了这里。消防车到来的时候，大火已经烧得差不多了。

看着排成长龙一样的消防车，又看着拿着水枪寻找潜在火源的消防员。

李可的表情有些木讷。他怀里抱着还在昏迷的素芬，坐在一辆警车的后面，看着这片废墟。沙滩上的人越来越多了，大多数都是在等着警车接送灾民。李可瞟到了一个男人，男人和其他人不一样，坐在满是烟尘的沙滩上。他穿着西装，看样子不是莲板这里的人。这个男人低着头在哭，但是很快注意到了有人在看着他。

李可和那个男人四目相对的那一刻，有一种莫名其妙的感觉。这种感觉有一丝异样。

李可突然想到了在快艇上素芬问自己的问题。当时他只注意到了大火，没多想素芬问的是什么。

李可想了想。

"七年前，你在莲板，是不是查过一个杂货铺老板手指被人切掉的案子？"

确实是这句话。

李可突然感到了一丝恐惧，他感觉到了自己的小腿肌肉有些紧绷，渐渐地不自觉地颤抖。七年前的那个案子，素芬怎么会知道？

李可的内心有一些害怕，他看着自己怀里的素芬，满脸的灰渍。李可看到了身边素芬的手机，有一条未知短信。

李可打开了看。

"姐夫七年前查的那个案子有重要的线索，要不要继续查下去？姐，你想好了。"

李可看着短信，许久都没有动静。过了一会儿，李可的眼神里散尽了恐惧，透露出冰冷。

李可回了一条短信："别查了。帮我保密，好吗？"

不到 10 秒钟。小韩回过了一条短信。

"好的。我这就去把案底都销了。"

短信的下面，小韩用卡通字体打上了几个字。

"为了爱情。"

李可看着这几个字，笑了，冷冷地笑。

"为了爱情。"

李可喃喃地念着这几个字，把手机使劲地扔进了不远处还在着火的木头堆里，手机在高温下发出了"砰"的一声之后就没了动静。

李可抱起素芬，走向另外一边的警车，和一个警察说了几句，把素芬放在后排，自己上了驾驶座，发动引擎，向城里驶去。

医院里，打着点滴的素芬还没有醒。李可正在用注射器把一瓶药水推进吊瓶里。护士进来查房，李可将针管和剩下的药瓶放在盘子里递过去。

"我把剩下的药水都注进去了，就不劳你一次一次跑了。"

李可跟护士说。

"李队长还真厉害，查案子有本事，还懂我们护士的活儿。"

"警队有教过。不麻烦。"

护士端着盘子出去了。

李可看着床上还在昏迷的素芬，他抚摸着素芬的头，很轻柔地。他轻轻地吻了素芬的额头，在她耳边轻轻地说。

"我爱你。"

李可的手机短信响了。

"合作愉快。"

李可没理，而是拆开手机，把电话卡拿了出来，掰断，扔进了旁边的垃圾桶。继续看着素芬。

下午的时候，素芬醒了。李可在病床边睡着了，素芬摸着李可的头，他看到李可的头发里还有烟尘，那说明他好几天都没有回家洗澡了。

"老公。"

李可醒了，很疲惫的样子。

"醒了啊。"

"我睡了几天了？"

"三天。醒了就好。"

素芬看着满脸胡碴儿的李可，有些心疼，伸出手摸着李可的脸。

"你一直都没回家吧？"

李可点点头，用素芬的手蹭着自己的脸。

"回去休息一下吧。我没事。"

李可笑着点点头。

素芬摸了摸肚子："孩子没事吧？"

李可点点头："一切正常。放心。你好好养身体吧。"

素芬点点头。

李可离开之后，素芬一直都没有心情继续休息，她瞪着眼睛想着之前的所有种种事情，还是关于那个七年前的切手指案。手机没了，她无法和小韩联系。李可去局里继续工作，莲板大火的事情，首先就交到了李可的手里。即使再忙，李可都会准时地出现在素芬身边，喂她喝完粥，吃完药再走。

素芬受到了惊吓，经常会做噩梦，药里有一点安定的成分，吃完药，素芬就会感觉到困，于是醒来的时候，李可还会贴心地带来一碗粥，几碟小菜放在她的面前。

素芬很开心，这些粥和小菜对于自己来说，是最好的药，因为这些都是李可亲手做的。相识这么多年，她还从没有吃过李可做的饭。

休养身体的这段日子，素芬感觉自己的精神状态越来越不好了，自己除了睡觉，就是发呆，发呆的时候总是大脑空白，不知道想什么。素芬问医生自己怎么回事，医生说素芬这么多年查案办案没注意调养身体，现在怀孕，又受到了惊吓，一些毛病都出来了。现在的药物治疗不敢用量太多，怕影响胎儿，所以药效比较有限，出现精神不振的症状正常，身体调养好了之后，自然就好了。

素芬安下心了。她现在最担心的是肚子里的孩子，一切正常就好。

清醒一点的时候，素芬就会想起那个剁手指的案子，但是每一次李可都在身边，她一直都没办法和小韩联系。终于有一天，素芬趁着李可刚走借了护士的手机拨了小韩的电话。

结果被告知号码是空号。

素芬拨通了局里的电话，但是得到的消息令她很震惊。

小韩被辞退了。理由是未经批准擅自更改卷宗。

素芬追问了一句是什么卷宗。得到的答案是七年前的一个剁手指案。

素芬惊呆了。她凭借自己多年的办案经验就可以判断出这一切是怎么回事，她知道自己在快艇上那么一句话已经暴露了自己正在做的事情。她现在可以确定，李可的身上有着一个自己不知道的阴谋。

电视上正在播着莲板大火的报道，很多人都在质疑，认为大火是人为纵火，媒体、网络和专家都在用各种各样的举证和实验证明这确实是一场人为事故。可是素芬看到了李可接受采访的说法。

这只是一场意外。

果真是意外?

素芬看着电视上李可的表情，她隐隐觉得，这里面不是那么简单。

李可正在警局处理大火事故的各种文件和后续的事宜，办公室里人来人往，忙得热火朝天。李可的头几乎是埋在了办公桌上。

面前多了一杯咖啡，不加糖，双份奶。

这种习惯，只有素芬知道。

李可看到素芬穿着病人的衣服，外面简单地套了一件男人的外套，站在自己的面前。素芬面色惨白，头发也乱乱的，她站在原地盯着李可看。

其他人都不敢说话。李可挥挥手，他们都识趣地从这个大办公室走了出去，最后一个人带上了门。

李可在等素芬说话。

"咖啡，没加糖。"

"嗯。"

李可没动那杯咖啡，眼前这种状况，这杯咖啡就像是装满了毒药一样。他知道该来的事情一定要来。

"你有什么要跟我说的吗?"

素芬看着李可。李可还是那个动作,没动静。素芬从兜里掏出一叠纸,递过去放在李可面前:"我去银行了。大火那天,你在和平银行新开的个人账户上多了100万块钱。你能告诉我是谁给你的吗?"

李可还是没有动静,像是僵化的雕塑一样。

"小韩是你开除的吧?"

素芬问。听到这里,李可离开了座位,背对着素芬。素芬也没有回头看李可,从兜里又掏出了一张照片放在桌子上。

"这是前段时间别人给我寄的一张照片,和我们婚礼上的那个蛋糕一样。这张照片是你七年前查的案子,你自己拍下来的。"

素芬一直不停地发问,丝毫没有注意到李可偷偷地来到门边反锁了门,又走到柜子里,无声地打开了一个小盒子,从里面掏出注射器和一小瓶液体的药。

"我查了这个案子,有疑点。再查,小韩就被开除了。你能告诉我这些事情是怎么回事吗?"

素芬还是那样呆呆地坐在原地,自己说自己的。背后,李可已经用注射器抽满了一管药水,走到了素芬的背后。

"照片、蛋糕、银行里的钱、大火。这些都不是巧合吧?你知道莲板的大火是人为的,可是你偏偏在电视上说是意外。李可,你还是警察吗?"

没人回答她。

素芬一直没有得到答复,她的表情开始变得很痛苦,捂着肚子。

"李可,你到底还爱我吗?"

素芬几乎要哭了。

李可站在素芬的后面,突然伸手捂住素芬的嘴,另一只手迅速地把注射器插入素芬的脖子上,将药水都注射进去。素芬的嘴被捂住,没发出一点声音,她的眼睛瞪得大大的,几乎要炸裂开一样。李可注射完药水,趴在素芬的耳边,声音很温柔地说:

"我爱你。这个世界上没有人能够比我更爱你。"

素芬瞪大的眼开始颤抖,她昏睡了过去,她在努力不让自己睡。但是最终,素芬还是身子一软,倒在了李可的怀里。

"我爱你，但是你不能伤害我。我倒下了，就没有人像我这样爱你了。"

李可轻轻地抱着素芬，眼神里透射着凶光。

他没注意到，素芬坐着的椅子下面有一摊血，素芬的下身，血一滴一滴地溅开在地面上，像是吞噬人的血玫瑰。

3. DEVIL

一艘小船摇摇晃晃地在大海中停着，没有前行，只是在等待。船上的几个人都无所事事。船头的一个矮瘦的男人打着哈欠，伸了伸懒腰，躺在船上的箱子上想睡觉。刚躺上去，一直站着的一个高个子男人就踢了他一脚。

男人太壮，这一脚让小船都大幅度摇摆起来，有种要翻倒的感觉。船上装着很重的东西，让这个小船有一些重心不稳。

"妈的，给我醒着点。"

矮瘦的男人连忙爬起来，蹲在船头，警惕地看着这四周黑蒙蒙的大海。

"胜力哥，什么时候过来接头啊。"

"闭嘴。"

刚才踢了他一脚的壮硕男人低声吼着。船上的人 360 度地看着四周，等待着。四周的大海还是黑茫茫的，这种黑似乎要吞噬一切的感觉。

头顶上的月亮开始往西偏，船头的人看了看头顶，算了算时间。

"这都 6 个多小时过去了，怎么还不来。每天累死累活的，也没挣多少，干脆咱们把这货分了得了。"

"菲力，你脑子被屁崩了？再敢说这话，你当心回去找死。"

在船头的菲力连忙捂着嘴，他知道如果这句话传回去，自己会有什么后果。他说话就是典型的不走大脑，其实他心里根本就没想过要分这批货。

四周还是静悄悄的。东边已经开始泛白，天都快亮了，小船上的人哈欠连天，大家都疲惫得很。菲力用力地眨了眨眼睛，他看到船头正前方的水底下有一个光点，像是萤火虫一样地慢慢接近小船。

"胜力哥。"

胜力走过来，脚步噔噔的。

"那个是什么？"

胜力眯着眼看过去，不仔细看真以为是太疲惫了产生的幻觉。那个光点慢慢地靠近小船，船上的人都不知道这是什么，有没有危险，纷纷把枪的保险打开，一旦有意外，就乱枪射过去。

胜力还在很警惕地看着。

"阿 K，看住船尾，小心。"

阿 K 是个看上去非常年轻的男孩，不知道有没有成年，拿着枪的手还有一些软，用两只手才拿稳那把枪。他紧紧地看着船尾，船尾这边的海面同样漆黑一片，阿 K 看过去的视线也很短，没有一点动静，暂时安全。

水面下的光点在小船前方十米处停了，船上的人已经把枪瞄准着这个光点。水下的那个光点突然灭了，从水里钻出了一个人。

船上的人吓了一跳，有人差点扣了扳机。幸好水里的这个人及时叫住了。

"别开枪，我是来提货的。"

胜力打开手电筒照过去，这个人穿着潜水衣，大口大口地喘气。

"胜力哥，我是光仔。"

胜力认真看了看，确实是光仔。光仔是接货方大哥手下的人，这么多年打交道，胜力和光仔也算是相识。

"怎么就你来了？"

"事情有变，我们大哥让换一个地方交货。"

胜力有些不信："说好的这里，怎么能随便换地方？"

"最近这片海域老是有警察光顾，风声太紧了。"

"Devil 哥知道吗？"

"大哥刚给他打了电话，这不让我来通知你们。"

胜力不说话，他在判断。海上没有信号，胜力无法去确认光仔的话到底是真是假。但是看着天色发白，这批货必须立即脱手，即便是不交货，把货拉回去，已经是天亮了，太危险。胜力盯着光仔，他没看出有什么异常。

"胜力哥，走吧，赶紧交货就回去，困死了。"

菲力打着哈欠。

"啪！"一个巴掌扇了过去。菲力顿时精神了很多。

胜力拿着枪指着他："你再敢说一句话，我现在就崩了你扔在海里喂鲨鱼。"

菲力果然不说话了。

"胜力哥，没事的。咱们都打交道这么多年了，你还信不过我们大哥吗？"

胜力知道光仔的大哥是谁。当年在莲板也是叱咤风云的人物，只是泰哥和Devil接手了莲板之后，他们就彻底地离开了这块小小的地方。这么多年过去了，泰哥和Devil的势力已经发展到了莲板之外，成了其他小黑帮都闻风丧胆的大势力，谁也不敢在太岁头上动土。

胜力下了决心，决定赌一把："行，走吧。"

胜力拉了光仔一把让他上了船，光仔身上还背着重重的氧气瓶。小船发动了引擎，声音很小，慢腾腾地往前走。

"把氧气瓶放下吧。那么重。"

光仔没动："没关系。很快就到了。等一下我还要下水。"

"你还下水干吗？"

胜力问。

"哦，钱在水下啊。"

"你们大哥这么多年还这么鸡贼。"

"还说我们，你们还不一样。这么多货，弄个小渔船。也不怕一个浪过来打翻了。"

胜力和光仔都明白，在这行里混了这么多年，谨慎是最好的保护。

按照光仔的指引，船很快就到了一个海岸边。天色有一点点发白，但是四周还是黑茫茫的。胜力小心地看着周围，这片海岸自己从没有来过，虽然没有人居住的痕迹，其实越没人的地方越危险。

"你们的人在哪儿？"胜力转头问。

可是他却看到光仔突然把氧气罩扣在嘴上，猛地一下就钻进水里，没了踪影。

胜力明白了，上当了。

"小心，上当了！"胜力掏出枪，而一边疲惫不堪的兄弟们被这一声大吼，立刻站了起来，手忙脚乱。还没等他们把枪拿出来，他们的背后，那团浓稠的黑色中突然亮起了大灯，直射小船。

光线太亮，几个人几乎睁不开了眼睛。

"警察！不许动！"

大灯处有人喊。

果然上当了。

船尾的阿 K 显然乱了分寸，灯光直射在他的脸上，看到的全是惊恐，他双手颤抖地拿着枪，浑身都在抖动。

突然，枪声响了。

是阿 K 太害怕，扣动了扳机，子弹打进了海水里。

这是胜力最不想看到的。

"跳海！"

他大吼一声，将菲力一把抓进了海水里。其他人还没有反应过来，灯光照射之处就飞过来雨点一般的子弹，这些子弹洞穿阿 K 和其他人的身体，逆光灯下，血肉横飞。

跳下海的胜力背部也被流弹击中，再加上海水的腌渍，疼痛顿时让他有些失去了意识，在他即将下沉的那一刻，有一个人的手紧紧地拽住了他，使劲地拖着他游动。

Devil 低着头站在屋子中间。

屋子里四面没有窗户，看起来是个地下室。屋子里只放了一张桌子，很大，和这个阴暗的地方显然有些不太搭，桌子上放满了各种文件，和一般公司老板的办公桌没什么两样。

Devil 的脸上已经有了几个手指印，"啪"的一声，又来了一个。打他的人比他矮，也比他胖一些，看体型完全不是他的对手。这个人打完了，手感到麻麻的疼，他搓着手，走到办公桌边，抄起那堆文件，然后狠狠地砸向 Devil 的头。文件像雪花一样地纷飞。

这个胖男人打够了，把歪了的眼镜拿了下来，看着眼前一动不动的 Devil。

"这是你办的事？"

"是。"

"你告诉我，为什么会出这样的事情！"

胖男人的语气提升了八度，很尖厉，像是豹子一样的吼。

"东尼哥和警察合作了。这是他送给警察的第一份礼。"

"警察那边的情况呢？"

"没抓到胜力和菲力，现在他们没有证据证明和我们有关。只是货没了。"

"只是货没了？"

胖男人盯着他，很平淡的语气，但是满含愤怒："货没了？你只记得货是吗？"

Devil 不说话，他不敢回答。

"阿 K 是谁你知道吗？"

"知道，泰哥。"

"阿 K 是我大哥的儿子。你知道我大哥对我的重要性对吧？"

Devil 不说话，默认。

"你他妈的竟然让阿 K 去交货！"

"是阿 K 自己要去的……"

"啪"，又是一个巴掌，Devil 不敢再继续说了。

"我是怎么告诉你的！我是不是告诉过你，不准他沾这行？"

"是。"

"人死了。死在警察的手里，你让我回去怎么和我大哥说？"

Devil 不说话。泰哥走到办公桌的后面，坐下来，看着面前的 Devil。

两个人许久不说话。

还是泰哥最先开口，这种寂静让 Devil 很没有安全感。

"Devil，你跟了我七年。"

"是"。

"七年里，我有现在的地位，有你一半的功劳。"

Devil 不敢接这个话茬。

"你知道我的性格，你也清楚我不会对你怎么样。可是我告诉你 Devil，你要记住，在这里谁才是老大。"

"是。"

"七年，兄弟们跟着我们打打杀杀，拼下了这片江山，到现在有这个局面是我最想看到的。做走私、做地下生意是可以赚很多的钱，可是你要清楚，这一行注定一辈子都不可能明明白白地做一回人。兄弟跟着你流血牺牲，到头来老了还给不了他们一个安稳的生活来颐养天年，你就对不起兄弟。"

Devil 不说话。泰哥是这样的一个人，手下的小弟对他来说，就是亲兄弟，他的江山永远都不是他自己的。

　　"东尼向警察妥协了，还会有更多被我们从这块地方挤走的人会站在我们的对立面。以后我们的日子，更不好过。以往，和他们打一架就能解决，可是现在警察牵扯进来，我们还有胜算吗？"

　　Devil 想了一下，摇摇头。泰哥看着他，不说话。

　　泰哥想了很久，说："是时候了，我们该走了。"

　　"走？"

　　"莲板这个地方太小，不适合我们发展。"

　　"你的意思是？"

　　"Devil，打打杀杀的时代已经过去了，赌场、毒品那些东西，只能麻痹人的神经，但是想控制住别人，只能靠一样东西。"

　　Devil 看着泰哥。

　　"钱。"

　　泰哥从抽屉里拿出了一叠资料递给 Devil。

　　"这一次，我们的货被查，显然是东尼给了更大的好处。我想了很久，我觉得，我们应该朝着更高的目标去追求。在莲板称王并不能证明什么。"

　　Devil 看着泰哥脸上的笑容，猜不透他在想什么。

　　"还记得七年前的那个小警察吗？"

　　Devil 当然记得。

　　东尼确实买通了很多的关键人物，才让警察牵扯到了这次行动中来。但是这一次没有抓到泰哥的把柄，确实让东尼很失望。从莲板狼狈地被赶出来之后，他带着自己的部下只能躲到更加偏远的地方。毒品的生意一直被泰哥全部垄断，东尼这么多年只能一直卑躬屈膝地从泰哥手里买货，表面上合作愉快，实际上东尼一直在盘算着如何除掉这个眼中钉。

　　东尼用美人计攀到了警察局长，就这样用钱色交易达成了合作共识。他其实并不知道，警察局长和泰哥也保持着某种关联，警察局长的胃口很大，他似乎并不在意同时收两个对手的好处，对他来说，他拿到手里的只是钱，任别人怎么打打杀杀。东尼几乎砸掉了自己所有身家来填补上了这个窟窿，他想借助警察抓住泰哥的把柄，借此咸鱼大翻身，可是结果确实让他失望，有一些赔了媳妇又折兵的感觉。

　　东尼在夜店的包厢里独自喝着闷酒，他叫了几个陪酒的小姐。可是过了很久，小姐都没来。已经醉醺醺的他，不断地灌着洋酒，酒精麻痹了人的神经，思维会变得更加混乱。这个时候的人，往往是最脆弱的时候。

包厢的门开了，外面惊天动地的舞曲声掩盖掉了一切声音。

东尼的眼神有些迷离，他看不清是谁进来了。

"这么久才来！不给小费了啊。"

进来的人没说话，轻轻地坐在他的对面。

"坐过来！"

东尼大着舌头拍着身边的沙发。对面的这个人还是没有动。

"不懂事！"

东尼指着对面的人埋怨着，带着情色味道的埋怨。

"不知道怎么服侍客人吗？"

东尼从怀里掏出一把钱扔在桌子上，张开怀抱，等着陪酒小姐投怀送抱。

"小费少不了你的，过来，陪我喝酒。"

还是没有人投怀送抱，东尼觉得是不是小姐害羞了。他特意叮嘱店老板找几个新人，他喜欢玩弄这些还未经人事的女人。东尼又拍了拍身边的沙发："坐过来！"

东尼看到了这个粗大的手没有去拿桌子上的钱，而是拿起一个苹果，又拿起水果刀。

"嗯。这才像话，给我削个苹果。"

那个人站了起来，拿着苹果和刀，走了过来。东尼还在迷迷糊糊地喝着酒，根本就没注意到眼前的这个人是谁。东尼感觉到脖子上有点疼，这点疼让他有一点清醒，他看过去。面前是一个男人，带着微笑。

死神一样的微笑。

"D……evil。"

东尼震惊了，但是他感觉到脖子上的疼，有一股热热的液体从脖子上流了下来。东尼伸手摸向脖子，脖子上有一个伤口，正中动脉，那股涌出来的液体就是从这里流出来的。

东尼瞪大了眼睛，无法说话，伸手捂住脖子。Devil 看着他痛苦地挣扎着，看着血从他的手指缝里不断地流出来。

"老大不是那么好当的。"

Devil 充满调侃语气地说。

他把那个苹果塞进东尼的嘴里，把那把刀从苹果的正中心穿过去，慢慢地享受着东尼的呻吟声，还有刀刃穿过舌头，插进后脑的声音。

东尼就像是一只青蛙那样，瞪大了眼，挣扎着蹬着双腿，直到全身挺直了。

Devil 松开了手，他的手上没有一滴血。Devil 的技术太好了，扎破动脉的那一刀，快速，准确，没等血喷出来，他已经把刀撤了过来，甚至刀刃上都干干净净的。因为那颗苹果，东尼嘴里喷涌出来的血也没有弄脏他的手。这一切都处理得干干净净的。

Devil 拉开了门，动感的音乐再次冲了进来，门再次关上，屋子里就剩下了一片死寂。Devil 出了夜店，进了地铁站，辗转了好几个站之后，一言不发地出了站，脚步匆匆。

出站的时候因为没留意，撞到了一个人，是个卖菜的，样子很敦实，胡子拉碴的。

菜撒了一地，卖菜的男人弯下身子开始收拾。Devil 一直站着，没去理会，他从兜里掏出一沓子钱扔在了空空的菜筐里，脚步匆匆地离开了。

卖菜的人注视着 Devil 的背影，直到他消失。

宾馆里，Devil 推开一个房间的门。

"出来吧，是我。"

躲在柜子后面的两个人出来了。

是胜力和菲力。

胜力光着上身，包着纱布，从他的精神状态看，枪伤并无大碍。

"Devil 哥，怎么样？"

"你们把货弄丢了，泰哥要灭你们口。"

菲力和胜力瞪大了眼，愣在原地。

"先躲一段时间，我想办法让你们将功赎罪。"

菲力想了一下，鼓起勇气说："Devil 哥，我能不能出去一趟？"

"你爸爸我已经安排好了，在快乐之家养老院。你放心。"

菲力心里的石头落下了，听到这个，他差点哭了出来。

"你们为我背了黑锅，我不会看着见死不救的。"

"为 Devil 哥，丢掉了这条命又算什么。"

胜力背上很痛，站不稳，轻轻地靠坐在床边。

"好好养伤，跟着我就不会亏待你们。"

Devil 从兜里掏出一叠钱，递给菲力："有一件事，菲力帮我做一下。"

"什么事？"

"有人要拿七年前杂货铺的事情来找我的麻烦。你替我去一趟蛋糕店。"

"蛋糕店？"

"嗯。"

"记住，小心，不要让任何人知道你的存在。"

"放心吧，Devil 哥，我菲力天生就擅长这个。"

Devil 笑了，只是冷冷的。

"我回去这段时间，宾馆的电话不要碰。有事我会直接来找你们的。要不了多久，我们就有更好的事情要做了。"

"什么事情？"胜力问。

Devil 笑着看着他俩："等着就好。少不了你们的好处。"

Devil 转身走了，关上了门，菲力和胜力面面相觑。

Devil 刚进电梯，就有人打电话来了。

"盒子找得怎么样？"

"我跑遍了全城所有偏僻的地方，符合条件的有五个。Devil 要不要看看？"

"不用，全部买下来。记住不要让泰哥知道。"

"好。"

Devil 挂掉了电话，电梯到了一层。他走到酒店外，看着眼前这座繁华的城市，感受到了和莲板完全不同的感觉。Devil 闭上眼，轻轻吸了一口气，空气很浑浊，但是他嗅到了每个人身上都迫切要迸发而出的欲望。

Devil 接到了泰哥的电话就马不停蹄地来到了那个地下室的办公室。进办公室之前，菲力给他发了一条短信：蛋糕送过去了。

办公室里多了一个人，这个人看上去像是个知识分子。但是以 Devil 的直觉，他闻得到这个人身上带着浓重的欲望气息。

"Devil，你回来了。正好，和你商量一件事情。"

泰哥招呼 Devil 过来，桌子上已经放着满满的各种文件，显然是那个人拿来的。Devil 瞅了一眼，全是各种数字和图表。这让他眼晕。

"给你介绍一下，这位是陆艺章。大名鼎鼎的律师。"

陆艺章递过名片，Devil 接过，看了一眼。他对律师的概念没有太大的感觉，律师是行使法律工具的工具，对他来说，他的工具只有一样：枪。

"这是我兄弟，Devil。"

陆艺章点点头示意问好。

"您叫我来有什么事情吗？"

"我想放掉地下的那些生意，准备注册一家进出口公司。"

"你要洗白？"

Devil 感到惊讶。

"Devil，这行不是长久之计。我请陆律师来，就是来帮我们把过去见不得光的那些钱，全都洗干净。从此，我们就是正常人了。"

"为什么？以前过得不好吗？"

"不是不好，是不对！"

Devil 看着泰哥，他不敢相信，曾经那个心狠手辣的泰哥，今天竟然有了要做正常人的念头。他很坚决地说："泰哥，我不同意。"

泰哥安安静静地看着他："我知道你会这么想。但是我必须要这么做。"

"兄弟们怎么办？"

"我安排好了。公司成立之后，进出口这一块我要全部垄断，安全问题还得依靠兄弟们。你和他们的关系最好，你来领这个头。"

Devil 打断了泰哥的话："我不同意。"

"为什么？"

Devil 掏出一把枪扔在桌子上，"咚"的一声把旁边的律师吓了一跳。"以前，我们说一句话，别人敢不听吗？还不是靠着手里的枪。泰哥，你有没有想过，有多少人盯着你的位子呢。"

泰哥示意他稍安勿躁。

"我知道。莲板这块地方是你和我一手打下的天下。我们一手把这块地方上的帮派都踢了出去。可是 Devil，莲板毕竟是莲板，这么多年了，这里不再被别人关注了。我之前告诉过你，打打杀杀的时代，没有了。"

Devil 不理解。

"我在市中心买了一块地，正在建一栋大楼，不出一年，泰哥进出口公司就会成为全城最亮眼的一块招牌。那时候，我们能控制的地方比现在多得多。我看得比你远。"

"可是……"

"没什么可是。你当初在我面前怎么说的？"

"一切听你的。"

Devil 情绪很低落。

"你信任我，你才会这么说。现在，你能做的，还是信任我。"

泰哥转头对陆艺章说："刚才说到哪里了？"

"您名下的所有资产我经过非常缜密地计算和规划，但是全部洗白，有一个资金缺口。"

"多少？"

"300 万足够。"

"300 万？"

这些钱对于泰哥来说，算不上巨大，最多是一批货物的钱。

泰哥又问："我其他的账户里能补上吗？"

"不能，您所有的账户，我都需要事先冻结。"

泰哥低着头想了一下看着 Devil："Devil。"

Devil 虽然不服泰哥刚才的决定，可是他是大哥，自己没办法表示反对。泰哥叫自己，显然是问自己能不能补上这个 300 万的资金缺口。

"我这里能用的钱只有 50 万，之前那批货丢了，我的钱全在上面。"

泰哥皱着眉头，陷入思索。Devil 想了一下说："要不，我让兄弟们凑。"

泰哥摆摆手："兄弟们的钱来的不容易，都是靠流血挣来的。我对他们有愧，更不能伸手管他们要。"

"那怎么办？"Devil 看着泰哥。

泰哥揉着脑袋想办法，看表情，很痛苦。Devil 在一边，心里乱得像麻一样。泰哥如此兴师动众地要把所有的钱洗干净，就是想彻底地和他黑帮老大的身份说再见，这样一来，所有的地下生意，都将不复存在。

Devil 没有什么追求，在他来看，他对什么洗白，对什么正常人的生活一直都没有感觉，他的生活中，只有枪、毒品还有血腥。有时候 Devil 会想，自己的出生就是和这些东西捆绑在一起的，他这辈子都不可能离开这些东西而活。而这个时候泰哥的退出，无疑是断掉了自己的后路，他很苦恼。

"Devil，沙滩边的杂货铺值多少钱？"

泰哥提到了杂货铺，这个地方对于 Devil 来说格外的重要，泰哥提到了它，就说明有别的用意，他感到惊讶："泰哥，你意思是？"

"多少钱？"

"值不了多少钱。那里一直都是我们交货的中转站。"

"找宓蜜，我记得她现在在 Ｅ Ｘ Ｒ 保险公司。给杂货铺上保险。"

"什么？"

"然后毁掉它。让宓蜜帮忙，拿取高额理赔。"

泰哥像是下命令一样看着 Devil。

"骗保？"

泰哥点点头："嗯。"

"这样能行吗？"

泰哥问陆艺章。陆艺章耸了一下肩，告诉泰哥"可以"。

Devil 是不愿意的，他死都不会愿意动这个地方："可是那个杂货铺……"

"我知道，对你来说意义重大。可是我现在需要毁掉它。你听懂我的意思吗？我需要！"

"我们不是还有其他的杂货铺吗？城里那么多杂货铺。"

"我们要离开莲板了。这个杂货铺对于我们来说已经没有意义了。"

泰哥的口气很重，他似乎在生气。

Devil 想了很久，壮起胆子说："我不同意！"

"你没得选！"

泰哥狠狠地拍了一下桌子，把陆艺章也吓了一大跳。

"Devil，不要挑战我的耐心。"

Devil 咬紧了牙关，他感到很愤怒，拳头攥得死死的。

"好！"

这个字吐得特别的硬，Devil 发泄了自己的不满，可是他没得选择。

Devil 坐在那个杂货铺里。屋子里很整洁，柜台上挂满了各种各样的商品，只是少有人来买。Devil 现在坐的位子就是平常看店的那个老太太坐的位置，今天他让她回家歇几天。七年前，这个老太太突然出现在自己面前的时候，他就觉得是老天在给自己开玩笑。一个已经死了的人，偏偏又让她出现了。

他看着这个已经很破旧但是依然很结实的杂货铺，一脸的享受。对面不远处就是沙滩，正是中午，还没有人玩耍。那块沙滩，对自己来说是一个具有特殊意义的地方，他走上今天的第一步就是在这里踏上的。他希望每一天都能够看到这个地方，所以，他做了一些努力。Devil 闭着眼，眼前是一个画面。

阳光灿烂，这个杂货铺里全被阳光充斥着。柜台上有血，还有一根被切下来的手指头，血顺着柜台往下流，一滴一滴地溅开在地面上。

有女人的号啕声，也有男人的呻吟声。当然，还有更多人的大笑声。

Devil 睁开眼，眼前多了一个人。年纪轻轻的模样，20 岁刚出头的男孩。

"你是谁？"

"我来买一袋盐，顺便把上次欠的钱还上。"

Devil 上下打量眼前这个人。穿的是小一号的衣服，虽然破旧，但是很整洁。是这里的贫苦人家。

"你是谁？"

男孩问他。

Devil 微笑了一下，从柜台上取下一袋子盐递过去。

"我叫阿翔。"

"阿翔是谁？"

Devil 不说话了。

男孩把钱掏出来放在柜台上，钱很皱，看样子是凑出来的。男孩看着他说："等大妈来了你告诉她，小马家的钱给她了。"

Devil 点点头。

叫小马的男孩拿着盐走了。Devil 走过去，关上杂货铺的门，走进了柜台后面的一个小门。小门底下竟然是暗道，曲折地顺着往前走，Devil 来到了一个不起眼的小铁门前。他打开铁门，走进去，里面竟然是一个住人的地方。

很干净，很整洁。

卧室里除了一台电视，一张床，还有挂在屋顶上的一个沙袋，什么都没有。Devil 躺在床上，闭着眼，这显然是他住的地方。过了许久，Devil 嘴里吐出了一句话。

"你不仁，我不义。"

Devil 躺在床上，闭着眼拿出自己的手机，拨通了一个陌生人的号码。

"喂，李队长，新婚快乐。"

"你是谁？"

"我们认识的。李队长真是贵人多忘事。"

"你到底是谁？"

"新婚蛋糕还满意吗？"

电话那边停了一会儿。紧接着，那个叫李队长的人低声吼出了一个声音："是你！"

"是我。"

"你想做什么？"

"我们再做一个七年前那样的交易吧。"

"我不想做了，那件事我们说好了烂死在肚子里。"

"由不得你了。就算我不说，也会有人知道。"

"什么？"

"问问你老婆不就知道了。"

"什么意思？"

"莲板明天会发生一件大事。你很聪明。你会知道怎么做的。"

"莲板要怎么了？"

"明天记得去银行看看，你新开的账户。记住，我们的事情，不要让别人知道。你知道后果的。"

Devil 挂掉了电话，嘴角露出微笑。

泰哥让 Devil 做的事情很简单，先是找宓蜜给这间海边的普通杂货铺下一张巨额保单，然后一把火把它烧掉，再去理赔就好了。当然，这场大火要弄成像个意外。不，就是意外。

Devil 是天生做坏事的人，这些事情对于他来说完全不是问题。最大的偶然性在于骗保，可是有了宓蜜这张牌，没什么办不成的。宓蜜时隔三年又一次地见到了 Devil，这个把她曾经迷得昏天黑地的男人。Devil 对她提出的任何要求，宓蜜都不会拒绝，要不是 Devil 的存在，她还是当初那个在路边小偷小摸，甚至被别人打得半死的野丫头。当然，为了苟活下来，宓蜜用自己身体换来了依附 Devil 而活下去的条件。Devil 有 SM 倾向，他喜欢在床上凌虐宓蜜，宓蜜一直坚持着，直到自己成熟的那一天，她靠着自己的努力去上了学，然后进入了 EXR 公司。泰哥将所有的业务保险都交给宓蜜来办理，对泰哥来说，宓蜜就是一个很认真很值得信任的女人。宓蜜靠着泰哥公司的业务保单很快在公司站住了脚跟，即使她已经脱离了那种生活，可是对于宓蜜个人来说，她还是对 Devil 充满感激，没有他，自己也不会有今天。

当天办保险，当天杂货铺就出事故，这显然有些牵强，容易引起别人的怀疑，但是宓蜜带给了 Devil 一个最好的消息，那就是最近 Ｅ Ｘ Ｒ 公司正在进行数据库的更新工作。

宓蜜只需要在别人不知不觉的状态下把这个最新的保险合同掺进旧的数据库里面，什么都可以名正言顺。况且，泰哥虽然一直没有断掉地下赌场和走私的生意，他在这个城市里开设的数十家连锁店铺，都是在 EXR 保险公司投的保，多加一份也没多少人会注意。

宓蜜就这样在 Devil 的指使下鬼使神差地办完了所有 Devil 想要的东西。当然这些东西并不是 Devil 自己的需要，是泰哥的需要。

从 Ｅ Ｘ Ｒ 公司走出来，Devil 使劲地吸了一口气，然后吐了出来。EXR 公司对面，是那个同样巨大的和平银行的大楼。而在两栋大楼平行的正对面，那块原本荒无人烟的地方，此刻已经围上了厚厚的围墙。泰哥买下了这里，大楼已经开始动工，不久的将来，将会有三栋耸入云霄的大楼矗立在这个城市的中心，左右着这个城市的命运。

"胜力，人都准备好了吗?"

"Devil 哥放心，都准备好了。"

"靠得住吗?"

"完全靠得住。"

"好，等下做事干净点。记住，不留一个。"

"明白。"

Devil 放下手机。已经开始刮起了风，从海边吹归来，含着腥臭的味道。

"起风了。"

Devil 喃喃着。

他拨通了一个电话，放到耳边。电话过了好久才拨通。

"喂。"

一个男人的声音，压得很低，像是怕被旁边的人听到一样。

"东西收到了吗？"

……

"你知道该怎么做的。"

……

"合作愉快。"

……

Devil 正要挂掉电话，那边突然拦住了。

"你还有事？"

……

"一言为定。"

Devil 挂掉电话。

莲板。

一直都在阴天，有雷声，这里的人等了很久都没有下起雨来。夏天的天气很闷，这让人无缘由地感到烦闷。可是刚刚到了中午，就起风了。虽然还是没有下雨，但是凉爽的海风还是让这里的人总算有了一点生机。

年轻人都已经开始跑出屋子，站在山野上，海边也有人在水里打闹，年老的还是窝在街道的阴凉处聊着家常。蝉鸣声、海水声、海鸥的叫声，和平常一模一样的生活状态。这个小城也一如既往地安静着。

安静的生活，就那么突然地被一声尖叫打碎了。

"着火啦！"

最先叫出的声音是从海滩边传来的。一个孩子在海边游泳抓海蟹，一个猛子从水里出来的时候就看到沙滩边那个杂货铺冲出了巨大的火舌。海风很大，火舌迅速地吞噬了这个小小的杂货铺。小孩尖叫："着火啦！"

这声尖叫刚刚传到紧临沙滩边的人家，很快就被大火烧灼东西的"啪啪"声给掩盖。

不过几分钟的工夫，已经有人端着水盆过来救火了，可是杯水车薪，火越来越大，借着海风，直接向其他的房子上烧去。人们开始手忙脚乱，可是祸不单行，莲板不同的地方都有人开始喊："着火啦！"

甚至有人拿起了铁盆猛烈地敲。海水里那个捉海蟹的孩子已经呆住了。他的眼前，这场从不同地方几乎同时点燃起的大火已经将自己的家——莲板完全地吞噬。这座小城，已经没有了任何的轮廓，他看到的只是火海、火海、火海。

大火熊熊而起，试图救火的人已经放弃了，转而变成了逃跑。那些腿脚不好的人，慢一步就被大火吞噬掉。

在某一处山坡上，Devil 站在高高的山顶，俯视着这场大火。即使离得很远，热浪也让他无法忍受。他抬起胳膊挡着扑面而来的炙热，脸上依然带着笑容。他的脚下，有个开车从城里过来的年轻人正蹲在路边对着大火号啕大哭。

电话响了。

"胜力。怎么样？"

"人都处理了。扔进了大火里，不会有人知道他们是谁的。"

"好。"

Devil 挂掉了电话，像是看一场戏一样地看着这场大火。

泰哥的头疼病又犯了。

"突然就刮起了海风，把杂货铺的火吹了过去。"

"你用这个借口来告诉我整个莲板都被烧没了？"

泰哥低着头没直视 Devil 的眼睛："Devil，我不是傻子。"

Devil 不说话。

泰哥猛地站起了身，手里拿着一把枪，指着 Devil。Devil 皱着眉头，他确实有一点点的害怕，他是见识过泰哥弄死人的本事。但是泰哥还是把枪重重地放在桌子上。

"我让你烧掉杂货铺，你却烧掉了整个莲板。Devil，你长大了。"

"泰哥，"Devil 看着泰哥，"我还是 Devil。"

泰哥死死地看着 Devil，眼神很复杂。他知道 Devil 说"我还是 Devil"这句话的意思，他就是告诉自己，自己还是泰哥的手下，像他七年前发誓的那样，死都不会背叛自己。

"这是最后一次。我说到做到。"

泰哥把枪扔在抽屉里："这场大火怎么解释?"

"我已经安排好了。"

Devil打开电视机,按了几个键,找到了早晨的一段新闻。

新闻里,刑警大队队长对着记者说:"经过刑警队的刑侦技术分析,这场大火,确实没有比较明显的人为痕迹,我们可以确定,是一次意外火灾。"

泰哥盯着电视里的人:"这人不是狗,你给块骨头他就听话,他是匹狼,你当心被他咬着。"

"是狼,不也得吃饭?"

泰哥看着Devil的脸,不知道什么时候开始,他只能看到Devil脸上的微笑,一直都没有变过,仔细地看过去,有一些僵硬。

"你的脸怎么了?"

Devil摸了摸脸说:"上周吃西餐,过敏了,医生说肌肉僵硬症,过一段时间可能就好了。"

泰哥看着那个笑容,那个笑让他心里有些发怵。

EXR保险公司,泰哥、Devil还有陆艺章一起来到了朴丹思的办公室。

朴丹思知道了这场莲板大火之后也感到了震惊。马克很痛苦,她看得出来。她刚从医院出来,马克还在昏迷中,宓蜜晚自己一步来到公司,今天是泰哥来理赔的日子。

300万的理赔款本身并不多,可是朴丹思还是感到困惑。他看了泰哥在ＥＸＲ所有店铺的保险合同,没有一个投保超过20万的,而这个在莲板大火中烧尽了的杂货铺是泰哥所有店铺中最低等的,但是投保额达到了75万。

按照理赔标准,ＥＸＲ公司要支付给泰哥公司超过300万的理赔款。

朴丹思不心疼钱,可是有些事情她想不通,她从数据库中也确实查到了这份文件的存在,一切都没有任何理由让自己拒绝支付。朴丹思思考了许久,媒体似乎知道了这桩理赔,都在眼睁睁看着ＥＸＲ的姿态,作为这个城市里上升速度最快的金主,无数人都盯着她,不管是羡慕还是嫉妒,亦或是别有用心,这一次朴丹思必须要慎重对待,否则对公司来说都是致命的打击。保险公司注重的是诚信,诚信是企业的生命,所以朴丹思最后还是妥协了,她决定支付这笔钱。

泰哥和 Devil 很快就签了合同，按照合同规定，三天之内泰哥就能够拿到这笔钱。

朴丹思面带微笑地和泰哥握了握手。

泰哥温文尔雅，说话起来很温和，也很朴实，像是大哥哥："朴总真是年轻有为啊，谢谢您的慷慨。以后我们合作的机会还有很多。"

"泰哥客气了。听说您的进出口公司马上就要成立，以后还要多仰仗您的帮助。"

"一定一定。ＥＸＲ这么有诚信，今天我就正式告诉您，以后我公司所有的业务，还是由ＥＸＲ来担保。"

"一言为定。"

朴丹思送泰哥和 Devil 离开，出了门的时候，她就看到了马克趴在自己的桌子上，看样子还是很难受的样子。马克这个时候应该还在医院，不知道怎么突然就回来上班了。

泰哥和 Devil 走向电梯间，Devil 的眼角瞟到了一个男人的身影。他虽然趴着，但是他感觉有些熟悉，大火那天，在山脚下痛哭的男人，似乎和他的背影很像。

电梯间里，泰哥把刚刚签好的合同递给陆艺章："下面就麻烦陆律师了。事成之后，你想要的，我都会兑现。"

陆艺章说："泰哥答应的事情，我从来就没有怀疑过。您就在家里等好消息吧。"

泰哥点点头。

电梯还在往下走，电梯间的墙壁上反射着 Devil 的笑脸。

"听说你买下了几个地方的地下室？"

泰哥问 Devil。

Devil 脸上的肌肉虽然还是僵持着，可是他的眼睛却是闪了一下，他有些心虚。

"嗯。"

"你的事情我不会去管。但是不能出事情，这是我的最低要求。"

"嗯。"

泰哥轻轻吸了一口气说："让胜力和菲力回来吧。你原来的那些手下死在了大火里，就剩这个两个得力的人了。"

Devil 听了这话，确实感到意外，泰哥似乎对什么都明明白白的，没什么表情，说话的语气也很平淡，像是邻家的伯伯。这样的平淡反而让 Devil 很害怕。

看来泰哥确实什么都知道。电梯门开了，一群人往外走。Devil 瞟到了一楼大厅墙上的电视，正在播放着一则新闻。

"黑客大赛，七名大学生获得大奖。"

Devil 驻足看了很久，看到了电视上正因为获奖而开心的七个人。他突然看了看头顶的摄像头，若有所思地想了很久才走开。他到了一个僻静的地方打电话给一个人。

"菲力，看电视，帮我一个忙。"

Devil 开着车回到自己家的时候，他看到了一个人，一个女人，上了年纪。这个女人看着自己从车上下来，就喊了一声："阿翔。"

Devil 几乎都忘了这个名字，阿翔，戴文翔。他仔细看着面前的这个老女人，他认出来了，这个人，是自己的亲生母亲。

"阿翔。"

老女人又叫了一声。

"你没死？"

老女人点点头。

十年前

1. 马克

阳光，沙滩，微风。这样的环境只适合谈恋爱。

沙滩边走着一个男孩和一个女孩，正是青春的年纪。男孩背着手，不断地低着头看着身边低着头害羞的女孩。风吹过女孩红色的裙摆，打在男孩的腿上，两个人突然就笑了。

男孩，是年轻时候的马克；女孩，是年轻时候的陈洁希。

"我刚才问你的你还没回答呢。"

"回答什么？"

陈洁希站定了脚步，看着马克，海风越来越大，裙摆像是在跳舞。

"咱俩的事。"

陈洁希笑着，像是故意在看马克着急的样子，她抬着头，看着其他地方，嘴角含笑。

"笑什么啊，快说。"

陈洁希指着头顶的一只海鸥大惊小怪地说：

"你看，海鸥。"

"海什么鸥啊，少见多怪，快点回答。"

陈洁希的表情其实已经告诉了马克自己的答案，只是不好意思说。

"不好意思说？"

马克问。

陈洁希点点头。

"那你就说同不同意吧。"

陈洁希想了一下，微微点点头。马克一看，感到惊喜，正在欢呼的时候，有个孩童的声音喊了过来。

"我不同意！"

马克和陈洁希看过去，是个十多岁的孩子，还留着小辫子，正抠着鼻子看着他们俩呢。

马克看着这个孩子，有些想笑："小马小朋友，大人的事，你掺和什么呢？一边玩去。去杂货铺找伯伯拿根糖，就说我回头去给钱。"

"不要！"

这个叫小马的孩子还很倔，他凶凶地瞪着马克。

"那你要什么？两根？"

"我不要糖，我要老婆。"

"你才多大就要老婆。去去去，玩去。"

马克摆着手要赶走他，可是小马依然执着地站在原地，瞪着他，像是马克抢走了他的心爱玩物一样："我妈妈说了，她是我老婆。"

小马指着陈洁希，陈洁希低着头捂嘴笑。马克有些觉得不可思议，他觉得这孩子是不是真的疯掉了。

马克觉得可笑："一边玩去。做梦吧你。"

小马还是很坚持，很有理地朝着马克喊："我妈妈说的，不信你问她。"

马克看向蹲在沙滩上哈哈大笑的陈洁希："这怎么回事啊？"

陈洁希一边笑着一边说："他爸妈和我爸妈曾经是这么说来的，两家孩子定娃娃亲，可谁知道他爸妈晚了那么久才怀上孩子。"

"那这事是不是当真了呢？"

陈洁希拍拍他的胸口说："放心啦。谁也没那么傻，他爸妈哄孩子呢。"

"我是认真的！"小马这个熊孩子对着马克很坚定地吼着，看样子像是要决斗一样。

马克看着陈洁希，又看看小马，慢腾腾地走过去。小马看到这个几乎比自己高两头的马克走近自己，有一些害怕了，在脚边捡起一块石头，准备丢他。

马克走了过来，从兜里掏出一样东西放在小马面前，小马的眼睛顿时瞪得大大的，眼神里充满了期待。

"哥哥和你做个交易，这个给你，你别跟着我们行吗？"

马克手里拿着一个仿真的手枪，在莲板，这种东西，确实很少见，男孩子们都做梦想有一把这样威风的枪。

小马在做着艰难的决定。

马克在继续诱惑他，晃着手里的枪。小马看看手枪，看看陈洁希，又看看眼前这个面带微笑的马克。

小马盯着枪死死地盯了很久，咬着嘴唇，然后说："你不准亲她。"

马克一听笑了，这孩子倒是什么都知道。

"好。"

小马一把夺过枪，跑开了。

孩子还真好骗。马克回到陈洁希的身边，看着她。

"你同意了？"

陈洁希点点头。

两个人突然就尴尬了起来，过了一会儿又同时笑了出来。

"你笑什么啊？"马克问她。

"感觉怪怪的。"

"是有点。以前我们是最好的朋友，现在……"

"别说了。说了我又想笑了。"

"那不说了。"

陈洁希往海水里跑。海风吹着海水一波一波地往脚下涌，冰凉的海水环抱着双脚，陈洁希感觉这种凉意一直顺着双腿袭上了心头，她感受到了内心的跳动。

马克在身后看着陈洁希，红裙子，蓝色的海，这是一个多么美好的画面。海的那一边，隐隐约约可以看到那座填海即将腾起的城市。

马克想了想说："听说，昨天你收到了一束花？"

陈洁希站在海边，用脚踢着水。

"是啊。"

"好看吗?"

"好看。"

马克的嘴撇着,有点酸酸的样子。

"谁送的啊?"

陈洁希嘿嘿地笑。

马克装着发怒:"怎么还笑上了?"

"你自己送的,还来问我。你傻不傻啊你。"

"我?"

"是啊。昨天杰夫来杂货铺找我,拿着一大捧的花。告诉我,是你让他送给我的。"

马克瞪大了眼,想象着杰夫送花时的样子。

不爱说话,动作有些迟钝的杰夫一遇到陈洁希就会结巴。自小他没少因为这个被别人嘲笑。杂货铺门口有很多的人,杰夫站在离杂货铺很远的地方,伸长了脑袋往杂货铺这边看。红裙子的陈洁希跑进跑出地给人送东西,收钱,还要负责打扫门口座位上的垃圾。

杰夫躲在一棵大树的后面,他扭过头,看着自己怀里捧着的那把硕大无比的花。这些花都是自己从自家园里摘下来的。玫瑰花不好种,杰夫从一开始种下花苗到开花整整等了两年才凑够了这99朵玫瑰花。他全剪了下来,一根一根地掰掉上面的刺,然后捆扎好。

他看着含苞待放的玫瑰花,嘴里叨叨着早早就准备好的词。

"洁希,这些花是专门为你种的。花代表着我的心,送给你99朵玫瑰花,就代表我对你的99颗真心。每一颗心都饱含深情,每一颗心都能为你赴汤蹈火……"

杰夫忘词了,他从兜里掏出一张纸,对着上面念。这不是他写的,是那个一肚子花花肠子的木纹帮他写的。杰夫上完了小学就不再继续读书了,他自己清楚,自己的脑子不是读书的料,反而种菜种花自己却很擅长,莲板的人几乎都知道有这么一个能种出好菜好花的小伙子。

"请你收下这束充满爱意的玫瑰花,让我的真诚陪着你直到永远。"

杰夫念完了,闭着眼又使劲地想了想。然后又从头开始背。

"洁希，这些花是专门……"

直到杰夫觉得这几句话念得顺嘴了，他才睁开眼，深吸了一口气，扭头继续看向杂货铺。

陈洁希刚给一位顾客端上了一杯奶茶，正好看到了大树后面躲着的人在偷看自己。陈洁希一猜就知道是谁。这棵树几乎成了杰夫的个人财产，从小学开始，他就一直喜欢躲在树的后面偷偷瞄着自己。她不是不知道杰夫的心意，可是杰夫傻得可爱的样子确实让她感到生活中几乎少不了这个人的存在。

也许，他们四个人一直都是捆绑在一起的综合体，谁也无法缺掉。杰夫发现陈洁希看到了自己，赶紧缩回了脑袋，在树的后面大口地喘气。陈洁希看了他一眼，他就很紧张，他在犹豫要不要继续。

做这个决定，似乎等了很久。

直到陈洁希偷偷地也来到大树这边，和杰夫一样靠在树身上，一句话也不说，等着杰夫自己吓自己一跳。

杰夫发现身边突然多出一个陈洁希的时候，确实吓得够呛，突然往后撤了好多步，和陈洁希之间保持着距离，他把花藏在身后。杰夫感到呼吸困难，他不敢抬头看陈洁希。

"你这次又躲在这里干吗啊？"

"没……没……什么。"

"身后藏着什么？"

"没……没……什么。"

杰夫每说一个字都很困难，脸憋得红红的。

"那你不给我看，我就走了啊。"

陈洁希转身就要走，当然她也只是做做样子。可是她真的转了身，杰夫竟然没叫住她。陈洁希又把身子转了回来，看着杰夫。杰夫已经把那束玫瑰花放到了面前，几乎挡住了他的脸。

"你送给我的啊？"陈洁希很惊喜。

"不……不……"

"不是？"

"是……是……"

"是？"

"不……"

"到底是不是？"

每一次和杰夫说话，陈洁希都有些想打人的冲动。杰夫和马克他们在一起的时候虽然说不上口齿伶俐，可是起码说话是正常的，有时候还能说个冷笑话。可是就是自己一出现的时候，杰夫就开始变成了这个样子。这让陈洁希很费解，她印象中，从没听过杰夫对自己顺利地说出过连续的三个字。

"是……"

"哦。送我这么大一束花，你想跟我说什么？"

杰夫的脸躲在后面，他在很努力地说。

"洁……洁希，这……这些……这些……花是……"

杰夫突然卡住了，陈洁希在等他说完。但是杰夫在花的后面似乎憋了很久。

"是什么？"

陈洁希等不及了要去问。

"是……是……马……马克……送…送你的。"

杰夫竟然说出这么一句话来。

"马克？他为什么不自己送给我？"

杰夫把花往陈洁希的怀里一塞，羞红了脸跑开了。陈洁希看着杰夫跑开的背影，一直都想笑，但是看到了怀里的玫瑰花，又露出了少女般的甜蜜。

杰夫送陈洁希花的这件事，让马克知道了，他自然不会饶了杰夫。

他和木纹两个人趁着杰夫在院子里洗澡的时候把杰夫的衣服全给偷走了，然后眼睁睁地看着杰夫在院子里大喊大叫地着急。更可恶的是木纹一边还拿着相机要拍杰夫光着屁股的样子。

杰夫大叫着，骂两个人是王八蛋。看到木纹拿着相机，连忙把旁边的一盆仙人掌拿过来挡着私密处。

马克笑着问他："说，你小子什么时候喜欢上陈洁希的？"

杰夫嘴硬不说话，也不理睬马克，这种问题让他回答，简直就是丢尽了脸。杰夫自己觉得自己起码要有点尊严。

"嘴硬？不说是吧？"

"给他拍一张，拍一张。"

马克让木纹拍照片。

"别！别！"

"别？"

马克看着杰夫，幸灾乐祸地说："那你说说，什么时候喜欢上她的？"

杰夫还是闭着嘴不说话。

马克指使着木纹："宁死不屈啊。有种啊。来，拍一张拿给洁希看看。"

木纹一边拿着相机，装模作样地准备着："好！"

"别！我说，我说。"

杰夫妥协了。马克和木纹两个人坐在房顶上，依然拿着相机对着他。

"说吧，坦白一点。"

"那个……"

杰夫有些不好意思。

"哪个？"

"那个从刚开始上小学的那个时候。"

"上小学？"

马克看着木纹，两个人开始回忆。突然他们就想到了一个画面。

上小学的第一天，陈洁希穿着红裙子在前面一蹦一跳地走，杰夫和马克他们在后面。一个不小心，杰夫被绊倒，直接趴在了地上，更可恨的是，他的头竟然趴倒在陈洁希的裙子底下。当然他什么也没看到，就被陈洁希赏了几个耳光。而后又被老师罚站，在外面可怜兮兮的。

想到这个画面，马克和木纹开始大笑起来了。

"笑什么笑。快点把衣服还给我。"

"一见钟情啊。"马克指着杰夫笑道。

"衣服给我，等一会儿就有人来了。"

木纹用胳膊肘捅了捅身边大笑的马克，马克看去，杰夫家外面的街道上，陈洁希正提着一袋子东西往杰夫家过来。马克向木纹使了一个眼色，两个人压低了身子，让陈洁希看不见自己。

"哎。你俩去哪儿了？衣服快给我！"

杰夫看两个人没了踪影，大喊着。

门开的声音，对杰夫来说很恐怖。他还没来得及躲，陈洁希就看到杰夫赤身裸体地站在院子里的样子。

"啊!"

陈洁希尖叫。

"啊!"

杰夫也尖叫了起来。房顶上的两个人笑得肚子都要抽筋了。然而他们的快乐，也没有持续多久。陈洁希家的杂货铺出了一些事情。

杂货铺里，干干净净的。阳光从屋顶的天窗倾倒进来，整个屋子里都被阳光所充斥。浮尘在阳光中翻滚着，反而增添了一股生活的味道。

此刻，杂货铺老板，一个头发已经开始发白的男人正愁眉苦脸地坐在柜台边，看着空空的桌子唉声叹气。老板在外面挂上了一个牌子，暂时歇业。沙滩上的人还有很多，这个时候歇业，一定是出了什么大事。男人虽然是愁眉苦脸，可是他的脸上咬肌高高地鼓着，看样子他还很气愤。

第一个走进屋子的人，是个和男人差不多年纪的中年女人，虽然上了年纪，可是脸上依然光彩着，看不出时光流走的痕迹。女人就站在杂货铺的门边，也没往里走，也没往外出。不说话，只是看着愁眉苦脸的老板。

"今天不营业了……"

"是我，老陈。"

女人打断了陈老板的话。

陈老板抬起头，看到了门边的女人。

"哦，珍丽啊。怎么来了?"

"马克给我说了你的事情。"

"这帮孩子。"老陈倒了一杯水放在柜台边，珍丽走了过来，坐在他的对面，端起水杯，没喝。

"嫂子呢?"

"出去办货了。过两天才能回来。"

"事情你准备怎么办?"

珍丽看着老陈。

老陈闭了一下眼，想了一下，深吸了一口气说:

"爱怎么办怎么办，我不给。"

口气很硬。

"老陈，能听我一句劝吗？"

"你说。"

珍丽看着老陈，眼神很温柔："别硬撑着。这是他们的地盘，咱们没法跟他们斗。"

"这里什么时候成他们的地盘了！"

老陈狠狠地拍了一下桌子。

"我在这里活了40多年了，怎么倒成了别人的地盘？"

珍丽在一边不说话，只是等老陈发泄完。

"保护费？他能保护我什么？我要他们保护什么？一群酒囊饭袋！"

珍丽想劝住老陈，可是老陈的情绪太激动，她好几次想说话都被堵了回来。

"我不交。我倒是要看看他们能把我怎么样。"

"老陈。"

珍丽叫住他。

"你好歹为孩子们考虑一下。上周，北面的面厂老王也跟你一样不交。结果怎么样？他闺女都被糟蹋了。"

老陈不说话了，面色依然很凝重，看样子他还是很气愤。

"要交的钱虽然多了一点，可是这也不是没办法。你要是没有，我这里还有些……"

"你的是你的，我的是我的，我为什么要用你的钱。"

老陈一句话堵死了珍丽。

"老陈！这么多年，你还和我置气？"

珍丽看着老陈。

老陈不说话了。

马克带着一群人进来了，人群里有杰夫、木纹，还有那个抠着鼻子的小马。珍丽和老陈一看这么大阵势吓了一跳。

老陈站起来，瞪着眼："马克，你这是要干吗？"

珍丽看到带头的马克。

"谁敢来收保护费，我们就跟他们拼了！"马克喊道，很气愤的样子，挥了挥拳头。

"胡闹！都给我回家去。"

珍丽走出来打了一下马克，推他出去，要把他们赶走。老陈看着这帮怒气冲冲的孩子，摆摆手："都回去吧。散了吧。你们还都是些孩子，怎么打得过人家。"

"大不了拼一条命！"马克喊着。

珍丽上来就扇了他一巴掌："你瞎说什么呢你！都给我滚回去。"

珍丽指着木纹说："木纹，你也回去，你爸妈要知道了，要你好看。"

木纹虽然也想反驳，可是没话说。珍丽看一群人都不动静，生气了，大声喊：

"回去！"

这一声吼让孩子们血气方刚的念头全都归了零，都纷纷看着马克。马克虽然不乐意，但是没办法，最先扭头走了。其他人也都纷纷散了。

"你看看，这群孩子指不定闹出什么事情。"珍丽埋怨道。

老陈则有些感慨："孩子们都这么大了，我们都老了。"

珍丽看着老陈："还是把钱交了吧。省心。"

"不，我不交。我就是要看他们想怎么样。"

"老陈……"

珍丽还想劝，老陈一挥手打断了她。

"我的事，我自己解决，你回去吧。"

冷冷的语气。珍丽看着执拗的老陈，没办法，叹了一口气出了门。

马克找到陈洁希的时候，陈洁希正在安慰一个正在痛哭的中年人，旁边还有一个很小的孩子。

陈洁希就那么蹲在中年人身边，看着他："张叔，别哭了。"

马克来到的时候就看到张叔新装好的三明治店铺被砸得一干二净，什么都没有了。

"张叔，别哭了。"陈洁希还在安慰着这个坐在店门前的男人。

"怎么回事这是？"

"那帮人来收保护费了，张叔的店面刚装修好，手里没钱，那帮人就把店砸了。"陈洁希对马克说。

"妈的，这帮人也太无耻了。我找他们算账去。"

张叔连忙叫住："马克，你别去。你打不过他们的。他们有枪。"

马克听到这个停下了脚步。确实，他自己一个人怎么可能斗得过整个帮派呢？

"我家那里怎么样？"

"你爸爸不愿意交。"

"那怎么办？"

"没事，一旦有人来闹事，你赶快告诉我，我带人去支援。"

马克给了陈洁希一个很坚定的眼神，陈洁希相信了。

张叔在一边说："洁希，告诉你爸爸，还是交了吧。我听说，整个莲板就你家没交了。他们肯定不会轻易放过你们的。这帮人刚把莲板其他的帮派都赶了出去，火气正盛着呢。"

陈洁希看着马克的眼神里充满了恐惧，马克的眼神也是飘忽不定的。

但是他还是告诉陈洁希："放心，没事的。从今天开始，我 24 小时等你消息。一旦有事，我第一个就过去。"

陈洁希似信非信地点点头。

"兄弟，借个火有吗？"

马克回头看去，是一个捡破烂的人。年纪不大，推着一个破旧的小推车，在街道四处捡着些垃圾度日，就住在莲板背面的一个小棚子里。莲板的人对他的出身不是很了解，马克从小记事起他就在那里了，他比马克大一点，也算是从小一起长大了的。所有关于这个人的信息只有一个，他姓吴。

马克笑着说："不抽烟。"

捡垃圾的男人又把嘴里叼着的烟塞回了烟盒子，继续往前走。

"他们狠着呢。留点心哦……"

他说的话似乎是对马克说的，又似乎是对别人说的。

一连好多天，那帮收保护费的人都没有出现，很多人都放松了警惕。老陈继续把杂货铺开张，生意还是一如既往的好。

木纹找马克帮一个忙，马克一听，欣然同意了。木纹的家不在莲板，还在木纹很小的时候，全家就已经移居到了城里，但是木纹依然会每隔几天往回跑，和马克、陈洁希、杰夫一起在沙滩上嬉闹，或者是带着些什么好玩的回来和大家一起分享。木纹和马克他们的家境条件有着巨大的悬殊，但是木纹一直视他们为自己这辈子最好的哥们和伙伴。

木纹找马克帮的忙就是，陪自己去见一个人。

马克问他是谁。

木纹说是他爸爸生意伙伴的女儿，家里人有意撮合他们俩。

"你去相亲？"

马克惊奇地问。

"不算吧，我才多大。"

"那就是相亲。"

"随你怎么说吧，你帮我这个忙呗。"

"怎么帮？"

"我不想给她留下一个好印象，彻底断掉我和她在一起的可能性。"

"那女的漂亮吗？"

"不知道，据说还不错。主要是家里有钱。"

"这你小子还挑？"马克瞪着木纹。

"我不喜欢我爸这种想控制人的感觉。要追也是我自己主动的。他安排的我就不要。"

木纹一脸的不悦。

"那你想让我怎么帮你？"

"我带你去，你就给我找碴儿，说我的坏话。让她对我印象很差就行了。"

"这我擅长。"

"OK。事成之后，我送你一手机。"

手机对于这个小城的人来说不是什么稀罕物，但是对于马克这么大的人来说，能拥有一个自己的手机，确实是很有诱惑力的。

马克惊讶："不会吧。你也太奢侈了。"

木纹得意扬扬地看着马克。

马克躲开了陈洁希，他不想让陈洁希知道自己偷偷跑到城里去帮木纹的忙。马克并不是看中木纹送的手机，他只是想把这个手机送给陈洁希，这样自己就能每天都和她说话了。

见面的地点约在市中心最豪华的一个酒店的一楼咖啡厅。

马克一直都没来过这个离莲板虽然很近的城市，在他的生活中，也许只有莲板那个安静的地方才是他想要的生活。那个女孩很早就在那里等了，马克和木纹是专门打扮了一番之后才来到咖啡馆的。

当然，他们的打扮，其实就是故意把自己弄成一个混混模样，穿着破破烂烂的牛仔裤和牛仔服，戴着墨镜，嘴里叼着烟。木纹更恐怖，还故意拿着胶水在自己的鼻子上粘了一个鼻环，整个人看上去就让人发自内心地反感。

两个人坐没坐相地坐在女孩对面，还没开口说话，那个女孩就已经让他们很难堪了："不会抽烟就别装。"

木纹拿掉眼镜，看着她，一不小心把鼻子上的鼻环碰掉了。鼻环砸在桌面上，叮当作响，木纹更觉得丢脸。这个女孩长得很漂亮，那种女神范儿的漂亮，长发飘飘的样子，确实是木纹喜欢的类型。可是他就是不喜欢，因为这是他爸爸安排的。

"你怎么看出来的？"

女孩放下咖啡，指着木纹拿着烟的手。木纹低头一看，自己竟然把烟拿倒了。

"我知道你的想法，我和你一样。"

女孩笑着看着面前的两个男孩。

"哎呀！"木纹有些懊恼地喊着，一拍大腿，刚才的痞子模样顿时烟消云散，恢复了他孩童一般的性格，木纹一屁股坐在椅子上，"那我还折腾什么啊。你好，我叫木纹。"

"朴丹思。"女孩伸出手和木纹握了一下，她的手很柔软。

"这是我哥们儿，马克。"朴丹思向马克点点头示意问好。

"你朋友怎么这么帅。"朴丹思开玩笑地说。

"那是。"

朴丹思又瞟了马克几眼，马克和木纹一样活泛，虽然他们现在的打扮和他们的性格很不相称。

"嗨！大家好，不好意思，迟到了。"

马克差一点听岔了，这柔软的声音就是个女孩，可是嗓音明明是个男的。他俩看去，一个瘦得几乎只剩骨头的男孩，一身女里女气的打扮站在桌子边向他们打招呼。

"你们好，我叫康拉德，叫我拉德就好。"

"嗨……"

木纹和马克尴尬地打招呼。

"这是我闺密。"朴丹思也有些尴尬地说。

四个人面面相觑，朴丹思和木纹心里都明白，他们故意带着一人来，就是为了避免两个人在一起无话可说的尴尬。结果是，四个人在一起，说话的都是朴丹思和马克，两个人侃侃而谈。两个人几乎什么话题都能聊得起来，这让一边只顾着吃东西的木纹和康拉德很嫉妒。他俩盯着朴丹思和马克的眼神里都带着哀怨。

马克回到莲板的时候已经是深夜了，他特意去杂货铺，轻轻地敲着陈洁希的窗户。

陈洁希屋子的灯亮了，窗户打开了。

陈洁希就这样居高临下地看着马克："你去哪儿了，一天都找不到你？"

"怎么了？"

"下午那帮人又来了。"

"他们怎么你们了？"

"我刚要去找你，他们就走了。临走说再不给就让我们后悔。"

"没事，我保护你们。"

"马克，我好害怕。"

"给你一个礼物。"马克把一个包裹扔上去，陈洁希接住。

"这是什么？"

"手机。"

"这么贵的东西哪里来的？"

"木纹送的。我和你都有一个。那帮人一来，你就给我打电话，我就过来保护你。"

"好。"

马克看着陈洁希的脸，月色下，很朦胧，很动人。

"洁希。"

"嗯。"

"我爱你。"

陈洁希不好意思地笑了。

"我一定会娶了你的，我们就在这个沙滩边盖一个房子，一辈子开开心心的。"

"好啊。我等你。"

马克点着头，很郑重的样子。

陈洁希开开心心地摆弄着手机，突然想到了一件事，她小声地说："对了，我告诉你。我发现一件奇怪的事情。"

"什么事情？"

陈洁希小声地说："我发现你妈妈最近老喜欢往杂货铺跑。"

马克感到奇怪："买东西咯，有什么奇怪的。"

"她不是来买东西的。"

"那她干吗？"

"女人的直觉，我看她看着我爸爸的眼神不对劲。"

"你……什么意思？"

"没准你妈妈和我爸爸以前是一对。"陈洁希捂着嘴笑了。

"瞎说。别笑了，你快点睡觉去吧。我回家了。"

"嗯。晚安。"

"嗯……能不能……"

马克还没说完，脸上就隔空被陈洁希的飞吻亲了一下。然后窗户就关上了，灯也灭了。马克被这突如其来的惊喜弄得心花怒放，在沙滩上像是发了疯一样地奔跑，一边跑一边号叫。临海的几户人家被马克这号叫声惊醒，有人大声呵斥着。但是马克依然疯了一样地号叫，开心地号叫。

手机开通的第一个电话是朴丹思打的，这有一点出乎马克的意料。上一次和木纹去与朴丹思见面，什么都没让她留下深刻的印象，单单让她记住了莲板的这个地方。

朴丹思自己空想出的莲板，是一个依山傍海的地方，很美，很安静。事实上，莲板也确实是这样的。刚分开几天，朴丹思就偷偷从家里跑了出来，坐着车一路来到了莲板。她很少出城，一进山，她就被眼前的景色给迷住了。徒步登山是一种精神上的放松，朴丹思第一次有这样的感觉。

莲板的山都不算太高，也很少会有悬崖这样的危险地带出现，山上都长着茂密的植被，一切看起来都是那么的美好。朴丹思流了一身汗，终于爬到了莲板最高的一个山顶。从高处看下面海边的这个小城市，朴丹思觉得太美了。

莲板就像是一朵开在海边和大山中间的莲花一样，静静地躺在那里，没有城市的车流和喧嚣，有的只是偶尔传来的狗吠声。可是就那么的邪乎，一阵风刮了过来，山顶上没有任何的遮挡，风特别的大，朴丹思一个没站稳，被风吹倒了，她顺着山势往下滚。

山坡上都是些凸起的小石头和灌木丛，刮蹭着她的脸和身子，格外的疼。但是她很快就感受不到了，脑袋撞在一块石头上，昏了过去。

等她醒过来的时候，她才发现自己的危险。腿被卡在一块石头中，正在往外流着血。也许是她昏迷这段时间流血过多，她似乎没有力气翻起身去搬开那块压着腿的石头。

朴丹思想起了手机。她摸索了半天，用尽了所有力气终于从兜里掏了出来，仔细地看着上面的数字，拨通了马克的电话。

马克这个时候正在杂货铺里。外面挂着歇业的牌子，大街上一个人都没有，快到中午的时候。马克和陈洁希坐在杂货铺门口，像是在等着谁。

"他们今天不会真的来吧？"

马克紧紧地拉着陈洁希的手："没事的，有我在。"

老陈从里屋出来，抱着一箱子货正在整理："你在这儿也没什么用。你也打不过他们。"

马克没有要走的意思，说了一声："那起码多个帮手。"

老陈不再说话了。

陈洁希突然问马克："你妈妈呢？"

马克摇摇头，晃着手里的棍子："不知道，早就出去了，还没回来。"

马克看到忙里忙外的陈叔，像是什么事情都没发生一样地镇静，他问："陈叔，你真的打算就这么么撑着？"

老陈一声不吭，他的行动表明，他确实准备这样。马克还想说话的时候，电话就响了。马克的手机里没几个人，陈洁希几乎占据了马克手机全部的内容。这是个陌生号码。

"喂。谁？"

"马克，我，是我朴丹思。"

"谁？"

"朴丹思，我们……我们在咖啡厅见过的。"

"哦。是你啊。"

电话那边的声音有些虚弱，但是能听得出来是朴丹思的声音。马克提高了嗓门儿，看着马克那开心的样子，一边的陈洁希已经听得出来是个女人的声音，一脸的不开心。

"马克，救我……"

"啊？救你。你在哪儿？"

"我在山……山上。我的腿被卡住了。"

马克腾地就站了起来，朴丹思气若游丝的声音，他感觉到了不对劲。

"山上？哪座山？"

"莲板……那个最高的山。"

"你在莲板？你没事吧。"

"救我……救我。"

"你现在怎么样？"

"我在流血……"

"你再坚持一下，我这就去找你。"

马克刚要跑出去，陈洁希叫住了他。

"你去哪儿？"

"有个朋友在山上受伤了，我去找她，马上回来。"

"那这边怎么办啊……"

陈洁希的话还没说完，马克就已经跑出去了。陈洁希气得狠狠地踢了一下马克刚才坐的椅子。老陈则什么都没说，他还在忙着自己的事情，搬着货物进进出出的。

马克路上遇到了小马，嚷嚷着让小马把莲板的大夫叫到山底下，说是有人受伤了。马克一路狂奔地向山上跑去。刚离开莲板走上山道的那一瞬间，他的身后几辆漆黑的车已经开了过来，停在了莲板城的边上，几个人戴着墨镜下了车，打量着这个小城市。

马克在山道快速地跑着，这里他很熟悉，从小就在山上混，一草一木他几乎都能说得清在哪里，他拨通了朴丹思的电话。

"喂，你现在怎么样？"

"快来救我……"

朴丹思的声音几乎是哭出来的。

"撑着点，告诉我你在哪里？"

"我不知道。"

"你身边有什么东西，快点告诉我。"

朴丹思努力地观察着四周，除了是密不透风的树，她看不见有什么东西。

"树。"

"什么树？找点有特点的告诉我。"

朴丹思费力地转动脑袋，她看到头顶的那棵树上，有一个巨大的鸟窝。

"鸟窝……"

"鸟窝？"

马克停下了脚步，气喘吁吁的。

"是不是很大的那个？"

"嗯……"

马克一转头，发现自己走错了方向。

"你撑住，我知道你在哪儿了。等我。"

马克把电话一挂，急匆匆地调转方向跑了过去。朴丹思几乎失去了意识，她很努力地对着电话说："别挂……"

但是那边已经挂断了电话。

马克在山林里几乎是用飞的速度往朴丹思的方向跑，当他跑到地方的时候，就看到朴丹思已经昏了过去。她的脚被死死地卡在了一块大石头里面，裤子已经被血染红。马克用力地搬开石头，拍拍朴丹思的脸。

"醒醒，醒醒。"

朴丹思没了意识。马克连忙背起她，就往山下跑。

因为太着急，他甚至都没有看到自己的手机已经掉在了地上。在他的身影消失在树丛里的时候，手机上显示有来电，来电人是：陈洁希。

马克背着朴丹思来到山下的时候，几乎已经用完了最后一丝力气，小马叫的医生已经在山下等着了，一看到马克下山来，就连忙迎上去。

马克摔在地上大口大口地喘气。

"她腿受伤了，流了很多血。"

"好。"医生把朴丹思放平，开始给她处理伤口。

马克喘足了气，才看到莲板旁边停着的几辆车："这车是谁的？"

马克指着那几辆车问小马。

小马眨着眼说："从山外来的。不知道是谁。"

"车上人呢？"

"进城了。"

马克连忙去摸身上的手机，发现早已经没了。一想，不好，顾不上疲惫，连滚带爬地抄小路往沙滩的杂货铺跑去。

沙滩边，没有人，一个人都没有，这确实让人很奇怪。马克抄小路到了沙滩上，他眼前却没有一个人。阳光灿烂，以往这个时候，应该是游客最多的时候，大中午也是捉海蟹、踏海最好的时候，可是人群似乎都离沙滩远远的。马克看到很远的地方，乡亲们木讷地站着，似乎刚刚看完了什么热闹。

杂货铺里很安静，几乎是没有声音。

马克飞一样地冲了进去。

外面的阳光实在是太好了，以至于他刚进了杂货铺，眼睛无法适应，几乎没看清里面到底有什么。

等他的眼睛适应了，他才看到了眼前令人感到惊悚的一幕。

老陈呆呆地坐在柜台后面，满嘴是血，目光呆滞，他的眼睛肿肿，嘴角也青紫一片，看样子是被别人打了。他的面前，那个玻璃柜台上，竟然有一根手指，早已经残缺不全了，像是鸡翅膀一样地被人啃掉了外面的皮肉，只剩下骨头白惨惨的吓人。

满柜台都是血，一滴一滴地滴在地面上，阳光照射着，散着金色的光。每一滴血在地面上溅开都像是一朵血红的玫瑰。马克顺着流血的地方看过去，那里趴着一个人。

是珍丽，马克的妈妈。

她的左手小拇指已经被切掉了。那满地的血就是从她手上流出来的。

"啊！"

马克感到从胃里的酸水开始往外涌，他浑身都无法自控地抖动着。

"啊！"

马克继续大叫，瞪大着眼，无法控制自己。

突然间，马克就晕了过去。

杰夫在照料着马克。马克醒来的那一刻起，他就一直不说话。他看得出来自己躺在医院里，但是他浑身没力气，他想起身，可是浑身不受控制一样。

杰夫告诉马克发生了什么。

"你刚去救那个女人没多久，那群人就来了。陈叔还是不愿意给钱，那群人就打他。陈叔骂他们，骂他们是狼。正好这时候你妈妈进来了，那群人中有个人就说让陈叔见识一下什么才是真正的狼。他们就剁掉了你妈妈的手指，逼着陈叔吃。陈叔不吃，他们就把洁希拖了出去，要糟蹋她。"

马克在床上喃喃地问："手指是陈叔吃的。"

"嗯。他是被迫的。"

"我妈妈呢？"

"在隔壁，没有生命危险了，只是……只是精神状况不大好。医生说，受了刺激，要慢慢调养。"

杰夫继续说："还有啊。陈叔的杂货铺也没了。那帮人逼着他签了转让协议，陈叔现在一无所有了。"杰夫继续说，他的语气带着低落，几乎都不敢再说下去了。

马克冷冷地说，没有一丝情绪："还有呢？"

"那帮人走的时候给村里放话了，谁敢乱来，就一样的下场。"

"报警了吗？"

"警察局说是意外事故，不是故意伤人。"

马克听到这个，突然感到非常不解，他突然想挣扎起身，但是他没力气，摔在了床上，他咬着牙问："为什么？"

"李警官说没人做证是黑帮找人做的，他没办法立案。"

"就没人看到他们吗？"

"那个捡垃圾的人看到了。可是他现在也没影了。村里的人都说，李警官收了人家的钱。这个事已经被定案了。"

马克紧紧地闭上眼睛。

朴丹思一瘸一拐地进来了。

"马克……"

"走！"

马克冷冷地说了一句话。

"马克，对不起。"朴丹思眼泪一下子就出来了。

"走！"

马克还是冷冷的。杰夫向朴丹思使了一个眼色，示意她还是走吧。朴丹思盯着马克看了一会儿，抹了抹脸上的眼泪："马克，这是我欠你的。"

朴丹思走了，杰夫把门关好，病房里黑了许多，马克抱着枕头，开始哭，眼泪止不住地流。他恨自己，死死地咬住自己的手背，直到流血了还是不放手。病房外面，杰夫听到了屋子里马克压抑的哭声，他向好奇来围观的人群挥挥手，让大家都散去了。

傍晚的时候，病房的门开了，马克从里面走了出来，神色不是很好，但是看着有了一点精神。杰夫正好提着一个饭盒过来了，看到马克站在病房门口，问："你要去哪儿？"

马克没说话，他看向隔壁，那里是珍丽和陈洁希爸爸的病房。病房门口还是有一些人在看着，不是看热闹，只是那种安静地看着，每一个人的心里都充满着好奇。

病床上的珍丽面色苍白地躺着，左手上捆着厚厚的纱布，马克坐在床边一动不动的。珍丽一连昏迷了好几天，马克就在床边一动不动地守了好多天。杰夫送来的饭，马克几乎一口都没动过，眼看着已经瘦得不像人了。

珍丽醒来的那一天，马克正在外面的长椅上眯着睡觉，杰夫替他守了一会儿。

珍丽醒来之后，看到的第一眼就是杰夫，她竟然没认出来。

"你是谁啊？"像个孩子一样的口吻。

杰夫抓住了珍丽的手，缓声说："阿姨，我是杰夫啊。"

"杰夫是谁啊？"珍丽真的像个孩子一样地上下打量着杰夫。

"阿姨？"杰夫不敢说话了。

"你会唱歌吗？"

"唱歌？"

"小皮球，香蕉梨，马兰开花二十一，二八二五六……"

珍丽就像个孩子那样地唱了起来，进而开始拍手，结果触痛了伤口，捂着手开始呜呜地叫："疼……疼……"

杰夫连忙哄着，他不知道这是出了什么状况。

外面，长椅上，马克虽然闭着眼，但是他听得到屋子里的一切，他无声地流泪，紧紧地闭着嘴，豆大的眼泪划过面庞，滴在地上。

好不容易安抚珍丽睡下，疲惫不堪的杰夫来到外面，坐在长椅上。他看到马克的眼泪，知道他没睡着。马克坐起身，擦干了眼泪。

杰夫努力了很久，才把话说出来："洁希让我告诉你，以后她不想再见到你了。"

马克轻轻地点着头："我知道，她恨我。"

杰夫想了很久说："其实你没错。"

马克说："我错了。"

两个人就这样地僵在原地。太阳开始西落了，杰夫要回去给他们准备吃的。

马克拉住杰夫的手："杰夫，帮我一个忙。"

"你说吧。"

"替我好好照顾洁希。"

"你要干什么？"

"我要把这个债讨回来。"

"谁是凶手？"

"只要他们还活着，我早晚会知道。"

"他们那么多人，你怎么报仇？"

"不知道。就算是等上十年，我也一定会等下去。我一定要让他们血债血偿。"

杰夫看着马克，马克闭着眼，一动不动，他做出这个决定，很难。杰夫没说话，紧紧地握住了马克的手，算是同意了，然后走出医院。马克站在医院的窗户边，这个医院就坐落在半山腰上，他俯瞰着莲板这座城市，这里是他的家，但是写满了痛苦的回忆。

他似乎看到了莲板的某一处，陈洁希正用满含愤怒的眼神看着自己。

2. 李可

李可怀揣着梦想从警校毕业了，他一心想做一个福尔摩斯那样的破案高手。自小，他就爱看各种各样的侦探小说，上大学的时候毅然决然地报考了警校，被顺利录取。

熬过了警校的艰苦学习，终于到了他实现梦想的时候。以警校第一名的成绩毕业，被直接分配到了警察局，这本是让任何人都感到光鲜的事情，可是对于李可来说，总是有些憋屈。仅仅是因为他懂一些电脑技术，就被分配到了档案科。这让李可觉得，自己被"潜规则"了。

李可确实懂电脑技术，他的爱好除了破案之外，对于计算机刑侦技术也算是比较痴迷的，这门课当时在警校还是比较冷门的课程，当时的警界普遍还是采取实地刑侦技术和 CSI 技术结合来破解案情，而对于电子信息技术的使用则少之又少。当然他们谁也不会想到，在短短不到 10 年的时间里，电子技术将会深深地影响到这个世界的发展，当然也影响到了警局的办案方式。

但是李可的电脑技术就这样被大材小用地用于管理全警局的档案，同时分配的同学，不管是资质还是成绩都远远落后于自己，可是却进刑警队的进刑警队，进监控科的进监控科，再不济也是去鉴证科做警员，只有自己冷冷地被扔在这个地下三层的仓库里，每天的工作就是整理各种案子的档案然后归库，要么就是谁来查找案情档案，办理各种手续。

上班还不到三天，李可就对这种生活感到彻底地厌烦。

李可确实没有任何的背景，他自小就是个孤儿，在孤儿院长大。孤儿院那个混杂的环境中，让他彻底地体会到了世态炎凉，他不屑于加入那些野孩子们的帮派，也不服从那个势利眼的孤儿院院长的调遣，他最大的爱好就是每天从偏门跑出去，坐在书店里，一坐坐一天，看各种各样的悬疑小说，看福尔摩斯。

他发誓，自己一定要成为一个被别人看得起的人，没有谁能够指使他做什么事情。小说里侦探和警察的形象给了他希望，所以他从孤儿院离开的那一刻，就果断地选择了去读警校。而现实的残酷，远远大于他自己的想象。

每天用电脑备案案情资料虽然有些枯燥，可是很快李可就发现了其中的乐趣。他可以看每一份卷宗，所有的案情他都能够清晰地看到第一手的资料。与其说楼上的刑警们是在用双脚双手办案，而李可每一天做的事情就是看着卷宗用大脑办案。

有时候他凭空根据卷宗就能判断出谁是凶手，他直接或间接给办案人员的提示，往往很快就能获得突破。虽然领导们都不知道有这么一个办案高手的存在，但是和李可同年龄的警员们私底下都叫他"档案库侦探"。

李可虽然有些憋屈，但是又觉得很受用。

　　最新的一个卷宗被送了过来，上面打上了"机密"和"办结"。李可在做数据输入的时候发现，案子根本不是上面说的那么回事。

　　这是一起故意伤人不成立的案件。当事人被人剁掉了双手，而卷宗上的立案调查结果却是：意外所致。李可看了一眼照片，冷笑了一声。从照片上看受伤者的伤口，整齐划一，两只手的伤残程度并不一样，并不可能如卷宗所说双手同时为机器切削。

　　疑点是李可最喜欢的东西，他仔细地读了每一份关于这个案子进展的资料和报告，他果然发现了其中的线索。被剁掉双手的人，是一家商铺的老板，因为操作器械意外出的事故。实际上，这个案子牵扯出了黑帮的成分。李可偷偷地 COPY 了一份卷宗，拿回家慢慢地分析。

　　他利用互联网技术，对案情中间的各种琐碎信息进行整合，又偷偷地进入了警局的档案数据库系统，最终他查到了一些线索。这些线索证明这起案件并非意外所致。

　　断手确实是黑帮所为，原因是商铺的老板没有及时上交保护费。李可了解到了一个信息，现有的黑帮团伙势力，正在悄悄地发生着改变。而断人手的这一波，是最新兴起壮大的一个，虽然年轻，但是下手最狠。李可能够查到的直接线索就是，这个帮派的带头老大，人人都叫他：泰哥。

　　李可觉得自己有必要去向上级反映这条线索的重要价值，他找到了刑警大队的队长，可是被无情地鄙视了一番。刑警大队长颇为不屑地告诉他：办好自己的事情，不要狗拿耗子。

　　李可被羞辱了，他的性格就是瞧不起这种人，他决定直接找机会向局长反映。

　　李可下班的时候就在警局门口开始等，等局长出来，他想靠自己的一次大胆的越权努力来争取上级对自己的重视。天快黑了的时候，局长才在刑警大队队长的陪同下走出了警局，李可连忙堵了过去。

　　李可敬了一个标准的警礼，然后把准备好的资料递过去。

　　"局长您好，我是档案科三级警员李可。我有重要的事情要向您汇报。"

　　局长很慈祥，看着这个有冲劲的小伙子，笑着说："有什么事情？"

　　"7 月 29 号的正义街断手案，刑警大队已经办结，结案理由为意外所致。可是案子中有很多的疑点都没有得到解释。我重新做了案件分析。我认为，这是恶意伤人，我怀疑是最近比较活跃的泰哥帮派所为。"

李可很自信地汇报完了情况。

警察局长看着李可的眼神让人感到匪夷所思。

过了一会儿，局长才对一边尴尬着的刑警队长说："这个孩子不错啊。既然有了新的线索，你就重新把案子再查一遍，别再出现这样的错误了。"

刑警队长立正了一下说："是。"

警察局长又上下打量了一下李可，从他手上接过材料递给刑警队长，然后上了车。李可很满意地笑了，他没看到刑警队长脸上的憎恶。

李可回到家就格外的开心，这是他第一次公开地表现自己的能力，而且得到了局长的夸奖。李可觉得这就是自己事业的转折点，他在等待着。

第二天一上班，李可就得到了最新的职务任命。李可站得笔直，等着人事科的人宣读任命函。李可本以为自己可以进入刑警队，可是结果却像是晴天霹雳一样。

李可被下放到了一个叫莲板的地方做区域警员。

莲板，李可不是不知道，那里离市区不远，让他头疼的是，这里是以前各种帮派混杂混战的地方。李可现在待着的地方原本是一片海，后来大海被填埋了，在这块人工置地上开始兴建出了这座繁华的城市。这座城市没有诞生以前，莲板是整个海区最为热闹的地方，许多黑帮都把自己注意力放在这里。对于黑帮来说，他们赖以生存的走私都仰仗莲板这块背山靠海的优势区位。这里，有一点以往"兵家必争之地"的意思。

而让李可感到惊恐的是，这里正是泰哥的地盘。

李可咬着牙收拾东西走出了警局，这让他第一次感受到了现实对于理想的吞噬。李可的直觉，警察局长并不是那么简单。

但是，一个人的出现让李可觉得阴沉的天突然有了一丝光亮。对面停了一辆车，一个女警员从车上下来，穿着笔挺的警服，扎着马尾辫，化了淡妆，整个感觉就是干干净净的，英姿飒爽。李可喜欢这种感觉的女孩子，以警察的直觉来看，这样的女人多半在事业上是很努力的那种，在生活上又是典型的贤惠女人。这正是李可想要的。

刚才的苦闷突然间一扫而散，爱情的力量瞬间占据了他内心的高地，在这个瞬间，他的世界里只有这个漂亮的女警官。但是女警员没注意到李可的存在，径直地走进了警察局。

李可问旁边负责守卫的警察阿明，他和自己是同时从警校毕业的，两个人的命都有些苦，一个守大门，一个守仓库。

"哎，这女的谁啊？"

"新分配来的警花。罪证科的。"

李可追着问："她叫什么？"

"江素芬。"

"名字是有点土，可是人确实好看。"李可喃喃地说。

阿明看着李可花痴的样子，有些嫌弃地说："兄弟，你就别打鬼主意了，这么一漂亮的警花放在警察局，哪有你的份儿，况且，你都被下放了。"

李可用肩膀撞了他一下："去，别哪壶不开提哪壶。我心里难受着呢。"

"警告你一句，莲板是个烫手的山芋。你可小心着点。"

李可点点头："我懂。"

李可要走的时候，又跑了回来："托你个事。"

"说。"

"想尽一切办法帮我搞到她的联系方式呗。"

"好处。"

"任你挑。"

"你说的啊。"

"成交。"

李可开着警车第一次来到了莲板。这个地方他虽然事先有所了解，但是情况并没有像他想的那样糟糕。

这里是十几个帮派争夺的地盘，可是看不出任何混乱不堪的痕迹，反倒是安安静静的，虽然有一些陈旧。一座大山隔开了它和那座浮华城市的联系，更像是世外桃源一样。空气也好，天似乎也比市区更透亮，李可伸了一个懒腰，突然被眼前的各种惬意冲淡了满心的不快。

李可和莲板的老警察做了换职手续。

李可暗中仔细打量了一下老警察，不爱说话，腰也佝偻着，警服虽然干干净净的，但是看得出很破旧。老警察似乎腿脚不好，走路慢腾腾的，不时地还要狠狠地咳嗽几声。

"张师傅，您怎么老是咳嗽？"

李可问他，但是老警察似乎没有要理他的意思，还是在收拾自己的铺盖和东西。李可只能无趣地打量着这座所谓的"警所"，不过是一间普普通通的民房改造出来的。挂在外面的警徽常年风吹雨打，已经看不见上面投射出来的英气。屋子里还算干净整洁，卧室里该有的都有，虽然简陋，但是起码是个人住的地方。

老警察带着李可走进卧室，打开衣柜，从里面打开了一个暗格。

"这里是放枪的地方，晚上睡觉一定要锁好，不然容易被偷。"

"警所还能进贼啊？"

"警所也是人住的地方。"

老警察有意无意地说出了这么一句话。老警察又掏出一叠厚厚的资料递给李可。

"这里是整个莲板住户的资料，有些人已经死了，还有今年新出生的，我没有登记，你要是有时间，就好好整理一下。"

李可四周看了看："这里没有电脑吗？"

老警察看了李可一眼，嘟囔着说："你看我这个年纪，像是会用那东西的人吗？"

李可缩了一下脖子，确实不像。

老警察一边收拾着东西，一边和他说："莲板虽然不大，可是这里住着上万户的人，人多眼杂。你巡街出警的时候都小心着点，最好不要带枪。"

"为什么？"

老警察还是看了李可一眼，李可从那浑浊的眼神中读不出什么东西。

"这里的状况你是知道的。你那一把枪能有什么用？"

老警察说的，李可明白，这里虽然住的都正常的人家，可是在这些夹缝里活着的那些黑帮匪徒都不是那么好惹的，自己单枪匹马，确实有点自不量力的感觉。

"你被送到这里来，我就看得出你年轻气盛。听我一句话，凡事能忍则忍，没准你还能早点从这里出去，否则……"

老警察不说了，打点好的行李已经装在了那辆几乎要锈掉的警车上。车上有已经被铁锈腐蚀掉的子弹孔，说明这辆车曾经的经历。

老警察一瘸一拐地往车上走。

李可看着老警察的腿，好奇地问："张师傅，您的腿……"

老警察打开门，看着李可："年轻人，不要莽撞。莲板是个好地方，你就当来散心，什么事睁一只眼闭一只眼，也就过去了。"

老警察关上了警车的门，门似乎有些变形，他关了好几下门锁才扣上，老警察开着那辆老警车走了。李可看着老警察的车消失在公路上，刚才被冲淡了的不快，又被各种担心给填满了。

李可回到警所的时候，就看到自己那辆崭新的警车边围满了孩子，他摆摆手。

"都散了散了。"

那群孩子离开了车，但是没有走远，站在墙角堆成一堆看着李可。在他们眼中，这个年轻的长得帅气的警察，还有那辆擦得锃亮的警车，都带有无与伦比的新鲜感。李可也无视这群孩子的存在了，走回警所，看着只剩下自己一个人的空屋子，轻叹了一口气，看来，他的日子，要一直这么走下去了。

李可用了一个星期的时间才把莲板的所有街道走了一遍，他这才明白为什么这么多的帮派看中了这块地方。虽然对面就是海滩，可是海水比较浅，走私的船无法靠近，但是离沙滩不远处的一个海湾却是水深礁少，这里建成了一些码头，四周被翘起的山岩挡着，很是隐秘。也许很多莲板的本地人都不知道这里有个如此大规模的码头存在，那些走私船都是在这里靠岸，然后从海湾的一个小道把货运到莲板。莲板的房子比较老旧，几乎每一家都会有个隐秘的地下室，这就成了储藏货物的好场所。李可的眼睛很尖，跑了这么多天，他基本摸清了这里的路况，还有比较有可疑的地点都有哪些。

李可一直没有想明白，为什么莲板的黑帮生意这么猖獗，警察局却对这里置之不理，看到老警察，再联想到自己被下放，他终于明白了一个道理：不是不想管，是不愿意管。

当然，年轻的李可也忽略掉了另外的一种可能性：是管不了。

李可的心里一直都想重新回到警察局，就像是老警察说的，莲板是个好地方，也许真的对什么事情都不闻不问的时候，这里是个养老的最佳选择，可是李可不这么认为。

老警察的腿，他看得出不是因为风湿或者什么病而起的，那明显是子弹击中了膝盖骨造成的。这里的腥风血雨，也许永远都是隐藏在安静的生活下面。李可想解开这层安静的伪装，他有一点盲目的冲动。

看大门的阿明给他打来了电话，告诉了李可江素芬的住址，还有她办公室的电话。

李可跟阿明说了自己的想法："我想再努力一把。如果我把莲板的事情解决了，你说上头会不会考虑调我回去？"

"李可，我劝你别这么想。"

"为什么？"

"莲板还不清楚吗？你一个人撬得动大山？"

"不试试怎么知道。"

"那里的住户怎么办？万一真动起手来了，那里的状况肯定要出很大的状况，你少不了会伤着无辜的人。有一个人受伤，你就别想回来了。"

李可不说话了。

"你就老老实实待着吧。没准哪天换了一个领导，你就回来了。"

"我没什么成绩，换谁也不会调我回去。"

"那你就爱民如子去。"

李可没话说了。阿明说的确实也有道理，自己贸然做事，一旦出了纰漏，自己的这辈子就彻底完了，他眼前浮现了老警察的背影。

深夜，李可始终没有睡踏实，他没有按照老警察说的把枪放在暗格里，在这里，四周都有潜在的危险，枪他始终不离身。他在思考莲板的复杂性，真如老警察所说，这里处处都是雷，但是你不去触碰，一切都是安全的。如果你碰了一个，这些雷就会连锁地炸开，瞬间将莲板付之一炬。想得头疼了，连续想了这么多天，李可突然感觉到自己身上的压力，甚至有一种无缘由的绝望感。睡不着，李可干脆就起了身，四处闲逛。

晚上的莲板比白天还安静。但是李可知道，这种安静之下藏着多少他不知道的勾当。莲板的住户晚上很少出门，他们遵循着日出而作、日落而息的古老生活习惯。和大城市相比，这里没有夜生活，反而成了特色，很多在城市里生活苦闷的人都会选择来这里住上两天，消散心中积攒下来的戾气。

李可很快就走到了靠海的沙滩，风从背后的山上往海上吹，有些冷，但是比白天少了一些海的腥臭，倒是有一种清爽感。李可听到了有人的笑声。

他扭头看去，靠近沙滩边的一个杂货铺。有一扇窗户开着，亮着灯，一个女孩趴在窗台上和下面的一个男孩说话。风把他们说话的声音送了过来，两个人的谈话很简单，无非是小打小闹的情侣话题。

李可想了想，打开手上的对讲机。

"警员 1439，李可，呼叫总台。"

"总台收到，请讲。"

"请接罪证科江素芬警员。谢谢。"

"稍等。"

李可知道江素芬今天值晚班，他突然就想和她说话了，也许是受到那对小情侣的刺激。

"你好，罪证科江素芬，请讲。"

"你好。"

"你好，请讲。"

"我叫李可。"

"嗯?"

"没事，就想听一下你的声音。"

李可拿着对讲机，和江素芬这么一句一句地对话。

"不好意思，您……"

"没事，打扰了。"

李可挂断了信号源，有些满足地笑着。声音很好听，和她的长相一样。后半夜，风变得大了，李可觉得有些冷，他在沙滩坐够了，看着天，满天星辰。他开始往回走。

一路上除了些野猫，就是半夜寻食的狗。李可拿着手电筒，腰里别着枪，这让他有了一些胆量，平静之下不知道从什么地方就会蹦出点危险来。

一路都相安无事，李可有些困乏了，他准备回警所的时候，就看到离自己一百米远的地方有个黑影在晃动着。警察的习惯，让他顿时来了精神，他靠着墙根慢慢地靠近过去。

并不是一个人，而是几个人。

"小心点，别把货弄坏了，否则 Devil 哥让你们好看。"

这是李可第一次正面遇到这群人，而且还是看到他们在偷偷地运着货。至于是什么，李可也不需多想，肯定是违法的东西。李可就这样在暗中慢慢地跟着，但是显然这几个人对于地势的了解比自己更熟悉，刚刚脚步慢了一下，李可就发现人没了踪迹。

跟丢了之后的李可显然不愿意放弃，他加快了脚步，想看看周围几个街道的动静，可是什么都没发现。李可转了几条街都没找到人影，正要泄气的时候，离他很近的一个漆黑巷子里，突然有两个雪白的眼珠子在看着他，像是躲在黑夜中的狼一样，虎视眈眈地瞪着自己的猎物。

"李警官这么晚了还巡街啊。好辛苦。"

这个人突然地走了出来，让没有任何心理准备的李可差点把心脏吓了出来，他迅速地拔出枪对着这个人。

这个人高高大大的，比李可大出一整号来，看着李可拔枪了，这个人丝毫没有反应，还是微笑地看着李可，这种笑让李可感觉有些毛骨悚然。

"你是谁？"

这个人微笑着，对李可的枪视而不见："叫我胜力好了。"

"你不是莲板的。"

"李警官真会开玩笑，我们这种人怎么会是本地人呢。"

"你们……"

"李警官很好奇是吗？"

胜力压迫性地把脸伸了过来，这让李可感觉到很恐怖。

"没……没有。"

"改日约李警官喝茶。"

胜力退回到了漆黑的巷子里。李可刚才确实心里感到了害怕，面对胜力，他确实没有十足的把握能够拿下他，在他们这帮人面前，自己还只是一个警界菜鸟。李可自己也这么认为。

半夜经历了这样一件事，李可确实感觉到了莲板这块地方的恐怖。

睡到了早晨，李可是被敲门声惊醒的。开门之后，是一个小孩子，抠着鼻子。

"怎么了？"

"有人要收保护费了。"

"什么？"

"有人要收保护费，说不给就砍人家手指。"

"你在哪儿听到的？"

小孩说："这事人人都知道，就你不知道。你是不是当警察的？"

李可觉得好玩，他盯着小孩，这小孩说话的语气很郑重其事。李可从腰里掏出枪给他看："我有枪，你说我是不是警察？"

小孩也从后腰里掏出了一把枪："我也有，你说我是不是警察？"

枪的型号和自己的一模一样，李可很惊讶这孩子哪儿来的枪。

"你的枪哪儿来的？"

"情敌送的。"

李可听得云里雾里的。小孩扣动扳机，原来是一把玩具枪。

李可被吓了一跳，摆摆手："回家去，瞎凑什么热闹。"

"我说的是真的，你要再不管，就出大事了。"

小孩子一边跑一边朝他喊。

李可确实该管管了，他要管的不是什么保护费，而是昨天晚上的事情。他洗了一把脸，在路边的三明治店买了一块三明治。

"味道不错啊。老板。"

"那是，这是我的手艺。"

老板呵呵地笑着。店面很新，像是刚刚装修好的。

"老板，问你一个事情。最近是有人要来收保护费吗？"

老板看了李可一眼，没搭话，李可在等着，老板转移了话题。

"要不要试试别的口味？"

李可从老板的眼神中看出了一丝意味，看来他们都不敢说。李可摇摇头，坐上车，往昨晚上的地点驶去。那块地方比较狭窄，车子进不去，李可就把警车停在外面，徒步走了过去。

白天，这里就是莲板人的天下，老人孩子沿街坐着，聊天，嬉闹，年轻人骑着自行车四处闲逛。远处隐约还能够听到学校里的读书声。

李可靠着昨晚的回忆，沿着那群人的路线一路走着。地面上没有了昨晚他们推车的痕迹，下了一场雨，什么都看不见了。

李可询问了周围的人家，打听周围有地下室或者仓库的所在。按照他打听来的消息，李可拿着相机在沿途拍着。

突然有汽车的报警器声音。李可一开始没当回事，但是他很快意识到，离自己最近的一辆车就是自己的警车。他撒开腿就往回跑，果然是警车在响。四周的玻璃全部被别人敲碎了，周围围着一些看热闹的人。李可拨开人群看过去，车身上写着红红的几个大字："下不为例。"

李可看了看周围，只是些看热闹的人，他找不到任何可疑的人。

李可恨恨地踢了一下警车，警车的报警铃更响了。

李可开着被打碎的警车回到了市区，在警察局门口，他这辆被砸得面目全非的警车着实吸引了不少人的目光，连看大门的阿明都想笑了。李可没理这些人的眼光，直接进了警局，来到了罪证科。李可进来第一眼就看到了那个警花江素芬，江素芬也看到了他，迎了过来。

"我是罪证科警员，江素芬，有什么可以帮忙的吗？"

"我是李可。"

李可平淡无奇地说了这么四个字，让江素芬的脸上突然尴尬了起来。

"哦。那有什么可以帮你的吗？"

李可把相机递过去："这里面是我拍的照片，我怀疑昨晚有人在这片区域从事地下走私活动，能不能帮我找出这个区域的地图，还有以往的罪证资料？"

江素芬接过相机，笑着应了一句："好，稍等。"

李可坐在罪证科的座椅上，眼睛丝毫没有离开过江素芬，江素芬也意识到李可在看着自己，有时候会很不自在，但是为了工作，她一直都忍着。

江素芬很快就把资料弄好了交给了李可。

李可想了一下说："如果有时间，能请你吃个饭吗？"

江素芬微笑着，有一些不好意思。

"等你有时间吧。莲板离这里挺远的。"

李可点了一下头，走了。两个人都冷静得很，还没熟悉到那种地步，彼此之间还有尴尬感。李可下楼的时候就在想一个问题，江素芬查了自己的工作地点，她知道自己在莲板，这样看来他们俩之间的关系，还是有很大可能的，这总算是给憋屈了一整天的李可注射了一针强心剂。

李可开着破车回到莲板的时候，天也黑了。他一路上都在想江素芬的每一个细节，看到江素芬看自己的眼神，他就有一种猜测，她就是自己想要的人。

李可的车进了莲板，经过早晨买三明治那个地方的时候，他突然看到早晨还好好的三明治店，这个时候已经破烂不堪了，像是被别人砸烂了一样。李可感到很奇怪。

他刚回到警所，电话就响了。

"喂，您好，莲板警所，我是警员14739，李可。"

"李警官，你好。"

是一个陌生男人的声音，听上去冷冷的，但是年纪应该不是很大。

"你是哪位?"

"你不用知道我是谁。听说你最近在查我?"

李可想到了昨晚的胜力，看来这个人就是老大了。

"你是谁?!"

"做个交易怎么样?"

"交易?"

"我需要你的身份来帮我做事，我可以满足你的需求。"

"我是警察!"

李可用警告性的口吻告诉对方。

"可是你被下放到了莲板。在莲板，你就不是警察。"

"你想做什么?"

"你可以得到你想要的，我拿我想拿的。这样的合作，不为过吧?"

"你要贿赂我?"

"不不不。不是贿赂。你还没到那个级别。是交换。"

"我不同意呢?"

"你会同意的。"

"为什么?"

"我能从你的声音里闻到欲望的味道。每一个人都有欲望，你也有。我还感觉得到，你的欲望很大。"

这个男人说话的方式充满了神秘感，这让李可感到毛骨悚然。

"你找错人了。我不会和你合作的。我一定会把你抓起来。"

"是吗? 那我们做一个游戏好了。我给你机会让你来抓我。我可以告诉你我存货的地点，我等你来找我。"

李可听到那个人说出了一个地址，李可铺开了江素芬给他的那个地图，果然在上面。

"李可，我们会合作愉快的。"

那个人挂掉了电话。

李可确认了一下那个地图，然后把所有的枪上好膛，打开了保险，出了警所。他偷偷地顺着墙角来到那个人说的地点，李可看到墙角上有一丛草比较松，透着丝丝的光，他轻轻趴在地上扒开那丛草。果然，那里有个地下室，非常的大。李可看到了那天晚上自己见到的胜力，正在指挥一群人忙着搬货。李可看到里面很多人，都带着枪，他知道自己单枪匹马绝对不行，于是他慢慢地退了回去。

第二天，李可再次来到了警察局，直接闯进了局长的办公室。局长正在和一个人谈着事情，被李可突然地闯入吓了一跳。

"你懂不懂规矩！出去！"

警察局长朝着李可大吼。

"我要申请刑警队出动，抓一批人。"

"你这个级别，没有权力。"

警察局长冷冷地看着他，李可把所有的资料全部扔在了桌子上。

"这是我用了好几天搜集来的资料，如果出警，完全可以一举端掉莲板的地下走私团伙。局长，看您的表态。"

李可有些逼宫的感觉。

警察局长看着桌子上的资料，翻了翻，仔细地看了几页，然后拿起电话。

"接刑警队。"

"来我办公室一趟。"

警察局长放下电话，看着李可。

"你叫李可是吧？"

"是，局长。"

"勇气可嘉，可是方式不对。下不为例。"

"是，局长。"

"去吧，接下来交给刑警队。如果这次成功，你可以回刑警队上班。"

"谢谢局长。"

李可出了局长办公室，他这次贸然之举，其实带着很大的危险。之前他不是没怀疑过局长和这些帮派之间的关系，但是一切都是他自己的猜测。这次事关重大，他思考了很久，终于下了一次赌注，他还是来找了局长。这一次，局长给了他承诺。李可的心虽然没有放下，但是起码有了一些期待。

下楼的时候，李可碰到了江素芬。她正抱着一堆资料在和别人说话，看到了自己，她微笑着走了过来。

"这次有时间了？"

江素芬竟然主动和自己说话。

"嗯？"

"晚上一起吃个饭怎么样？"

江素芬向他投来微笑。李可突然感到有些惊慌失措了，但是他的心里却是像是开了花一样的。

李可约江素芬在一家意大利餐厅，这个地方李可一次都没来过，是江素芬选的地方。第一次约会，还是需要这样一个稍显浪漫的氛围，但是李可显然有些紧张。

李可不会点西餐，还是江素芬给两个人点了最具有意大利特色的招牌菜。

"这里的意大利面特别好吃。"

"嗯。"李可有些不好意思搭话，只是埋着头吃东西。谈恋爱他并不擅长，这还是大姑娘出嫁头一回，面前是自己所喜欢的人，正微笑地看着自己，他心里却是有些害羞。

"你怎么去了莲板？我看了你的资料，你原来应该在档案科。"

李可没法回答这个问题，说自己被撵走了？太丢人。他尴尬地笑了两声。

"你……"

素芬还没说完，李可身上的对讲机就响了。李可打开，是刑警队长狂吼的声音："李可，你他妈的真可以啊。"

李可不知道发生了什么事，刑警队出警的时候自己想去加入，但是刑警队长直接告诉他不能参与这次任务，他这才有时间和江素芬一起出来吃饭。虽然是约会，可是他心里却是心不在焉。

"怎么了？"

"空的！都他妈的空的！"

李可瞬间愣住了，江素芬看着李可的表情，知道发生大事了。李可也没顾得上江素芬就跑了。和江素芬第一次的约会，就这么搞砸了。李可几乎把警车开到了最高速度，一路狂奔地冲到了莲板。

莲板的街道上挤满了各种警车，被人围得是水泄不通。李可挤进人群里，他看到，警察打开的那个仓库，里面竟然放着各式各样的老式家具，上面有灰尘，看样子放了很久。

这和前几天李可亲眼看到的完全不一样，他顿时愣在原地一句话不说了。

刑警队长看着李可，狠狠地说了一声："收队！"

警员们开始往外走，整个空旷的地下室里，就只有李可自己。

李可想不明白是怎么回事。连他都不知道自己是怎么回到警所的，电话响了。还是那个冷冷的男人的声音。

"李警官，怎么样？"

"你耍我。"

"没有耍你，我只是在告诉你，你没办法抓到我。"

"我要把你碎尸万段！"

李可有些发疯了。这一次的任务失败，就注定自己要被开除出警队，他这一辈子唯一的追求，彻底地磨灭了。

"哈哈……"

"你是谁！你说！"

"你不用知道我是谁。李警官，我只问你一个问题。"

"说！"

"我们可以合作了吗？"

"合什么作！"

"我可以让你重新做回警察。而且，我可以保证你几年之内就能坐上刑警队长的位子。"

"你凭什么能保证！"

"今晚还不能说明问题吗？你以为你们警察都是干干净净、执法严明的吗？"

李可皱着眉头，他在犹豫。

"要么你做一个普通人，一辈子这样过下去，要么跟我合作，我让你坐上刑警队长的位子。你自己选一条路。"

"我要是不同意呢？"

"你的梦中情人也许会在某一天从楼顶被大风吹下来。那么好的人，多可惜。"

这个人的声音像是在开玩笑，可是李可听了都恨之入骨。

"我是不可能和你一起走私的。"

"不用不用，你要做的事情很简单。"

"怎么做？"

李可已经开始妥协了。他不愿意看着自己一辈子都浑浑噩噩地活着，打他从孤儿院出来的那一刻，他这辈子剩下的东西，就是他做梦都想当的警察。面对这样的选择，再艰难都已经输了。

"我会告诉你的。"

李可咬着牙，他还是有些不甘心。

"李警官，人都是为了活着。合作愉快。"

电话挂断了，盲音嘟嘟地响。李可像是突然丢掉了魂一样地瘫在了椅子上，他看着漆黑的警所，看着电话，看着外面的黑夜，他彻底地感到自己掉进了旋涡，无法自拔。

过了好几天，他没有接到任何的开除命令，阿明打电话告诉他，说是上头有人发话了，对这次任务失败的后果不予追究，阿明问李可是不是傍上大官的千金了。李可知道，那个人说话算话了。但是这些天，李可没有接到任何的电话，他不知道自己答应的这件事即将让自己面对着什么样的抉择。

这一天，李可接到了一个电话，可是电话刚挂断，那个之前拿着玩具手枪的小孩就跑进了警所，气喘吁吁的。

"我要报警！"

"报警？"

"杂货铺出事了！"

他连忙抄起枪和包就往外跑。

走进杂货铺的那一刻，他看到的是满屋子的血。地面上躺着一个年轻人，已经昏了过去，柜台左边趴着一个中年的妇女，她的左手小拇指被人齐根地砍掉，血就是从这里流出来的。她的对面，是一个男人，鼻青脸肿，嘴在颤抖，他的手上和嘴里也都是血，面前放着一根被啃掉了皮肉的手指头。

李可突然有些想作呕。

门外跑进了一个女孩，浑身衣服凌乱，扒着门看到了屋子里的景象，突然就尖叫了起来。李可仔细打量地上的男孩和门边的女孩，正是那天晚上自己看到的男孩女孩。

李可拿出相机拍下了屋子的现场，伸手到了女人的鼻子前，还有气息，人还没死。

他连忙跑出去，对着围观的人喊："过来两个人，送人去医院啊！"

人群一开始还是安静的，似乎平静的生活让他们都麻木了一样，李可又喊了几声，才跑出了几个人，来到了杂货铺，把这些人抬起来往医院送去。

屋子里的天窗大开着，阳光倾泻进来，微尘都能够看得很清晰。柜台上的血一滴一滴地溅开在地面上，像是盛开的血玫瑰。

李可在现场取证完毕之后，刚回到警所，他看着面前的卷宗，还有那个相机，目光呆滞。他这么一坐就坐了很久。夜就这样慢慢地过去了，李可还是盯着那个卷宗看，脸上没有一丝的表情，他不知道该不该这么做。

天刚刚亮的时候，李可闭着眼睛，他妥协了。

李可去城里汇报案情之前，经过医院，他想了想还是上来看看。那个鼻青脸肿的店老板还是有些目光呆滞，那个女孩在病床前待着，脸上的泪痕还没有干。

李可站在病房外，看到隔壁的屋子里，一个男人端着粥走进了这个屋子。

"洁……希，喝……一点吧。"

"我不想喝。你放着吧。"

"哦……"

这个长相老实的男孩把粥放在一边，然后又回到了隔壁的屋子。

不一会儿，那个昏倒在地上的男孩走了出来，就靠在走廊的座椅上，躺下就睡，也没盖东西。

李可想了一下，看了看手里的那个结案报告，他打开看了一下，最底下的结案呈述上写着：意外事故，现场无故意犯罪痕迹。

上面按着一个鲜红的手指印。

李可闭上眼，他想到了那个凌晨，天刚刚亮的时候，他急匆匆地写完所有的卷宗，然后潜入了医院，他趁着那个叫洁希的女孩睡着了，在床边偷偷地用病床上店老板的手按下了这个手指印。按照电话里那个男人的指示，他需要把这宗案子定义成意外事故。那个叫珍丽的女人已经疯了，证词只能由店老板来呈述，一样具有法律效力。

李可的耳边响起了自己问那个男人让自己这么做的理由。

男人的回答让他很恐怖："只是为了让你证明你有诚意。"

李可知道，即使自己不帮这个忙，那个人的能力也能够让这件事的影响力很快就消失。他让自己来做，其实是给了自己一个当口，做了这件事，李可就不再是以前那个充满正义感的李可了。这条路，李可回不去了。

不一会儿，隔壁屋子里响起了一个女人唱着儿歌的声音。

"小皮球，香蕉梨，马兰开花……"

李可听不下去了，他捂着耳朵，躲到外面去了。外面可以看得见整个莲板，这个小城还是那么安静，丝毫没有被这件事所搅扰。街道上还是那些老人孩子，闲聊，嬉闹。

李可把目光转移到了更远处。和莲板隔海相望，是那座更具有朝气的城市，高耸入云的大楼，还有五彩的霓虹灯。李可紧紧地咬紧牙关，路既然已经踏上了，他只能一路走到底。

李可觉得欣慰的是，他赢得了爱情。虽然丢了良心。

3．DEVIL

Devil 第一次见到泰哥的时候，他才刚刚 17 岁，那时他还叫戴文翔，因为长期的营养不良导致他略微有些驼背，看着像个 15 岁的孩子一样。削瘦的脸颊上两只眼睛显得格外突出，左半边脸因淤青而肿胀着，脸上仿佛带着一种奇怪的笑容。

那天晚上，戴文翔终于和屋里的女人大吵了一架，理由是女人逼迫他杀死了自己养了三年多的小猫灰灰。当他的手沾满了灰灰的鲜血，看着自己唯一的伙伴渐渐闭上双眼后，他再也无法忍受这一切，他们争吵然后厮打起来，最后在女人发狂之前他躲进自己的房间，把门反锁以后用凳子将带锁的窗户砸碎，匆忙顺着下下水管道逃了出去。

他家住在八楼，稍有不慎就很有可能摔个粉身碎骨，仓皇中玻璃渣给他身上平添了许多刮痕，有的甚至划出血来，顺着他的小腿流了下来，但他现在什么也顾不上，满脑子只有一个念头就是逃离这里。

戴文翔住的这个地方是一个貌似被城市遗忘的荒岛，岛的对岸是繁华的城市，林立高楼、霓虹绚烂，在岛的那一边，则是一个静谧的沿海小城莲板。城市以迅雷不及掩耳之势飞速地发展着，而旁边的那个小城时间仿佛凝滞，多年来一成未变。但是相比现在这个贫穷、破败、肮脏的小岛，这个不愿有外人光顾的遗弃之地，却是他的出生之地。每当有罪案发生，警察听到这个名字都会嗤之以鼻地抱怨一声，甚至有的干脆当作没有接到报案任其不了了之。

戴文翔不知道在海里游了多久才爬上了这片沙滩，从那个岛到莲板之间的距离很远，但他就是那样直接游了过来。戴文翔跑出家门的时候分文未带，在那个岛上他没有朋友，唯一有血缘的爸爸在母亲去世不到半年就将这个女人带回了家，谁知这个小三虽绝色漂亮却是个有极度控制欲的精神病，而且随着时间的流逝，愈发严重。他的父亲最终承受不了这样的压力离开了莲板，留下了才刚刚6岁的戴文翔。邻居街坊谁都知道阁楼里住着一个小男孩，他有一个精神病却又风骚的后妈。人们虽然都很同情，但这种破地方，什么样的事情不会发生呢，人人自顾不暇哪有时间管他人冷暖。

在莲板，他更是举目无亲。这里的环境和那个岛上没什么区别，还是一样的陈旧。头几天，依靠着垃圾堆里的食物戴文翔还能勉强度日，没过几天就被街边的混混们盯上了，欺负弱者，或许是混混的传统。

"想吃东西，那要看看这东西是不是你的。"一个穿红色皮衣的黄发青年手里拿着一块面包，戴文翔已饿得前胸贴后背了，这几个混混像猫捉耗子一样连续几日的追赶已经让他没有力气做任何反抗，一顿暴揍之后，他无力地跪在这几个人面前，死死地盯着地上一言不发。

"小子，想吃吗？"戴文翔沉默。

"不说话？"黄头发青年笑了笑，把面包片扔在地上，然后用鞋狠狠地踩碎，一阵风吹过来，什么都没有了。但显然混混们并不打算就这样放了他。

另外一个黄头发青年的跟班坐在摩托车上挑衅地说："怎么，有个那么风骚的后妈不好好在家享受，跑到外头来碍我们的眼。我听说岛内的兄弟说，你爸是受不了你和你后妈那啥，一气之下才走的。怎么样，爽吗？"

戴文翔气得两眼通红，攥紧了拳头。他挣扎着想要站起来打这个黄头发的男人，才刚动了一下就被两三个青年踢倒在地上，紧接着又是一轮拳打脚踢，恍惚间他好像在远处的街角看到了他后妈的身影，一转眼又不见了。刚开始他觉得拳头落在身上非常的疼，他只有紧紧蜷缩起来抱着头，用背部去抵抗这些攻击，到后来他连护住自己的力气也没有了，甚至感觉不到疼痛，他就那么自然地躺在地上，任人宰割。额头上流下来的血把眼睛糊住，他几乎什么也看不见，有那么一瞬仿佛躺在地上挨打的是另一个不相干的人，而他只是站在旁边看着。戴文翔想，死掉也不过如此。

就在这时，街头飞速跑来另一伙人，那帮人看起来并不像莲板的本地人，从他们的穿衣打扮就能看出，绝不仅仅是混混那么简单。人人手里拿着武器，砍刀、手枪一应俱全。黄色头发的青年明显有些慌乱，但为了面子还是抬着下巴顶着走在这伙人最前头貌似是老大的人。为什么说貌似是老大，因为他实在长了一张不像混黑帮的脸。身形虽瘦长但有明显的肌肉线条，穿着一身白衬衣带着一副黑框眼镜，乍一看还以为城里哪个贵族学校的大学生。两人目光相交，黄头发青年仔细一看，感觉在哪里见过这人，但又有点想不起来。白衬衣缓缓开口道："C哥，别来无恙啊。"没等黄发青年回答，白衬衣又继续说道：

"今天开始莲板就是我的地盘了，你可以继续待着，只要不做你不该做的事情，我可以让你暂时活着。"

说来也奇怪，这么一个弱书生一般的人物，说起话来却铿锵有力，极具震慑，让人不容置疑。黄头发青年刚要骂脏话，白衬衣打断他又说：

"如果你同意了就一句话别说，带着你的人离开，如果不同意，那……"白衬衣又极有礼貌地欠身笑了笑："欺负小孩，这也叫本事？"

这下彻底激怒了黄头发青年，他张口"你"字才说了一半，一声枪响，子弹径直从他的额头中心穿过去，他瞪着双眼尴尬地张着嘴，以一种相当奇异的姿势倒在了地上，白衬衣的表情始终没有变过，黄头发青年的跟班们火速散开跑掉，白衬衣无奈地看了看地上的尸体：

"让你别说话就不要说话，本来不想杀你，但你的声音实在，实在太难听了，我过去就这么觉得，不过以后应该不会再听到了。"白衬衣撇撇嘴。

三年前，他还没有成为同一帮的堂主，没有杀过人，没有摸过枪，在母亲严格的教导下甚至很少打架，那时候他就很爱穿着干净的白衬衣去上学，走在莲板的街道上显得格格不入，他还喜欢过沙滩边杂货铺老板的女儿，那个女孩还很小，可是他觉得自己可以等她长大。可是世事无常，他的家族传统让他必须走前人走过的路。他的模样，自然让莲板街边狂躁的混混们看在眼里。所以，黄头发青年死前是否想起来眼前这个开枪不带表情的白衬衣就是曾经被他堵在街角羞辱并殴打的少年呢?

白衬衣瞟了一眼躺在地上的戴文翔，并没有打算出手相助，回头跟手下知会一声："弄干净。"便准备离开。

躺在地上的戴文翔，被眼前的这一幕惊呆了，15岁的他第一次看见手枪，看见子弹穿过人脑的样子，然后在自己眼前耀武扬威丑恶的嘴脸变成了一具尸体躺在自己的身旁，再无还手之力，他的血染红了一小块地板，这样的画面突然让戴文翔变得很兴奋，他开始崇拜这种强大的力量。戴文翔吃力地从地上爬起来，追上白衬衣的脚步，他企图用手去拉住白衬衣，但迅速被白衬衣的手下拦了下来。

"我想跟着你干，做什么都行。"戴文翔有气无力地一个字一个字往外吐。

"我从不收被打在地上的弱者。"

"求求你，给我一次机会，我会帮你把所有人都打倒在地。"

白衬衣冷笑道上下打量他，戴文翔："你现在的样子，一只蚂蚁都踩不死。"说完便不再理他，转身就走。

戴文翔不知哪里来的力气，突然抓住白衬衣的腿，不肯放开。白衬衣的几个手下赶紧冲过来要把他的手掰开，可任凭几个壮年去拉扯，戴文翔的两只手臂犹如上了发条的机器，就那么死死地抱着白衬衣的腿。

白衬衣盯着眼前这个少年，突然觉得很好笑，他挥挥手让其他人散开，对戴文翔说："不怕死的话，下周三晚上14号码头第三个仓库。来时，就说找我，泰哥。"

戴文翔其实早就处在意识模糊的状态，他松开手嘴里反复念着这几个词："周三，14号，第三个仓库，泰哥。"说完慢慢晕了过去。

第二天醒来，戴文翔发现自己躺在后街角一个破旧的沙发上面，对面有个捡破烂的男孩在死死地看着自己。昨晚的记忆有些错乱，但身上的伤口和疼痛却是真实的，刚从家里逃出来的时候戴文翔并不知道自己应该去哪儿，他只是再也无法忍受有强烈控制欲精神失常后妈的虐待，但这种虐待渐渐成为一种习惯，戴文翔最多想到过要逃避却并未想过要反抗。

每天早上，从睁眼开始，戴文翔的生活便没有一分钟属于他自己，穿什么衣服，吃什么东西，说什么话，做什么事情，统统都要按照后妈的意思来，甚至从床边走到厕所要走几步路、吃饭时每一口饭咀嚼的次数都要按照这个女人的规定不能差一丝一毫。最初父亲刚把这女人娶进门时并没有发现这个女人有精神病。最可怕的一次，女人从厨房拿出菜刀差点砍中父亲的脖子。在那之后的某一天，父亲出门以后就再也没有回来。就这样丢下了年幼的戴文翔和这个变态的女人朝夕相处。只要稍有不听话，戴文翔的一句话甚至一个眼神都能招致女人的一顿暴打，她把对他父亲的恨意统统发泄在戴文翔身上，她要控制他的生活，控制所有她可以控制的东西。

"去楼下卖烟，只能站在第二个灯柱的左边，没喊你的时候不许离开。"

"双手举高跪在阳台上，我没说话你不许动。"

"哭丧着脸干什么，给我笑！看到我这么漂亮的女人，怎么能有男人的脸上不挂笑容。"

"去，给我站在镜子面前，看看你那张丧门星的脸。"

"你知道不知道什么叫做笑，

"给我笑！"

"笑！"

戴文翔耳边仿佛又开始回响起那女人尖锐的咆哮声，他没有任何退路，只有变得强大才能反抗，成为强者，才能不受他人控制，甚至可以去控制别人。他揉了揉嘴角的红肿，心里下定了狠心，他一定要成为人上人，要看着别人在自己手下服服帖帖的样子，只有看着他们被奴役，被控制，戴文翔心里才能感觉到满足和快乐。

他从破沙发上站了起来，拍拍身上的灰，他偷偷地又回到了那个小岛，藏在一个运货的小船上过去的。他在家门口守了两天，趁女人不在的时候回到房子里拿了些值钱的东西，带着小猫灰灰的尸体，离开了这个家。走之前他路过走廊边的那面镜子，看见镜子里的自己。眼里好像再也找不到软弱和害怕，取而代之的是深深的恨意，就在此刻，戴文翔不由自主地扬起了嘴角，他好像有些爱上这个笑容了，这个僵硬却能带来安全感的表情。戴文翔打开门准备下楼，想了想又回到房间里，到厨房把煤气的阀门打开，关上家里所有的窗户，最后回看了一眼这个家，关门离开。

他在外面一直等着，看着那个风骚的女人走进了家，看着屋子里的灯亮了。戴文翔找了个小卖部给家里打了一个电话，只听一声"轰"的一声，远远能看见那栋楼发生了爆炸，他对着电话轻声地喊了一句"喂"，然后挂掉了电话。

"老板，给我包烟。"

"要什么。"

"随便，黄色那包吧，以前这个总是卖得最快。"

戴文翔不紧不慢地撕开包装，坐在路边，开始学抽他人生的第一根烟。

"泰哥好！"

从仓库到码头，一路上但凡有同一帮的人无一不对泰哥毕恭毕敬，尽管泰哥只是老大在外的私生子，但其面慈心狠的做事风格早已传开，短短两年时间就从不知名的小混混一跃成为了堂主，手下发展出了百十号人，几乎没有老大的旧兵，大多都是他人会以后新笼络的一帮小兵。泰哥待兄弟是出了名的好，出去打打杀杀向来冲在前头，不让手下当炮灰。手下犯了错，泰哥也多是第一个站出来挡着，他总是说："只要你们跟着我一天，我有什么你们就有什么，但唯独，你们要知道谁是老大，谁的话算话。我既然愿意带着你们打江山，就是有福同享有难我当，可如果谁吃里扒外，不存好心眼，要么别被我知道，如果被我知道了，你不会比咱们的对手死的好看。"

泰哥走到车前，身旁的司机正准备上车，却被泰哥拦下：

"我想到以前住的地方逛逛，你们不用跟着，晚上8点，14号码头第三个仓库开会，我会准时回来，没事不要给我打电话。"

穿着白衬衣戴眼镜的泰哥走在莲板的大街上，任谁也不会相信这样的人已经是同一帮的堂主，其实就连泰哥自己应该也从未想过有一天会走上这条道路。这条曾让他痛恨不已，也是母亲千叮咛万嘱咐不让他走的道路。

泰哥是在莲板长大的，他对莲板上的一草一木都无比的熟悉，尽管母亲曾是大家闺秀，绝不应该和这样的地方有所牵扯，可因为泰哥的亲生父亲同一帮的老大，母亲此后的一生居然就这样耗在了这里，耗在了这个落后而又陈旧的小城里。

泰哥开着车穿过莲板所谓的市区，来到最西边的一片果园，他下车以后步行穿过这片果园，正在种菜的是一个年轻的男孩，憨厚老实。泰哥认识男孩的爸爸，同样是一个种菜种果树的好手。一直走到沿着海的沙滩边上，这是泰哥认为整个莲板最漂亮的地方，小的时候泰哥的母亲常常带他来这里踏浪，母亲靠着做杂工维持生活，家里过得很窘迫，在泰哥的记忆里，母亲带着他来莲板的沙滩玩耍几乎是他最开心的事情。那时候泰哥的母亲常常拉着泰哥的手说，这是她和他父亲相遇的地方，他母亲的一生都交给了他所谓的亲生父亲，因私自将孩子生下而无颜回到原来的书香世家，于是决定独自抚养他们的孩子，在这个他们初次相遇的地方，孤独终老。母亲的一生几乎是回忆的一生，就在最后即将病逝的时候，母亲也是希望将自己的骨灰撒在这片海里，她愿永远地守在这里，守在泰哥身边。

几年没来，海滩没有发生任何的变化，只是在沙滩边多了一栋房子，开了一个杂货铺。杂货铺的老板姓陈，泰哥以前在他家里买过东西。陈老板的性格很怪，脾气也不好，泰哥自小就不喜欢他。泰哥走到海滩边上，找了个凉快的地方背靠着礁石坐了下来。

"妈，好久不见。"

他冲着大海说道，正是秋天涨潮的季节，浪花一个又一个翻滚着拍打在礁石上，和着微风和阳光好像在打趣地回应着泰哥。背后的杂货铺里走出来一个女孩，那是陈老板的女儿，只有十三四岁的模样。曾几何时，泰哥很喜欢这个女孩，他想等她长大。可是他当了堂主之后，他的生活再也没有这些情情爱爱，他的生活，封闭了。

泰哥起身伸展了一下腰身，正要离开这里，突然想起什么转头冲着大海说道："哦，对了，我答应您的事不会改变，我最终一定会成为一个好人的，还有，这一辈子我都不会和任何人打架，如果谁妄图打我，那我只能杀了他。"最后三个字泰哥一边笑着一边小声地说完。

泰哥在回去的路上给手下阿 ken 打了个电话：

"人到齐了吗?"

"泰哥，已经到齐了，但有个叫戴文翔的人硬闯进来，非说是你让来的，您看。"

泰哥惊讶了一下，随即道："让他进来吧，安排个地方给他坐。让车来接我。"

"知道，好的。"

泰哥的亲生父亲是同一帮的帮主，那个浮华城市，甚至周边的小镇都是他的地盘，这个无限速度往前发展的城市所有的地下交易统统归他父亲所有。走私、贩毒、赌场，所有和犯罪相关的事务统统和这个人的名字挂钩。泰哥从加入帮会开始，从没有停下来过，他争斗、谋算、利用，无所不用其极地占领了一片又一片的辖区，他始终表现出要做出一番什么给那个人看看的样子，而那个人也没想到他能有如此的冲劲和魄力，尽管泰哥明里、暗里已经干掉了几个亲生父亲身旁的元老，但泰哥接手后确实带来了更多的收益，老大就睁一只眼闭一只眼了。泰哥在他面前从未有所炫耀，作威作福，向来收敛、谦卑，比他身边的孩子的确强了太多。从东城到西城，从北堂口到南堂口，泰哥终于来到了帮会最核心的地方——莲板，这个他长大的地方。

其实这里只是一个海边的小城而已，但是这里是所有地下走私业务的动脉。谁控制了这里，谁就直接掌控住了整个城市的地下业务。

泰哥下了车，打开仓库大门，几盏硕大的照明灯把整个仓库照的灯火通明。仓库里一共坐了十来个人，全部是这几年泰哥身边最亲近的人，亲近代表一种距离或者说是某种利益关系的勾结，因此与陌生人相比，在座的是泰哥较为值得相信的一小伙人，可至于互相信任的程度有多少，每个人的心里又有不一样的度量衡。泰哥一进来，所有人起立给泰哥问好，大家坐下后齐刷刷掏出手枪把子弹卸除摆在桌上，像是在进行某种特殊的仪式。这是泰哥的规定，自己人开会的时候必须把枪里的子弹卸除，这样即使发生什么冲突，脾气再大再热血上头也不至于拿枪对着自己的兄弟。坐在角落里的戴文翔哪里见过这样的阵仗，刚才为了进门硬冲硬闯的劲儿早就没了，尽管来之前他已经抽了好几支烟，给自己打气，但真正见了这种帮会场面，多少还是有些唏嘘。

"我来莲板二十天，这里已经是我的地盘。跟我叫板的 6 个老大，全部死于话太多。"

说完，泰哥笑了一下，继续说道：

"大家很清楚我的目标是什么，现在能够坐在这里的，都是我阿泰最信任的兄弟，我要做一件事，有危险，如果在座的兄弟想退出。我阿泰不会有任何的意见。"

仓库里边堆满了货物，中间留下一道狭长的过道，一眼望见尽头，泰哥坐在过道的左边，旁边站着的是阿 Ken，对面最左边坐的是胖子。胖子顾名思义就是一个肥头大耳的慈面佛长相，平日里总是嘻嘻哈哈没有正形，别的不好就是好赌。就有那么一次，他赌钱输红了眼，把原本过几天要送到海外的货拿去抵押想要翻身，结果不仅本没捞回，这下连命都要搭进去了。他被泰哥抓个正着，在小黑屋里，胖子先是求饶喊了几声，发现没有任何作用也就不再吵闹。就这么被关了三天，第四天放他出来的时候，已经饿得说不出话来，泰哥把货物还给他，什么也没说就放他走了。

胖子回了堂口才知道，他把货物抵押出去的时候早有小人去给堂主通风报信，堂主当即打算派人去干掉他，结果翻遍了整座城的赌场都没有找到胖子，几天之后没想到这小子居然带着货物回来了。从此胖子记住了泰哥对他的恩情，他也顺利地帮助泰哥挤掉了堂主的江湖位置，自此成了泰哥手底下最忠实的打手。

　　胖子右边坐的是胜力和大眼，胖子和胜力都是老大手下很重要堂口的头儿，从他们平时打交道的次数、见面陌生的样子以及对外办事的作风，几乎没有人会想到他们居然都在为泰哥做事，从年龄上来看他们几个都称得上是泰哥的长辈了。不过人不论年纪多大，都总还是有需求的，有人对钱有需求，有人对权力有需求，泰哥不仅给了他们想要的，更给他们创造了更大的世界满足他们更多的需求。这几个人里面当然属站在旁边的阿 Ken 是泰哥身边最近的人，从衣食住行到打理帮会，阿Ken 几乎一手包办了泰哥交代的所有事情，滴水不漏。他是跟泰哥同期进入帮会的兄弟，一路跟着泰哥走到现在。泰哥最想做的事情阿 Ken 心里最清楚，他并不知泰哥过去究竟遭遇过什么，居然一心要杀死自己的亲生父亲，他只知道他泰哥要做什么他就做什么。

　　再过几天，老大就要过生日了，往年都安排在市中心最豪华的酒店，今年却意外选择了莲板这个地方，兄弟们不解。老大却说："我们不知道该去哪儿的时候，就得去看看自己是从哪里来的。"泰哥知道，机会终于来了。他今天把几个亲信召集于此也就是为了这件事情。几个堂主也是到了仓库以后也才得知，原来他们在为同一个人做事。

　　"你们知道我想做什么。"

　　说完，泰哥把各自要做的事情和对接的人分别写在纸条上分派给了大家。

　　"大家跟我打交道这么久，都知道我做事的原则。我只有一个要求。不要出错。"

　　泰哥说话的语气软软的，很温和，角落里的戴文翔很难想象眼前的这个人竟然是一个江湖中的老大，还带着这么多的人。

　　戴文翔看见大家各自散去，泰哥也起身要走，戴文翔有点坐不住了，他冲到泰哥面前说：

　　"那我做什么呢？"

　　泰哥看了他一眼，很温和地看着他："你能做什么呢？

　　"我什么都能做。"

　　泰哥笑了："什么都能做，要不你给我去杀一个人。"

　　戴文翔犹豫了一下。泰哥收拾好东西，转身就走。

戴文翔知道错过了这次机会，不会再有下次了。赶忙上前抓住泰哥：

"可以的，我可以。"

"你可以什么？"

"我可以……我可以……杀人。"

虽然吞吞吐吐，戴文翔好歹是把这句话讲完了。杀人二字说出口，好像再无什么可顾忌，戴文翔又继续说道："在这个世上，我已经没有亲人也没有朋友了，除了我自己，你让我杀谁都可以。"

泰哥看了看他，然后给阿 Ken 使了个眼色，阿 Ken 迅速在纸条上写下一行字，然后拿出一叠钱递给戴文翔。他低头看一眼还没看清，泰哥已经走到仓库门口，他追着泰哥问道："是不是我杀了他，您就答应让我跟着您了。"

泰哥回头："五天之内，这个事情你如果办成了，自此以后你就是我阿泰的兄弟。"

说完转头上了车，走之前又想起什么，打开车窗说道："这条路不是谁都能混的，任何时候，保命要紧啊。"接着从包里掏出一把手枪递给戴文翔，然后不尴不尬地笑了两声，开车走掉了。

Seven 是同一堂老大的贴身跟班，他个子不高，板平的脸上长了一对刻薄的小眼睛，时时刻刻地注意着老大身边的一切动向，这次老大决定去莲板庆生，他显然是非常不乐意的，一来往年老大庆生的事都是他一手操办的，其中丰厚的油水让他对这件事情趋之若鹜，二来他对莲板不熟，那里的小帮小派们平时也很少跟他们打照面，他知道最近堂口的阿泰将莲板整个吞下，更是觉得哪儿哪儿不太对劲，可转念一想，那个泰哥不过是城边堂口的小老虎罢了，再加上又是和老大有血缘关系的儿子，能怎么样呢？

Seven 正在寻思怎么开始着手准备庆生宴会，这时满脸烦躁正准备掏出手机打电话的他估计永远也想不到，自己的名字和自己将会出现的地址正被一个男孩攥在手里，而男孩接到的任务则是将他杀掉。

秋天的莲板显得格外清爽，住得离海稍微近些，半夜都能伴着海浪声入睡。如果这不是一个贫民窟般的地方，应该能发展成一个美丽的滨海旅游城市，可城市的命运如同人一样，没有如果，就像戴文翔，如果没有软弱的父亲和变态的后妈，他该是个多么清秀单纯的小伙子，而不是像现在这样，手里拿着一把从来没有用过的枪，计划着怎么去杀掉一个未曾谋面的陌生人。

戴文翔虽然不愿意承认，但某种程度上他和他的父亲总是有些相像的，尤其表现在软弱的性格上，长这么大他唯一扼杀过的生命就是他唯一的好朋友灰灰。尽管他如此后悔，可在被那女人逼迫的当下，他居然没有反抗，也不知哪儿来的勇气一刀刺了下去。他看见灰灰难过的眼神，温热的血液顺着他的手缓缓流下来，无力地抽搐哼叫了几声，缓缓地闭上了眼睛。戴文翔从来没有感到过如此的害怕，他完全不知道自己在干什么，尖叫一声把灰灰扔在了地上。后妈对他的控制，好像一种毒药，殴打成为一种习惯，他没有真正意义上的自己，而现在他需要自己决定一件事，并且是一件大事，显然这让他难以抉择。

Seven 正在一个酒吧里骂骂咧咧，对手下的劳动成果也相当不满。为了这个庆生会能让老大满意，Seven 没少下功夫，甚至可以说是没日没夜地耗在这里想着怎么布置，从会场装饰到食物酒水再到陪酒小姐，Seven 准备一一都再跟手下确认一遍。但是老大却对这些都不是很满意，他只希望简单一点，所以 Seven 又要从头开始。当然他也一定不会发现有一个穿着黑色衣服身材短小瘦弱的少年已经在这附近无所事事地晃悠两三天了。

戴文翔有时假装搬运工在酒吧里来回穿梭，不过两天他就可以很确定那个矮个子小眼睛的男人就是他的目标，但基本不论白天黑夜 Seven 身边总是有一大堆人，汇报情况的手下、要钱的工人、插科打诨的小混混，几乎没有独处的时间。明天就是五天期限的最后一天了，戴文翔知道自己再不动手就等于失去了这个重获新生的机会，他想了很久，觉得最好的时机就是凌晨等 Seven 醉醺醺地从酒吧出来或者去上厕所的时候，抓准时机把他干掉，酒吧很吵如果动作快，应该不会被发现，可前几晚，总是在最关键的时候戴文翔迟疑了起来，错过机会，一天拖一天，一次比一次更没有勇气，戴文翔痛恨这样软弱的自己。

仓库会议后，泰哥几乎没有在莲板出现过，树大招风，前些阵子他大张旗鼓地把莲板收作自己的地盘，已经引起了好几个堂口的不满。莲板是帮会最为看重的地方，其中利益纠葛更不是三两句话能说清楚的，可泰哥就这样不留情面地统统将他们铲除，自然使得大家怨言纷纷。于是为了避风头，泰哥并不打算在庆生会前去掺和一手，他所要做的，则是掌握好当天宴会所有的信息，提前把自己的人安排到现场，包括匿藏好武器，然后等着大眼风风光光的出场。

大眼曾经是道上很出名的杀手，后来因为一次失手被弄瞎了一只眼睛，换了假眼以后眼珠子显得特别的大，从此以后别人就开始叫他大眼了。

第一次有人把大眼介绍给泰哥的时候，泰哥也并不觉得眼前这个双眼无神拉里邋遢的残疾人能够帮他做点什么，也不知道这人都一大把年纪了又为何要出来接活儿，本想一两句客套话也就把他打发回去了，谁知就在泰哥结束谈话准备离开的时候，大眼突然站起来，毫不费力地从泰哥身上卸下枪，并瞬间把阿 Ken 制服用枪指着他的脑袋。泰哥这时才恍然觉得，眼前这个人虽然废了形却没有废掉神，泰哥当时并没有说话，他心里清楚大眼不会把阿 Ken 怎么样，只是为了表现自己宝刀未老罢了。他瞟了一眼拿着枪的大眼，没有说话转身就走，只听后方一声枪响，一个人捂着胳膊应声尖叫起来。泰哥回头一看，原来是悄悄守在外头，隔着几层小门窗隐蔽着掩护他俩的小兄弟。

"成交，你报数，事前一半事后一半。"

这时大眼才把阿 Ken 放开，显然阿 Ken 也受到了惊吓，他没有想到大眼会拿自己当靶子，更没想到泰哥看见他被枪指着脑袋居然转身就走。事后虽然明白外头有人照应着，但回想起来还是觉得背后凉飕飕的。泰哥当然不会做弑父的恶人，恶人要留给不知名的人去做，到时他只要装作救父未遂，痛哭流涕后在大家的推崇下毅然决定接手父亲的事业，从此整座城包括他出生的地方莲板就是他自己的了。

在整个计划里，戴文翔的出现显然是个意外，泰哥几乎从这个小子身上看不出什么优点，瘦小、懦弱、犹豫不决。可当戴文翔紧紧抓着他的腿说要跟着他的时候，他又觉得这小子某种方面有股子说不上来的狠劲儿，可能是多少看到了当年自己的影子，泰哥把杀掉 Seven 的事情交给了戴文翔。他当然不指望戴文翔能有多靠谱，到 29 号还是没有任何消息，他就知道，自己估计是看走眼了，他拿出电话：

"喂，阿 Ken，看样子那小子是靠不住了，Seven 还是原计划，你去。"

"嗯，明天汇合，注意安全。"

泰哥窝在屋子的摇椅上，他闭上眼睛，时钟在嘀嗒嘀嗒地响着，他清楚，好戏就要上演了，他只需准备好一切，去拿回属于他自己的东西。

酒吧的厕所里，戴文翔找到了一个很好的小柜，他决定整晚都守在这里，只要 Seven 一进来，他就立刻冲上去把他干掉，为了不失手，他还在没人的地方专门试了一下手枪要怎么用，结果没想到他刚刚藏起来，Seven 就走了进来，紧跟在后头的还有一张熟悉的脸，居然是阿 Ken，两人看起来并不认识，他明白一定是泰哥怕自己完成不了任务又派了别人来，正在琢磨这事情应该怎么办。没想 Seven 突然掏出枪指着阿 Ken，左手把厕所的门锁上，然后说道：

"跟着我干什么，你以为我不认识你吗？成天跟在阿泰身边的烂狗一条，你今天一进酒吧我就注意到你了。把枪扔了给我跪下。"

说完，Seven 就给了阿 Ken 一脚，阿 Ken 受力，"嘭"的一声跪在地上。

"Seven 哥，您误会了，我绝对不是来害您的，我就是刚好路过，进来喝一杯，真的，不信你可以给泰哥打电话啊，您看外头都是您的兄弟，我敢做什么呢？"

"你不敢，阿泰可是什么都敢，最近莲板整个被你们吃下来，再过几天是不是要把整个同一帮都吃下来啊，一个野种还真把自己当少爷了。"

"不不不，您说哪里的话啊，大家不都是给老大做事嘛。"

Seven 今天已经喝了不少，走起路来都晃晃悠悠，本来他对阿泰就一肚子的不满，现在得着他的手下绝不可能就这么轻易地放过他。

"就凭你们那点小伎俩，哼，我早就看穿了，你信不信我现在就敢一个子弹崩了你？"

Seven 越说越激动，扣动扳机的手指时松时紧，阿 Ken 已被吓出一身冷汗，躲在柜子里的戴文翔也哆哆嗦嗦的，这时，阿 Ken 瞄准机会突然出手去拉 Seven 的腿把他绊倒在地，两个人抱在一起扭打起来，一不小心就把小柜子的门砸开了。

戴文翔原本就握着枪，一紧张就不管三七二十一闭着眼睛一顿猛开，几声巨响之后，两人不再扭动，以一种相当惨烈的样子瘫在地上，戴文翔也被崩的满脸是血，他先是呆愣了几秒钟，然后迅速把枪塞进了自己怀里，左手擦了擦脸，右手颤抖着去开厕所门，想想不对，又回头把原本已经扔在地上的枪塞回了阿 Ken 手中，这才转身逃走。

夜里莲板几乎没有人，虽然在这个夜幕之下有很多人在热火朝天地做着事情。戴文翔径直来到海边的沙滩，在沙滩上漫无目的地走着，这里是他从那个岛上逃出来的第一个落脚点。刚刚发生过的事情就像是看过一场精彩的电影，只有他衣服上的血迹和到处弥漫着的血腥味才让他相信自己的确杀掉了两个人。他很害怕，起码一开始的时候很害怕。但是他渐渐发现害怕的心情渐渐缓和下来之后，刚才的那一幕他竟然有了一丝上瘾的感觉。他大笑几声然后冲着无边无际的大海嘶吼，最后整个人倒在海滩上，海水一点点浸湿他的衣服，血迹也经过冲洗变得越来越淡随着海浪翻滚进大海，消失得无影无踪，戴文翔抱着自己的膝盖蜷缩起来，先是颤抖然后抽泣接着放声大哭，自此他知道自己再无退路，也没有选择的机会。天快亮的时候，他整埋了卜衣服，然后向莲板城里走去。

Seven 已经死了，阿 Ken 也没有幸免。泰哥很难过也很生气，但今天这个大日子，不能让任何事情搅乱他的情绪，其实对他来讲，只要 Seven 死了，所有的事情也就都还在计划当中。远处一个全身湿淋淋的少年向他走来，走近一看居然是戴文翔。

"Seven 是我杀的。阿 ken 也是我杀的。"

泰哥刚听到的时候确实有些诧异："为什么杀了阿 Ken？"

面前的这个小子冷冷地看着泰哥："他想杀了我，独自领功。我完成了任务，泰哥你的承诺呢？"

泰哥看着戴文翔，一声不吭。戴文翔抬起头看着泰哥，眼神里冷冷的，什么感情都没有。泰哥突然被这个小子的眼神吸引了，对于他来说，他要的就是戴文翔眼睛里的那股子狠劲。阿 Ken 死掉了总得有个人来代替他的位置，胜力虽然够狠，但是不聪明，要听他的话、脑子好使还得有豁得出去的狠劲，眼下这小子再合适不过了。

"我说话当然算话，从今往后你就我的亲兄弟。不过有一件事情你要永远记住，谁是老大，谁说了算。"

"当然，泰哥，我既然跟了您，以后我绝不会有二心。"

"行了，去换身衣服，跟我一起去盒子看戏吧，噢对了，你既然要改头换面，原来的名字也就不要再用了，以后叫你 Devil 怎么样，变成一个魔鬼应该很符合你的期望吧。"

"泰哥说了算。"

泰哥拍拍他的肩，他看人很准。眼前的这个瘦小的男孩，假以时日，必将是自己的得力助手。

5 年之后，Devil，那个当初还叫戴文翔的男孩已经成了泰哥最得力的手下，甚至连胜力这样的老人也成了 Devil 的手下。这五年里，Devil 用自己的凶残和手段向泰哥证明了自己的价值。泰哥也如日中天，五年前的那个晚上，当大眼拿着同一堂老大的脑袋来到泰哥面前的时候，泰哥依然是那样温和的目光。他给了大眼承诺的钱，可是大眼还没走出莲板，就已经注定永远的待在这里了。

泰哥看着同一帮帮主的人头，心里默默地念着："妈，我终于把他给带来了，虽然我并不知道你们是否能在下面见到，但是能让他永永远远地在这儿，在莲板陪着您也算了却了心愿一件。"

那一晚，同一帮帮主在生日宴会上被人枪杀，惊动了整个莲板。而这件事却没有被警察局所知晓，莲板当地的警察老张上报的情况是：意外致死。泰哥早早地打点好了警察局，这件"弑父"之举，就这样像被海水侵蚀的沙粒一样，无影无踪。这一天之后，泰哥正式接管了所有同一帮的生意，这个时候的他，依然那么温和。同一帮所有的地下业务都重新划分，交给了 Devil 来打理，而泰哥则做起了让很多弟兄都匪夷所思的事情。他开始在那个繁华的城市里四处买下小商铺，做起了连锁商铺的生意。

Devil 并不管泰哥的事情，他手里有枪，别人怕他就足够了。他最喜欢看到的就是别人不敢正视自己的眼睛，浑身发抖的样子，这样他就可以让任何人按照自己所说的去做。他彻底体会到了他那个后妈控制自己的膨胀感。

Devil 最喜欢做的事情就是啃硬骨头，他控制别人的欲望渐渐地扩散开来。控制那些黑帮的混混对于他来说已经完全不能满足，于是他把眼睛扩大到了莲板的每一个人身上。他开始做起了收保护费的事情，这样的小小收入他根本就不放在眼里，相比较走私、赌场，这些钱太微乎其微了。可是他就是突然有了的想法，他开始向莲板这座小城市里的每一户都征收保护费。

他从那些普通人看自己的眼神中投射出来的惊悚和恐惧中收获了满足。新开的一家三明治店，老板实在没有钱给，于是 Devil 拿着枪逼着那个捡垃圾的男人拿着锤子砸烂了他家的店铺。他看着这些普通人在自己面前哭、发抖、颤栗，那比杀一个和自己同样罪行无法饶恕的人更爽。整个莲板几乎都被他控制住了，不管是黑道的还是普通的人。只要他一出现，这里的人就有一种大难临头的感觉，这是他喜欢的。

胜力打电话过来。

"Devil 哥，有些状况。"

"什么事？"

"新来的那个警察在盯着我们。"

"什么来路？"

"从城里被赶出来的一条狗，指望着做出点成绩回去呢。"

"陪他玩玩。"

Devil 的家一直都是住在那个大城市里，泰哥给他买了一栋房子。房间在最高的那一层，远远地可以看到自己曾经长大的那个小岛。可是这个城市的快速发展让这里的天也变得灰蒙蒙的了，他看不见那个小岛，就像是在地图上被凭空的抹掉了一样。可是 Devil 多半的时间都是待在莲板。泰哥全身心地投入到了经营那座城市的人脉网中去，那里不会有自己施展拳脚的天地，莲板的所有业务都是他掌控着，这里就像是 Devil 的后花园一样，他其乐无穷的在这里享受着自己的小快乐。

Devil 暗中观察了那个小警察几天，这几天，看着他四处巡街，他也从这个小警察的眉宇中看出了他对现状的不满，还有他眼神里深深埋藏着的欲望。Devil 很擅长挖掘每一个人心中的欲望，他觉得这个人对自己来说，大有用处。

Devil 打电话给胜力。

"事情安排好了吗?"

"安排好了。就等这只小猫来了。"

Devil 笑了，他的笑里一直都藏着刀。

Devil 拨通了泰哥的电话。

"泰哥，我是 Devil。请你帮一个忙。"

"什么忙?"

"我想找一下警察局刑警队的队长，您认识的。"

"你要做什么?"

"有一只小猫在盯着盒子的事情。我需要解决一下。"

"别弄出事情来。"

"您放心，滴水不漏。"

"好"。

收保护费的事情既然是一种游戏，那总会遇到一些小问题。对 Devil 来说也不是什么，他喜欢挑战。有挑战对他来说就意味有着血腥，那是他所期待的。沙滩边的那个杂货铺的老板很倔强，怎么威胁都不为所动。

Devil 只能自己出场了，这一次，他不仅仅是为了一点点的保护费而已，他还为了给自己铺垫一个更大的局。他需要用时间来慢慢地布下这个局，就像泰哥花时间慢慢布自己的人脉网一样，有了这层网络，泰哥才得以安生地做自己的生意。

"让你干什么就干什么，不要敬酒不吃吃罚酒，你信不信，别说这几个保护费钱，就连你整个店铺我都能把它变成我的。"

屋子里的阳光灿烂，头顶的天窗开着，阳光散射进来，有微尘，满屋子充斥着血腥味道。

Devil 说这些的时候气得两眼通红，自打他干这一行以来，几乎没有碰到过这么顽固的店家，不受管教的店主让 Devil 异常地冒火，他最烦不听话的人，这种反抗对他来说就像是千万只蚂蚁在他心脏上啃咬，仿佛必须把整颗心挖出来才算罢休。

店主看起来是个 40 多岁的大叔，整张脸已经被打得不成人形了，但是他的眼里依然很坚定，看来他确实是下定决心了。

Devil 手下的几个跟班，更是气不打一处来，他又狠狠地给了大叔一拳问："你到底交不交？"

大叔"呸"了一声。

Devil 不以为然地皱了一下眉头，笑了笑，他看着在胜力手底下瞪着眼看自己的店老板。

"陈老板，给个理由。"

陈老板咬着牙，狠狠地说："需要给狗理由吗？"

Devil 并没有生气，他站直了身子，看着陈老板的脸，阳光照了进来，他脸上的血闪着金光。他向胜力使了一个眼色，胜力抬手就是一拳，正中陈老板的下巴。

"啊！"

陈老板惨叫着。

但是他还是坚持说："你就算是把我打死，我也不会给你的！脏狗！"

外面突然闯进来了一个女人，女人很着急的样子，她一进门就把怀里的几卷子钱放在柜台上，然后求着 Devil。

"这是钱，你们拿走吧，放了他吧。"

"你干什么！我不要你的钱！"

陈老板对着女人发怒。

"你不要再说了，"女人对着 Devil 继续乞求："求你放了他吧。"

Devil 看着这个女人："你是他老婆？"

"她不是我老婆！"陈老板大吼。

"我不是他老婆，我只想帮他而已，你就放过他吧。"

女人看着陈老板浑身是血，早就吓得哭了出来，她不断地求 Devil。

Devil 看着这个女人，他知道了，眼前这个女人和这个陈老板有着一些不一般的关系。他想到了小时候那个控制自己的后妈，那个第三者。想到这，Devil 的眼神里凶光毕露。

他低下身看着这个跪在自己面前的女人。

"你叫什么？"

"珍……珍丽。"

Devil 指着陈老板说："这个男人，和你有什么关系？"

珍丽突然不说话了，眼睛里闪烁着泪光。Devil 已经确定了他们的关系，这激起了他的回忆，那段回忆对于他来说，是一辈子都无法忘却的恨。他看着眼前的珍丽，突然笑了，这个笑让珍丽吓了一跳。

Devil 突然拖住珍丽的左手，一把按在了柜台上，从后背掏出刀，一下子将她的小拇指剁了下来，然后扔在大叔面前，女人的手指血流不止，像是泉水一样地涌了出来，惊吓似乎让她忘记了疼痛。

她瞪着自己的手，突然尖叫一声，就昏了过去。

陈老板也被吓住了，他看着眼前滚动的手指，下巴不断地发抖。

"吃了它！"

陈老板显然没有反应过来 Devil 的话是什么意思。

"吃了它！！"

Devil 加重了语气，然后狠狠地扇了他一巴掌。回过神来的陈老板看着 Devil 的脸，露出极度惊恐的表情。

"不吃了它……"Devil 没有说完，挥了一下手，一个手下进入了里屋，薅着头发把一个穿红裙子的女孩拽了出来。那是陈老板的女儿，一直躲在里屋捂着嘴吓得不敢出声。

Devil 的手下把女孩带到陈老板面前来。

"她就是我兄弟的了。"

Devil 的手下用力地撕扯了一下女孩的裙子，撕裂开，露出淡色的内衣。

"不要！"

陈老板几乎无法控制自己的身体，他从脚到头开始颤抖。

"吃了吧。"

陈老板看着面前的手指。珍丽手上流出的血一滴滴的溅开在地面上，在阳光的照射下，像是一朵盛开的血玫瑰。

胜力松开陈老板，陈老板看着眼前的手指，呆滞地伸出手。

一边的小女孩哭着摇着头，看着爸爸把那根手指放进嘴里。

"咔吱咔吱。"

那是啃肉的声音，小女孩突然想吐，她挣脱开那个人的控制，跑出了杂货铺。

Devil 看着陈老板啃着手指，脸上露出了满足的笑容。而胜力他们，也有些看不下去了，一阵作呕。

Devil 和胜力离开了杂货铺，珍丽送来的钱，Devil 还是拿走了。走之前，他们还趁着陈老板没有回过神来的时候让他在一份转让合同上按下了自己的手指印。Devil 告诉胜力："拿走他的一切，他才知道什么是痛苦。"

他们站在路边的车旁，Devil 扫了一眼，有一个医生在给一个女孩包扎腿上的伤口，他没在意，对于他来说，今天最大的乐趣就是看了一出自己最满意的戏。

上了车之后，胜力在驾驶座上问："Devil 哥，这事恐怕会闹开，接下来怎么做?"

Devil 很轻松，伸手："电话给我。"

胜力把电话递给 Devil。

Devil 拨通了一个号码。

"你好，李警官。"

"你……"

"我们的合作开始了。"

"你想要什么?"

"杂货铺的那个案子，我需要你给出一个合理的解释。"

"什么解释?"

"李警官自己看着办吧。事成之后，我给你你想要的。"

现　在

莲板轧钢厂。

李可最先到了这里，很多天以前，是他在这里发现了许铭的尸体，当然现在他已经知道了真正的凶手是谁，只是他还没有完全想通为什么这些人要杀这么一个无辜的人。

整个轧钢厂被漆黑的夜侵袭着，天上也没有月光，似乎在给今天增加一点气氛。李可并不怕黑，作为一个老刑警，他有点习惯了黑色的感觉，但是他对黑夜中无形的杀机还是有一些发憷。李可来得早了一点，这个地方四周的杂草已经开始蔫黄，在风中软软地摆动着，李可连续抽了好几根烟，还是没看到有人来，他就开始在大脑中想象着，眼前这座巨大的废旧轧钢厂在十年前到底是什么样子。

轧钢厂的旁边原本就是一块沙滩，这时候沙滩已经被填海运动所掩盖，从草丛里隐约还能体会到沙子软软的感觉。

李可想起来了，这里原先是一个杂货铺。那是自己第一次真正办案的地方。十年前的那个中午，那间杂货铺里发生了一起恶性的伤人事件，但是最后的卷宗上写的结案陈述却是意外。这些是李可亲手写上去的，他也是从那个时候开始，回不到了过去。

李可又点着了一根烟，使劲地抽着，风有些冷，吹得他的脖子疼。

今天他要见的人，他一直都没有见过面。十年前他们就认识了，可是这十年里，他们一直都是用电话在交流。从当初那个警所里的座机到现在充满高科技味道的智能手机，十年里，这个世界在发生着翻天覆地的变化，可是他们之间的合作，一直都没有停止。十年，他从未见过这个人一次，他不知道这个人多大岁数，长什么样子，他甚至无法用自己刑警大队队长的身份查出这个人的所在。因为每一次尝试他似乎都晚了一步，这个人永远走在自己前面，像是上帝一样俯瞰着自己的一举一动。这十年里，他牢牢地被这个人控制着。

但是他没有去过激地反抗过，因为他很清楚，他无法反抗成功只是一个借口而已，事实上，十年中，他对这种合作已经乐此不疲了。他得到了自己想要的，钱、权力和地位，他也给了那个人想要的，对于他来说，是轻而易举可以做到的。

想着今天晚上他们就要见面了，李可确实感到心里有一丝的激动。

人还是没有来，夜已经很深了。

李可有些等不及了，他拿出电话的时候，眼角就看到了那个漆黑一片的轧钢厂里，似乎亮起了一盏灯。

弱弱的，但的确是一盏灯。李可是不信这个世界上有鬼的，在这个时候有人出现，看来正是他想要见到的人。

李可扔掉烟头，踩灭烟蒂，轻轻地走了过去。

空旷而巨大的轧钢厂车间里，亮着一盏灯，是那种很老式的白炽灯，暗黄的灯光根本无法把这个偌大的车间全部照亮，只有那一块区域被昏黄的光笼罩着。

灯光底下，有人事先放了一张桌子，很大，周围还放着三把椅子。

李可心里已经猜得到，今晚绝对不是两个人的会面。

周围还是一片漆黑，往往是埋伏的好机会。李可轻轻地将枪的保险打开，放进兜里，然后故作轻松地走近那张桌子。

桌子上什么都没有，三把椅子等距离的放在这张圆桌的三个支脚的位置。

李可绕着桌子走了一圈，眼角不断地打量这周围。他的耳朵很敏锐，但是没听到任何声响。李可找了一把椅子，坐了下来。他继续等。以他刑警的直觉，自己坐下了，很快就会有人出现。

可是好久，李可等的人还是没来，他的手不断地敲着桌子，一开始还是很有节奏，但是等他开始焦躁的时候，手指开始乱了。

"你的心很乱。"

黑暗中有个声音传来。这个车间太大，回声太响，李可一时无法判断声音是从哪个方位传来的。头顶的灯还是照着，坐在灯光底下看着四周都是漆黑的一片，这种恐惧感更强烈了。李可很小心地单手捂住枪，瞪大眼睛盯着四周，一旦有危险，他就开枪保命。

"不用拿着枪。"

这个人的声音突然就近了，从黑暗中走进灯光下一个人，很绅士地坐在了离李可不远处的椅子上。

李可仔细打量着这个人，很瘦，颧骨很高，在白炽灯的光照下，他的脸显得棱角格外分明。这个男人脸上的微笑让李可有一种毛骨悚然的感觉，他从没看过这种笑脸，随着男人说话，这张笑脸没有一丝的变化，肌肉显然是凝滞住的。

"李大队长，初次见面。"

这个男人看着李可，虽然笑着，但是李可看不出他的真实表情。

"你就是电话里的那个人？"

"十年的老朋友了，这一晃，时间真快。"

李可笑了，他把兜里的枪放下了。面前的这个人双手都在桌面上，暂时没有危险。李可还是很有自信这个轧钢厂里没有其他人。

"十年……"李可有些感慨地摇摇头。

"今天算是一个了解吗？"

李可看着这个男人，他的年纪比自己大不了几岁，可是坐着的姿势，比自己更有气势，更压得住人。

"不急不急，我们还差一位。"

"是谁？"

"稍等便知。"

李可看到那个男人的目光看向轧钢厂的入口处，李可就是从那里过来的。

果然有脚步声，虽然他们还看不见这个人是谁。

"很对不起，来晚了，给二位带了一份礼物。请见谅。"

这个人端着一个巨大的蛋糕盒子走进了灯光底下，他轻轻地把盒子放在桌子的正中央。

李可看到了这个人，虽然很沧桑，但是看得出是三个人中最年轻的。这个人坐在了最后一把空椅子上。

"人来齐了。"

微笑的男人说。

马克对着那个微笑男人说："Devil 哥这么多年，别来无恙啊。"

"你见过我？"

Devil 很奇怪地看着马克。

"三年前见过，当时我还是 Ｅ Ｘ Ｒ 保险公司的一个普通小职员。我和 Devil 哥有过一面之缘。"

马克微笑着看着 Devil。Devil 的大脑飞快地转动着。

三年前，他和泰哥去 Ｅ Ｘ Ｒ 公司是给杂货铺办理赔，他脑海中确实没有马克这个人的印象。偶然间，他突然意识到，他从朴丹思办公室走出来的一刹那，他确实和一个趴在桌子上的年轻男人眼神碰撞了一下。

那个人就是眼前的马克。

李可看向 Devil，他还是微笑着看着桌子上的蛋糕，看不出他的表情。

李可是知道马克的，他去 Ｅ Ｘ Ｒ 保险公司查过他。

三个人突然之间就不说话了，也许是谁都不知道应该说什么。

马克先开了口："这次来的目的，我是想解开一些我心中的疑问，同时也了却一些往事。"

"往事？"李可和 Devil 都看向马克。

"许铭是 Devil 哥的手笔吧。"

马克静静地看着 Devil："你让我把主管的位子让给他不到一周，他就消失了，我的账户里还多出了你给我的一笔钱，然后你又让我去他的办公室毁掉了一些文件，让 Ｅ Ｘ Ｒ 公司吃了官司。我想这些都不是偶然。李队长，那个无面尸体案最后还是意外结论吗？"

这句话显然有些刺，"意外"这个词对于李可来说却是不陌生。

李可低着头看着桌子，有意无意地说："这个事情，你要是想知道结果，得问Devil 哥。他知道的比我多。"

马克看向 Devil，他们两个人其实是在逼着 Devil 自己说出来。

Devil 不以为然，在别人的眼里，他一直在笑着，事实上，他确实是在笑，面前的这两个人，确实不是他所担心的对象。

Devil 的口气里带着一丝桀骜不驯的感觉，虽然面前这两个人，一个是刑警，一个是死者的朋友，他们在质问自己的时候，自己却丝毫没有任何的为难之处。

"李队长还有其他的疑问吧？"

"马小寒的绑架案，你为什么又把人质放回去了，还无缘无故给了我 300

万，你想做什么呢？"

Devil 指着李可说："我给你 300 万。"

Devil 又指着马克说："你从他那里拿走了 300 万。"

Devil 摊开了手说："现在钱在哪儿？"

马克说："在吴先生和马平的家人那里。这是他们应得的钱。"

Devil 的眼神里似乎冒出火来了，他死死地盯着马克。

"你把我的钱拿去给了别人？"

"吴先生因为你残废了，三毛因为你而死。他们不该得到补偿吗？"

马克丝毫没有被那种眼神吓住，依然平平淡淡地说。

Devil 不说话了。

李可也看着 Devil 问："绑架案和许铭到底是怎么一回事？我也很好奇。"

Devil 笑了。

他的手指轻轻地刮着桌子，发出"吱吱"的声音。

"绑走马小寒，是为了逼马三毛回来，许铭是个冤死的鬼。"

"冤死？"

马克和李可都很奇怪。

"许铭爱赌钱，尤其爱赌斗狗。可是他发现了不该知道的东西，所以他只能不幸地被狗咬死。"

Devil 的眼前似乎出现了许铭在盒子里一边吃着三明治一边赌斗狗的画面。

他肚子痛，在厕所里，偶然听到了正在撒尿的胜力和菲力谈论如何绑架马小寒的事情。他看到了菲力掉在地上的枪，害怕得要命，待在厕所隔间里发抖，捂着嘴一声不敢吭。

等到外面的人都走了，安静了，他才颤颤巍巍地提起了裤子，打开门准备出去。当他打开厕所门的那一刻，他就看到了胜力和菲力黑着脸看着他的样子。菲力给了胜力一个眼色，胜力上来一拳就打晕了许铭。

胜力看着地上的胖子问菲力："怎么办？"

"做成一个意外就好了。"

菲力听着外面凶残的狗吠声，胜力也笑了。

马克和李可完全不敢相信许铭竟然是这么死的。李可作为刑警，他还真的以为许铭没有了的脸部是被野狗撕咬掉的，实际上是人为的。有一种恶心的感觉从两个人的胃里往上涌。

"所以，你让我找到尸体，是为了嫁祸给你大哥？"

"你们俩见面都见过了，这些事情，还需要我说吗？"Devil 看着李可，他指的当然是在咖啡馆里自己偷听的那次。

"你利用绑架案，给了我 300 万，然后让他从我这里取走这些钱。码头那场枪战，和这 300 万，脱不了干系吧？"李可看着 Devil。

Devil 点点头，示意正确。

"这 300 万，本来就不干净，经过这么一圈，就说得清楚了，然后用作你陷害你大哥的筹码，又是从我这里来的。你这招想得是够精细啊，谁也发现不了你陷害的证据。"

李可看着 Devil，Devil 继续点点头。

"素芬呢？他和绑架案有什么关系？"

Devil 摇摇头："这个你不用问我，与我无关。"

马克轻描淡写地说："李太太确实和这件事无关。马太太和李太太之前就是认识的。马太太身患重病，马三毛又是一个日夜不归家的人，马太太无人托付，只能将马小寒托付给李太太。这一点，李队长应该知道的。"

李可脑海中确实有这个疑问，他记得小马曾经告诉过他江素芬和马小寒之所以那么熟，是因为马太太一心想把马小寒托付给江素芬。李可终于知道江素芬之前一直跟自己提起想要一个孩子的真实目的是什么。

"这么说，这一切都是你事先布好的局？"马克追着问。

Devil 看着马克，不说话，他默认了。

"那吴先生也是你的一颗棋子？"马克问。

"他欠我的，他只不过还给我了而已。"

马克看着 Devil，眼神充满着不可思议的神情："你让他来找我办理那个本不该办的保险，就是为了控制我？"

Devil 不以为然："不然呢？你以为我是随便找上你的吗？"

"那为什么是我？"

Devil 笑而不语。

李可看着神秘兮兮的 Devil 猜不透。

"因为陈洁希，"马克率先给出了答案，"只有她能打开地下保险库。"

马克双手撑着桌子，死死地盯着 Devil："你早就知道我和她之间的关系？"

Devil 轻轻点点头："你们俩上床的视频我还存着呢。"

马克双手攥得紧紧的，他现在确实有些愤怒了。

李可在一边似乎在看笑话一样："你和你大哥之间有那么多深仇大恨吗？"

Devil 说："没有深仇大恨。他对我有恩。"

"对你有恩，你还报复他。用许铭、码头的案子陷害他？"

Devil 轻轻哼了一声。

"他老了。该改朝换代了。"

李可看着他的眼："那就要费这么大的心思让他坐牢？"

Devil 也看着他的眼："他不仁，我不义。这是他当初教我的。他有这样的地位，就是亲手送掉了他亲生父亲的命换来的。"

李可看着眼前的这个人，一时间无话可说了。

三个人沉静了一会儿。

李可摸了摸下巴问："他的势力比你大得多，你这么有信心可以替代他？"

Devil 耸了耸肩，他告诉李可，他亲眼目睹了泰哥的车是怎么在眼前炸开的。

李可点点头，他似乎明白了。

马克看着 Devil："那你为什么要杀了三毛？"

Devil 轻轻摇摇头："我不是要杀了三毛，是要杀了你们两个。"

这个回答让马克有些吃惊。

Devil 继续说，他的手指还是在桌子上继续的刮，吱吱作响。

"可是三毛救了你。他把你藏了起来，单枪匹马地拿着一个空钱袋子来交货。这一点出乎我的意料。如果不是这样，现场应该是有 9 具尸体，而不是 8 具。"

"有四具尸体是你的手下，对吧。"李可问。

"对。我让他们死的。"

马克觉得眼前这个人疯了。

Devil 继续说，话语间充满了炫耀的感觉："他们跟着我的那一天开始，他们的命就是我的。他们要听我的话，受我的控制。我让他们死，他们就得去死，我让他们活，他们就能活。"

Devil 说这话的时候，似乎很享受，那个在监控实验中爆炸了的汽车，还有那个甘愿让自己切掉手指头的菲力，在码头被枪杀的胜力四个人，都曾经是他最忠诚的属下。

"你杀了最信任你的手下，你是个疯子！"马克咒骂着。

Devil 还是摇摇头："我不是疯子。你记住，这个世界上，谁都无法被别人信任。包括自己。"

Devil 突然指着李可。

"你看他，一个刑警队长。十年前，他还是一个嫉恶如仇的小警察，可是现在呢？怎么样，他也变成了一个为了钱可以昧掉自己良心，还给自己老婆下毒的人。谁还能信的过？"

Devil 说这话的时候，直视着马克，丝毫没有看到旁边那个已经怒不可遏的李可，但是他没当回事。

Devil 继续说："走上了这条路，谁都别想回头。谁也没权力指责别人。"

圆桌周围的三个人都变得怒火中烧了，四周又安静了下来。

夜深了。

李可有些疲惫了，他紧紧地闭了一下眼，凝了一下神，看着 Devil。

"十年了，我为你做了不少的事情。今天就到此为止吧。以后我们两不相欠。"

Devil 没有表情。

马克在一边却突然笑了，和 Devil 一样的微笑。

"你笑什么？"李可瞪大了眼。

"李队长是想全身而退了？"

"你有意见？"

马克说："我刚才说了，我今天来，除了想知道许铭的事情之外，我还想了却一桩我们之间的往事。"

"往事？"Devil 和李可都感到奇怪。

马克微笑着打开了面前的那个蛋糕盒子。

盒子打开的那一刹那，李可和 Devil 的脸上露出了惊诧的表情。

那确实是蛋糕，只是看起来很恶心。那竟然是用奶油做成的一只手，一只被切掉了小拇指的手。血红的草莓酱，撒在"手"上，显得格外的瘆人。

这一幕，李可太熟悉了。

这一幕，Devil 也太熟悉了。

他们的思绪同时回到了十年前。十年前的莲板，就在他们坐着的位置，就是那间临着海边的杂货铺。那天中午阳光灿烂，杂货铺里的天窗打开着，阳光倾泻进来，每一粒灰尘都能够看得清清楚楚的。

柜台上是血，从一个被剁掉小拇指的人手上流出来，一滴一滴地溅开在地面上，像是盛开的血玫瑰。

马克笑着说："你虽然掌握了最尖端的监听手段，可是你忘记了一点。再发达的技术，都是有漏洞的。"

"不可能！"

"Devil 哥，这三年以来，你的一举一动我都清清楚楚的。"

李可也有些恐惧的看着马克。

"你怎么可能做得到？你只是一个小小的业务员。"Devil 有些嗤之以鼻。

"你不觉得你控制我的过程太过于顺利了吗？你觉得吴先生骗保的案子 EXR 有那么傻会按照你编的套路走吗？你觉得陈洁希是真的那么巧合地出现在银行里吗？"

马克看着 Devil 不说话了，他对着李可和 Devil 说："十年前，你们夺走了我的生活，三年前，你们毁掉了整个莲板。你可以用你的高科技控制我，可是你没办法控制每一个在你们身边看着你们一举一动的莲板人。莲板被你们毁掉了之后，他们就来到了这个城市里，藏在你们每一个人的身边。他们卖三明治，卖报纸，做前台，给人分发邮件，他们隐忍地活在这里，就是为了有一天能够亲眼看到毁掉他们家园的人能够恶有恶报。"

马克的口气开始咄咄逼人了，他压迫式的看着 Devil，这让 Devil 的眼神里竟然有了一些颤栗。

"十年前，当你们合伙拿走陈洁希家的杂货铺，伤害我们父母的那一刻，我曾经发过誓，我一定要让你们把欠的债都还回来，这么多年，我不断地寻找你们的踪迹，无时无刻地跟着你们，监视你们，就是为了找到你们的软肋。三年前，当我准备报仇的时候，我万万没想到你们竟然一把火烧掉了我的家，烧掉了莲板，你拿走了莲板人的一切，我改变了我的初衷，我不会为了私仇而杀了你们，我要为整个莲板人报仇，我要让他们亲眼看着你们自食恶果。"

马克瞪着他们俩。

可是 Devil 和李可却突然都笑了，李可甚至把兜里的枪掏了出来放在桌子上，他们俩这是在藐视马克。

马克也笑了。

因为他看到了李可和 Devil 的身后，出现了另外一个人的身影。

这个人，是泰哥。

马克轻轻地坐在座位上，静静地看着他们两个人的身后。

Devil 和李可笑了一会儿就觉得不对劲，他们纷纷往身后看，泰哥那张慈祥的脸浮现在他们的面前。

Devil 和李可顿时吓得差点从椅子上掉了下来，泰哥一左一右扶住他们的肩膀。

"好好坐着。"

口气很温和，他笑起来更像是个邻家的伯伯。

Devil 是知道的，泰哥的表情越温和，就代表他的手段越残忍。

"泰哥，交给你了。"

马克站起了身，很轻松的样子。

泰哥向马克点点头。

"你们！"

Devil 指着马克。

马克对他笑着说："Devil 哥，十年过去了，该是你还债的时候了。"

李可低着头，闭着眼，他知道在劫难逃了。十年前，他把案宗做了假，让 Devil 的这一桩伤人案轻易开脱掉，十年后，他为了钱，再一次出卖了泰哥。而现在，新账老账加在一起，他感觉到自己的心里突然就空掉了一大块。

马克退出了这个白炽灯的光圈，看不见了他的身影。

泰哥看着 Devil，又看看李可，微笑着。

"你俩，说说，泰哥是哪一点对不起你们。"

Devil 和李可都不说话。

"Devil，混江湖，你永远都不可能做老大。你的心太小了。"

泰哥拍拍 Devil 那个僵持的笑脸："你把自己隐藏在这张脸之下，可是你忘记了，看一个人的眼睛，就能知道他在想什么了。我见到你第一眼的时候起，我就知道，你在我面前，永远都藏不住。"

泰哥又看了看李可，什么都没说，拍了拍他的肩膀，这让李可有种灵魂出窍的感觉。

轧钢厂的外面，马克走了出来，东方泛白了。

空气湿漉漉的，马克深深地吸了一口气，然后吐了出来。他走到那个土坡上，那里曾经是莲板靠海的沙滩。马克掏出烟，点燃使劲地吸了两口。

他的背后，从黑暗中有一群的人正在悄悄地接近那个废旧的轧钢厂，人很多，形成包围的态势。

突然包围圈中传来一个人拿着话筒喊话的声音。

"里面的人听着，你们已经被包围了……"

山坡上的马克扔掉了烟头，轻松地往土坡下面走，背后喊话人的声音，他很熟悉。

那是小马。

马克拿出自己的手机，发出了一条群发短信。

短信上只有简单的笑脸，什么字都没有。

马克抬起头，仿佛可以看得到这条群发短信飞向了什么地方。

那个浮华的城市里，马太太、三明治店的一老一少、卖报纸的大妈、商场的手机修理工、EXR 的前台小姐、陆艺章律师事务所的邮件分发员、警察局那个端茶倒水的老张，他们的手机都收到了这个笑脸，他们看着这个笑脸的时候，几乎都是喜极而泣的。

他们的身份，也许只有马克一个人知道：莲板人。

马克笑了，关掉手机，扔在一边的草丛里，然后轻松地走下土坡。

当他的身影消失在莲板暮色中的时候，那个被马克关掉了的手机突然自己开机了，有人打电话过来。

还是那个诡异的未知号码。